山东省社会科学普及与应用课题“小说《看得见风景的房间》的先验主义思想研究”（14CWXJ66）

福斯特作品中的女性群像研究

毕晓直◎著

新华出版社

图书在版编目（CIP）数据

福斯特作品中的女性群像研究 / 毕晓直著 . -- 北京 :
新华出版社 , 2024.4

ISBN 978-7-5166-7368-3

Ⅰ . ①福… Ⅱ . ①毕… Ⅲ . ①福斯特 (Forster,
Edward Morgan 1879-1970) - 女性 - 人物形象 - 小说研究

Ⅳ . ① I561.074

中国国家版本馆 CIP 数据核字 (2024) 第 071361 号

福斯特作品中的女性群像研究

作　　者： 毕晓直

责任编辑： 王依然　　**封面设计：** 优盛文化

出版发行： 新华出版社

地　　址： 北京石景山区京原路 8 号　　**邮　　编：** 100040

网　　址： http://www.xinhuapub.com

经　　销： 新华书店、新华出版社天猫旗舰店、京东旗舰店及各大网店

购书热线： 010-63077122　　**中国新闻书店购书热线：** 010-63072012

照　　排： 优盛文化

印　　刷： 河北万卷印刷有限公司

成品尺寸： 170mm × 240mm

印　　张： 15.5　　**字　　数：** 220 千字

版　　次： 2024 年 4 月第一版　　**印　　次：** 2024 年 4 月第一次印刷

书　　号： ISBN 978-7-5166-7368-3

定　　价： 88.00 元

前　言

E.M. 福斯特（1879—1970）是英国文学历史上的一位卓越人物，他的作品对英国工业化时期中产阶级的生活状况和精神状态进行了深入的探索，他的思考不仅仅局限于社会物质层面，更深入到人性的精神世界，尤其关注人与人之间的微妙关系。他的作品用了较大篇幅关注人和人之间的“联结”，尤其是在描写小说人物寻找自我和发展自我的过程中，非常注重人际间的互相影响和慰藉力量。虽然他只有六部长篇小说，但每一篇都各有特色。他的作品并不是单纯的情节叙述，而是一种深思熟虑的社会批评和人性探索。他用独特的笔法和犀利的观察力，把一般人忽略的细微之处描绘得生动有趣，让人回味无穷。

福斯特对人性的深刻洞察和对社会问题的敏锐捕捉，使得他的作品在当时和现在都有着广泛的影响力。他对人文主义的坚定信念，以及他对联结意识的重视，不仅影响了他自身的创作，也对整个文学界产生了深远的影响。他的作品涵盖了各种主题，包括个人自由、社会和阶级、性别和性别角色等，他的许多作品都围绕着这些主题进行创作。他的作品中的人物形象，尤其是他对女性形象的描绘，展示出了他对社会和个人的深刻理解。在福斯特的作品中，可以看到一大批生动活泼的女性形象。这些女性形象以不同的方式出现，各有各的特点和魅力，但都在讲述着福斯特的“联结”理念。他通过女性形象的塑造，将对社会现实的深度思考和对人性的敏锐观察融合在一起，形成了独特的文学视角。然而，对福斯特作品中女性形象的研究似乎并没有得到足够的重视。现有的研究大多集中在单个人物形象的分析上，对于福斯特作品中的女性形象总体特征和社会意义的探讨仍然是一个待挖掘的领域。这些女性形象在福斯特的小说中发挥了重要的作用，她们既是故事情节的推动者，也是福斯特表达思想的重要载体。这些女性的表现方式、价值观念、生活态度等都深深地反映了福斯特的社会观察和思考。为了更好地理解福斯特的作品和他的思想，我们需要对他创作中的女性形象进行更深入、全面的研究。通过分析她们在故事中的角色以及福斯特塑造女性形象所用的方式，我们可以更好地理解福斯特的“联结”理念，以及他对社会和人性的理解。

全书共分六章，第一章详细介绍福斯特的生平和他的思想理念。主要探讨他的作品以及他如何将他的思想理念融入作品中。第二章深入探讨福斯特的创作特征，包括他对象征主义、现代主义、自由人文主义和生态文学的理解以及这些文学思想在其作品创作中的呈现。第三章详细分析了福斯特作品中的人物形象。从短篇奇幻小说、探索身心之旅、基于文化的女性群像抒写和“边缘人”女性形象的刻画等角度进行分析，进一步阐释了福斯特如何通过他的作品塑造了这些独特的人物形象。第四章对福斯特作品中傲慢偏狭的女性群像进行深入的分析，概括了这类女性的形象特点，深入剖析了这类女性形象的社会背景和个人影响因素。第五章对觉醒成长中的女性形象进行了概括，探讨了这类女性的困惑和觉醒。第六章对新女性群像进行了分析，探讨了这类女性对自我价值的寻求。第七章讨论福斯特作品中的女性群像刻画的意义，主要探讨福斯特如何在时代背景下再现女性的生存现状，以及如何通过多样化的艺术表达方式来传递自己的想法和情感。

笔者希望通过本书为读者提供更全面、更深入了解福斯特的渠道；更希望对福斯特作品中的女性形象的分析能够为读者提供一个新的角度，加深对福斯特作品的理解和赏析，从而得到一点新的启示和感悟。

本书在编写过程参考了众多专家学者的研究成果与文献资料，在此表示衷心感谢。由于编者水平有限，书中难免存在一些不足，欢迎专家和广大读者不吝批评指正。

目　录

第一章　福斯特生平、思想理念

第一节　福斯特的生平经历及作品

一、福斯特的生平经历及创作

1879 年，爱德华 · 摩根 · 福斯特出生在伦敦，他的父亲是一名建筑师，同时也是福音派的信徒。在福斯特一岁的时候，他的父亲因感染肺炎不幸去世，之后福斯特由母亲、姑母养育成人。在福斯特的姑母去世之后，他从姑母那里继承了 8000 英镑的遗产，这笔遗产每年的利息用于福斯特的生活及教育开支，并且按照规定他长到 21 岁时就会得到这 8000 的本金。这些钱很好地保障了福斯特的生活。福斯特的母亲爱丽丝出生于一个普通的西班牙家庭，父亲的过早离世，加上福斯特是她流产几次才保住的孩子，导致她对福斯特过分偏爱，并且终身没有再婚。

福斯特的童年对他的影响很大，他的曾祖父是当时村子里的“名门望族”，他与其他的知名人士一起组成一个宗教小集团，虽然他们有各自所属的政党，其立场不同，但他们都遵守一个准则——坚决反对保人在非洲贩卖妇女，并想办法积极救助国内的穷人。曾祖父体现了那个年代宗教背景下的人道主义精神，这一精神深深地影响着小福斯特，在他的一些创作中也有明显的体现。总的来说，福斯特在英国的乡村中度过了美好的童年时光，那里风光秀美，景色宜人，以至于福斯特长大之后回到原来的城市，进入高级知识分子、文坛风流雅士群体中，他仍然怀念童年美好的生活和淳朴的人际关系。

（一）中学阶段

福斯特的中学就读于肯特郡唐布利奇中学，这所学校有着英国民族文化的传统，也有着先进的现代思想，那里师资雄厚，学术气氛浓厚，每年有近四分之一的学生进入牛津大学。虽然受到众多家长羡慕，但福斯特在唐布利奇中学的经历并不愉快，他讨厌那种寄宿的生活，十分想家。

福斯特之所以不愉快是因为他在学校经历了校园霸凌事件，当时安静的、文弱的小福斯特成为校园霸凌的受害者之一。童年的阴影一直伴随着他，他对中学的记忆是耻辱的，这在他的作品中有所体现，如《最漫长的旅途》中索斯顿学校的原型就是唐布利奇中学。在小说中，福斯特将英国社会的人性的堕落以及传统观念的腐朽表现得淋漓尽致，这本书也表达了他对英国公学制度的反抗。

（二）求学剑桥

在 1897 年至 1901 年期间，福斯特在剑桥大学国王学院接受教育，他主修文学和历史，虽然剑桥大学的国王学院有着古老的历史，但在思想上却是日新月异，追求创新的。福斯特一来到这里就爱上了这里自由的学术氛围，他在求知中找寻到了自我。在大学期间，福斯特开始接触新的朋友、新的思想。剑桥大学环境优美，学校里有一群朝气蓬勃，孜孜不倦的学子，这些都令福斯特激动。在校期间，他与很多后来在文学界、艺术界、政治界、经济界有所作为的知名人士建立起深厚的友谊。在学习期间他学习了自由主义和怀疑论的相关理论，这些理论深深影响了他。此外，福斯特还对南欧古典文化产生了浓厚兴趣，很多日子里福斯特都沉浸其中。在剑桥度过的时光对他后续的生活和创作产生了无法估量的影响。在那里，他加入了“Apostles”（圣徒社），圣徒社崇尚自由与个性，这更加坚定了他的新伦理思想。他非常崇拜莫尔所提倡的摒弃陈旧体制、建立新伦理的思想，因此逐渐形成了富含个性自由的人文观念。

在校期间，福斯特还受到了历史老师奥·布朗宁和哲学老师纳·韦德、高·洛·迪金森启迪的影响，在他们的影响下，福斯特形成了一种政治和社会观，敢于挑战权威，不屈不挠，同时对生活在底层的人们表达深深的同情。他不满当时英国表面良好实则令人窒息的规范，向往着自由和开放，他的这些思想在作品中都有所体现。

福斯特在剑桥求学的几年成为他人生中的宝贵经历之一，在那里福斯特得到自由的发展，崇尚自由，培育出人文主义思想，这些都成为他一生的宝贵财富。

（三）两大沙龙的影响

布鲁姆新伯里圈子是20世纪英国艺术界里具有世界影响力的精英沙龙，由一大批具有卓越才华和深刻思想的人组成。这些“欧洲的金脑”多半是剑桥大学的优秀学子，他们组成了一个宽松的、经常聚在一起的知识分子集团，其中画家和美学家尤为出众，同时还包括作家、政治学家和经济学家。任何对西方艺术、经济或文学有所了解的人，在这里都能找到一些令他们兴奋不已的名字：罗杰·弗莱、邓肯·格兰特、克莱尔·贝尔、伦纳德·伍尔夫、梅纳德·凯恩斯、G.L.狄更斯。而这个团体的核心人物，恰恰是伍尔夫及其姐姐、画家范奈莎·贝尔。他们日常讨论的话题经常是关于对不同人生态度和现状的宽容，以及对现存价值观的质疑，轻视维多利亚时代英国贵族引领下的时尚和审美情趣。他们的思想新颖且反传统，受到守旧思想攻击的同时也被很多务实的人推崇，以其独具一格的创新精神和关心普通个体生活的风格为英国文学注入了清新的活力。该社团对福斯特产生了很大的影响，福斯特一直坚持三大信条：“人生活的主要目的是爱，是创造和欣赏美学的经验，是不断追求知识”，可以说福斯特早期的作品是受该社团先进理念的指导，如他的《印度之行》是得到伦纳德·伍尔夫的鼓励最终完成的。

另外，福斯特在上大学期间还参加了“阿巴斯沙龙”，并成为其中的一员，这一社团是由英国上层知识分子组成的，它宣扬人文主义思想，重视友情与爱情，强调解放思想，追求一切美好的事物，反对陈规陋习，繁文缛节。福斯特的人生信条“亲密友谊，真诚奉献”就是受该社团的深刻影响的结果。福斯特在创作初期就将创作重点放在人与人之间的友谊和价值上，他关注人的需求，追求人性的完善，重视不同文化之间的交流，因此他的作品中很少有关心国家、政治、经济方面的内容。

（四）福斯特的反抗

从20世纪20年代到30年代初，世界各国出现了经济危机，大批的工厂倒闭，工人下岗，人们生活在水深火热之中；另外法西斯势力在德国、日本、意大利崛起，之后于1939年爆发了第二次世界大战。在短短几十年中，人们就经历了两次世界大战，战争让人民流离失所，苦不堪言；战争中的相互厮杀也促使人性的罪恶暴露无遗；这些都给当时的人们带来了思想混乱，人们在这样不安的时代中动荡不安。

由于两次世界大战，英国民众对爱德华国王不再抱希望，且工业文明的冲击也扰乱了传统的生活方式，以前宁静偏僻的农村，被嘈杂的大机器打破，因此，福斯特认为英国的一部分已经灭亡。福斯特指出，中产阶级是英国社会的主力军，但是中产阶级有着他们的性格缺陷，那就是冷漠，这样的性格缺陷形成了当时的社会的混沌风气。这在《天使不敢涉足的地方》中深有体现。

（三）创作经历

从1600年开始，英国贵族阶层开始流行教育旅游，也就是通过欧洲之行使英国贵族阶层的男性青年能够接受古典文明的洗礼，进一步接受欧洲文明的熏陶。1901 年，福斯特从剑桥大学毕业，作为他的毕业礼，他与母亲一同前往意大利和希腊旅游。旅游途中，在欣赏异域文化之余，他对英国保守、僵化的中上层社会秩序产生了不满情绪。

另外，福斯特的老师纳森尔·威德的一些看法也深深地影响着福斯特。他在学校专攻希腊文学，对希腊文化神往，对希腊文化中的人文情怀和宗教文化深深眷恋。毕业之后还专门到希腊旅游，并在意大利逗留了很长时间，在游历期间，福斯特加深了对希腊古典文化的认识，他不仅醉心于希腊的优美的风景之中，还感受到意大利人民身上延续百年的自我意识，体会到了人类最高的艺术境界，这在等级森严的英国社会是不存在的。反观英国政府，福斯特感受到的是英国的死气沉沉，作为一名人道主义者，福斯特认识到了人类无法离开大众来享受独立生活，作为一名怀疑主义者，福斯特又看到了公众生活与私人生活之间的隔膜，这种隔膜促成了"发育不良的心"的产生。因此，福斯特通常会在他的作品中叙述一种新的文化，这个文化将这两种生活联结起来，从而实现公众生活与私人生活的相互关联。

他分别于 1905 年和 1908 年发表了以意大利为背景的小说《天使不敢涉足的地方》(*Where Angels Fear to Tread*) 和《看得见风景的房间》(*A Room with a View*)，描绘了英国保守、狭隘的上层社会与意大利自由开放的文化之间的碰撞。1907 年，他创作了具有自传性质的小说《最漫长的旅行》(*The Longest Journey*)，探讨理想与现实之间的矛盾，但在主题和写作手法上，与他之前的作品相比，并无太多创新。1909 年，他发表了充满讽刺意味的中篇小说《机器停止运转》(*The Machine Stops*)，这是一部警示作品。1910 年，他推出了备受评论家和读者喜爱的《霍华兹别墅》(*The Howards End*)，巩固了他在文学史上的大师地位。该小说通过描绘来自英国不同阶层的三个家庭，反映了当时英国社会中存在的阶级斗争现象。

《霍华兹别墅》的巨大成就让福斯特名声大噪，但他却陷入了创作的

"瓶颈期"，感觉灵感在枯竭。"每次构思一些章节后，他又陷入了以前的困境。福斯特发现自己无法摆脱一些固有问题：懒惰、性困扰和挫折感。"他开始怀疑他的成功，并感到巨大的压力，于是开始担心自我创作灵感和思想的枯竭。此时，福斯特的母亲年纪越来越大，并出现了性格古怪、脾气暴躁等一系列的心理变化，他们之间的关系变得每况愈下。

1914 年，福斯特去拜访英国诗人爱德华·卡宾特，在经历了一次卡宾特瑜伽般的神秘氛围的影响之后，福斯特在某一刻感受到了表达的冲动。这次拜访重新点燃了福斯特创作灵感的火花。他回到住处立即开始创作《莫瑞斯》。根据作者的要求，这部作品按照他的意愿在其去世后的 1971 年出版。《莫瑞斯》强调追求自由意味着与传统彻底决裂，展示了福斯特对自由平等的坚定信念。

1924 年，他发表了《印度之行》（*A Passage to India*），这部作品源于他 1912 年和 1921 年两次印度之旅，成为他最受欢迎、传播最广的作品，也是他的最后一部小说。从内容和表现方式上，这本书真实描写了在英国殖民统治下的印度民众与英国贵族之间交流的隔阂。究其原因，是两种不同文化之间的碰撞和冲突，让这两个阶级无法和谐地融合在一起。1927 年，福斯特应邀在剑桥大学进行系列讲座，讲稿后来汇编成文论集《小说面面观》（*Aspects of the Novel*）。他的其他作品还包括短篇小说集《华美集》（*The Celestial Omnibus and Other Stories*，1911）和《永恒时刻及其他故事集》（*The Eternal Moment and Other Stories*，1927）、散文集《阿宾格收获集》（*Abinger Harvest*，1936）以及包含关于印度的信件和回忆录的《雪山神女》（*The Hill of Devi*，1953）。

20 世纪 30 年代，福斯特将研究重心转向民权和自由等社会议题。在纳粹席卷欧洲大陆之际，英国政府采取了妥协政策，福斯特则以敏锐的思维和犀利的笔触呼吁人们不要沉湎于和平的幻想，忽视其他国家的痛苦。二战爆发后，他担任英国广播公司（BBC）的播音员，宣扬人道主义与正义，强烈谴责法西斯主义。《为民主两次干杯》（*Two Cheers for Democracy*，

1951）收录了他在此期间的主要言论。1946 年，剑桥大学授予他荣誉研究员称号。1970 年 6 月 7 日，福斯特在考文垂（Coventry）辞世。

在英国文学史上，如何定位福斯特一直是评论家们的困惑。作为 20 世纪英国著名小说家和文学评论家，福斯特的作品从第一部小说《天使不敢涉足的地方》到最后一部小说《印度之行》，既包括英国传统小说和 19 世纪现实主义作家的特点（如连贯的情节和明确的历史背景等），也融入了 20 世纪现代主义的创新手法。他以小说家的敏锐触觉意识到 20 世纪是个变革时代，小说创作必须寻求新路径以展现这个时代的特征。福斯特将人际关系描绘得细腻入微，他的文章风趣幽默，讽刺意味浓厚，文字优美简洁，铺陈巧妙且不留痕迹，象征手法值得玩味。在主题思想和人物塑造等方面，他的作品具有明显的现代主义特点。他批评了英国中产阶级的保守、僵化和冷漠态度，同时坚定地期望通过“爱的原则”来解决社会矛盾，实现人际的和谐。如今，距离他的时代近一个世纪过去了，这一思想仍然具有极为重要的意义。

总的来说，在英国文学史上，福斯特的地位一直是评论家们争论的焦点。他将英国传统小说和现实主义作家的特点与 20 世纪现代主义的创新手法相结合，展示了独特的文学风格。他以小说家的洞察力深刻描绘了 20 世纪的变革时代，使得他的作品成为英国文学史上不可或缺的一部分。

二、福斯特的主要作品

分类	作品	时间	是否改变为电影
长篇小说	天使不敢涉足的地方	1905	是
	最漫长的旅程	1907	—
	看得见风景的房间	1908	是
	霍华德庄园	1910	是
	莫瑞斯	1914	是
	印度之行	1924	是

续　表

分类	作品	时间	是否改变为电影
戏剧	阿宾哲历史剧	1934	—
	英格兰的怡人之地	1940	—
电影剧本	蒂莫西日记	1945	—
合作改编的历史剧	比利·巴德	1951	—
小说理论研究	小说面面观	1927	—
	文学中的女性备忘录	2001	—
	作为批评家的创造者及其他书写	（未出版）	—
散文集	阿宾哲收获集	1936	—
	对民主的两声欢呼	1951	—
游记	亚历山大城：历史与指南	1922	—
	法罗斯灯塔	1923	—
	戴维山和其他印度书写	1953	—
传记	高尔斯华绥·洛尔斯·迪金森	1934	—
	马丽安·桑顿（1791—1887）：一部家族传记	1956	—

第二节　福斯特的思想理念——联结意识

英国在19世纪70年代开始进入帝国主义阶段，福斯特在这一背景下，提出了“联结”的概念，也就是通过实现物质文明与精神文明的联结，来解决英国社会的种种矛盾，最终实现工业文明的和谐。在《霍华德庄园》一书中的扉页上只有一行字“唯有联结”，可以说联结意识贯穿于福斯特的小说之中。《霍华德庄园》讲了施莱格尔姐妹、威尔科克斯家庭以及中产阶级不同阶层的联结故事，这体现的是英国内部的两个文化的联结。而《印度之行》中的联结则体现为不同民族及不同文化之间的联结。

在《印度之行》中有一段是关于清真寺的叙述，这里寓意着两种宗教的融合，原因是它“没有穹顶”。在福斯特的笔下，联结关系时而破产，时而缓和，如在人造的清真寺里，阿齐兹和莫尔夫人的浪漫约会是令人愉快的，这里的联结是缓和的，而与太阳一样古老的马拉巴山洞空空荡荡，没有生机，这些山洞彼此关联又相互隔离，这样使得联结变得尖锐。

崇尚灵感、激情和才华的布鲁姆斯伯利知识分子团体对福斯特的影响很大，使他的作品充满对人性解放和个体成长的关怀，以及对自由和人文精神的追求。在《霍华德庄园》的单独扉页中福斯特写到的“唯有联接”，点明了贯穿他所有作品的一个主体思想即人与人之间的隔阂和联结。这个观点是基于他对社会中存在的隔阂的观察和对现实的反思。工业革命带来了经济增长和社会生活的改变，也同时影响了人们的思维方式和价值观。传统手工业被机器取代使得生产力大幅度增加的同时，也导致许多手工艺人和精打细磨的匠人失去了生计；传统农业社会向工业城市转型使大量农村人口涌入城市，农民成为工人，在适应城市化进程中经历了剧烈的思想变化。传统的阶级和贵族体系也被新兴的工商业资产阶级新贵们冲击，人们不再崇尚不事生产的贵族，转向追捧代表金钱和务实发展的资产阶级，社会结构发生了变化。

过去简单、缓慢的生活节奏被工业化生产精准的工作时间改变，人们的生活变得匆忙、紧张。新型快捷的交通工具减少了人们花费在路上的时间，提高了工作效率，也让人们有更便捷的方式看到更多的文化和风景。科技的发展和商业的蓬勃生机也促进了教育水平的提高，刺激人们更加关注个人成长，对社会规范和道德约束提出了新的要求。

工业革命带来了深刻的社会变革，彻底改变了英国社会的传统面貌和生活方式，推动了文明的进步，思想文化范畴内兴起了理性主义和实证主义，强调技术训练和实际应用。与此同时，还有一部分人反感伴随着工业革命而来的效率、竞争和逐利现象，产生了反抗和失望情绪，他们呼吁人们重视感性、内心平静和回归自然。英国思想呈现出多元格局。

在这样的社会背景下，福斯特通过他的作品表达了对联结和团结的追求。他关注人与人之间的情感联系、社会阶层的交融以及不同文化之间的融合。福斯特呼吁通过建立人性化的社会关系、跨越社会隔阂和文化分歧来实现社会的和谐与进步。他的作品激发了读者对于自由、平等和人道主义的思考，同时也提出了对社会问题的批判和反思。

一、异质文化的联结

福斯特倡导在多元文化环境中以包容性的交流方式超越种族、宗教和地位的差异。在一个旅游和国际交流日渐展开的时代，个体与民族认同都需要与时俱进，既要吸收优秀文明成果以丰富自我，保持开放包容的多元文化意识，也不能脱离民族和社会环境，因为某些陈旧陋习而否认自我和本民族的独特之处。

这一点在福斯特的意大利作品系列中有着详细的呈现。意大利是文艺复兴的发源地，是欧洲最早冲破教会束缚的国家。意大利人肯定人的价值和尊严，倡导个性解放，充溢着世俗人生的乐趣，吸引了无数文人巨匠，诸如米尔顿、歌德、托尔斯泰等都曾游历意大利寻找创作灵感。福斯特对意大利情有独钟，他借角色之口说出游览过意大利的人都会变得纯净和高贵，意大利作为世界的旅游胜地，既有可爱的风景，也是一所知识渊博的学校，具有治愈和教育的功能。风景和金钱一样，本身的价值不大，但是却表现出某种可能无限的价值储备。风景是人和自然对话的媒介。人们能够从自然风景中探求到生命的奥秘，是人与自然、自我和他者之间交换的媒介。环境的变化也能给人的思想带来变化，地理环境能够定义人物。

他的意大利小说都把故事背景设置在一个新的环境下，让人物角色置身异域，疗愈疲惫的心灵，产生新的思维火花。至少可以从外在环境对比上对原来的居住地进行反思，重新审视生活中那些司空见惯、本来以为是想当然的事情，在比较中发现需要革新之处。尤其是在《看得见风景房间》中，福斯特开篇就安排露西已经离开英国来到意大利，而《天使不敢涉足的地方》里第一幕就是一群人欢送莉莉娅前往意大利。他对多元文化的包容态度和对异质文化的渴望在这两部作品中得到充分体现。

在《看得见风景的房间》中，风景一词的含义超越了表面意义，它代表着女主人公露西透过房间窗户所看到的意大利的景色和人们的生活场景，同时也象征着意大利文化的深层内涵。这些对风景的描绘，巧妙地呈现了清新的意大利世界和令人窒息的英国气氛之间的强烈对比。通过露西的视角，读者可以感受到她对意大利风景的共鸣和吸引。这些景色不仅仅是物质的外貌，更是意大利文化的象征，它们传递着自由、激情和人性的价值观。相比之下，英国的保守和偏见使得人们对于生活的限制感愈发明显。福斯特通过对风景的细腻描写和人物之间的对话交流，展现了两种文化之间的对立和融合。在这个过程中，露西作为中介角色，经历着对自我身份认同的重新思考，并逐渐开放心灵去接纳并理解意大利文化的精髓。通过《看得见风景的房间》，福斯特传达了他对文化交流和理解的追求。他认为只有通过与异质文化的对话和接触，英国人才能超越保守与偏见，丰富自身的文化认知。这种文化交流和联结的努力不仅丰富了个体的视野，也有助于不同文化之间的和谐与合作。福斯特倡导通过欣赏和理解异质文化，实现人类共同发展和进步的目标。

在《印度之行》中，福斯特突出强调了不同民族之间的文化冲突，以及冲突所体现的隔阂感与优越感。他对印度文化表现出强烈的好奇心，同时也难以掩盖作为殖民国家的民族优越感，在描写贫富悬殊与市井脏乱景象的字里行间隐藏着作者对印度文化的不适应和个人感慨。虽然如此，产生联结的第一步总是起于两种文化的接触，碰撞和矛盾是互相了解和磨合的过程，是联结的必要过程。

小说的第二部分发生在马拉巴山洞，这是一个寂静无声的古老山洞，常年无语且毫无变化，就像人们心底深处隐藏的孤独、疏离和个体心智的幽深难测。山洞中的回声神秘悠远，像是印度民族的古老原始力量在召唤。面对印度这个陌生的国度，外来的英国旅行者好奇而茫然，他们的懵懂和鲁莽引发了误解与冲突，加深了英印两个民族之间的隔阂与分离。马拉巴山洞的存在凸显了两种文化之间联结的困难与维持的挑战。最后，神庙成为另一个象征性的地点，印度教的庆典仪式以它独特的文化历史感，感染着每一颗见证者的心灵，即使是对此一无所知的外来游客也心生敬畏。这种颇为神秘的环境具有一种召唤和谐与联结的力量。

福斯特在《印度之行》中通过两位主要人物的友谊来探讨异质文化之间的联结。艾席思和菲尔丁代表了东方和西方文化的不同特点和价值观。艾席思充满热情、友爱，而菲尔丁则代表着人文精神根深蒂固的欧洲文化。他们之间的友谊象征着殖民地和宗主国之间不同政治背景下的文化联结。尽管福斯特展示了两种文化之间的可能性，但他并不持乐观的态度。小说结尾时，艾席思和菲尔丁的分开暗示了两种文化之间未能联结接起来，这种悲观结局表达了福斯特对于东西方文化融合的潜在困难性的担忧。尽管小说以消极的结局结束，但福斯特仍然保留了一线希望。艾席思和菲尔丁之间共同的希望体现出两种文化之间的互相理解与和谐的愿望。然而，在存在种种隔阂与差异的现实情境下，福斯特认为这种和谐是难以实现的。通过这样的设定，福斯特传达了对于不同文化之间和睦与和谐的消极情绪。福斯特的作品揭示了在人际关系如此脆弱的现实中，实现真正的和谐与联结是一项艰巨的任务。

二、自然与工业文明的联结

除了处理异质文化之间的联结，福斯特在他的作品中也关注人与自然的和谐共生，尤其是自然对人的疗愈作用。福斯特的作品与这一主题相呼应，他批判现代文明对自然的破坏，呼吁人们保持与自然的联结，并在此基础上探索与现代社会和谐共存的可能性。

在反对现代文明的作家和思想家中，福斯特对现代社会的批判也具有深刻的精神层面。他对工业化社会的弊端进行了反思，同时表达了对自然的崇尚。与维多利亚时期的批评家和作家一样，福斯特追求回归自然、恢复人类与自然的和谐关系。福斯特与一些原始主义者不同之处在于，他不仅关注自然的重要性，也致力于寻找现代文明与自然之间的平衡点。他认为英国传统价值观也重视人与自然之间的情感联系，尊重自然并在自然中找到精神力量。福斯特试图在保持与自然的联系的同时，找到现代社会与自然之间的协调之道。

福斯特的联结主题正是在探索如何在现代文明的桎梏下与自然建立联系的可能性。他呼吁人们回归自然，保持与自然的和谐，以便在现代社会中寻找心灵的满足和平衡。通过探索人与自然的关系，福斯特试图在现代文明与自然之间建立一种更为持久和有益的联结。福斯特对现代文明持有批判的立场，但他不仅仅停留在批判层面，而是致力于寻找人类与自然、现代社会与传统价值之间的平衡。他的联结主题旨在引导人们思考如何在现代社会中与自然和谐共处，以实现精神与环境的共同发展。

福斯特的作品通过象征手法反映了人与自然之间的隔阂和分离的现实。他将自然景色赋予象征意义，将自己的情感和思想融入景物之中，表达了人要向自然学习，保持本真的天性，不粉饰不虚荣。即使是生活在现代都市中的人们，在享受现代科技的便捷和机器大规模生产带来的丰富物质时，也应保有对自然生活的向往，而不是混同在冰冷机器的现代生产中变得冷漠无趣。

所以，在自然与现代文明的割裂面前，福斯特提出了“联接”主题以寻求二者之间的和谐。在《霍华德庄园》里，他描写了传统乡村生活的宁静和浪漫，那些破旧的城堡、潺潺流淌的小河、状态各异的低矮山丘都充满了他的爱恋和向往。这种田园牧歌式的生活是英国人浪漫和松弛生活的心灵乐园，与此同时，福斯特也描写了工业生产环境下伦敦城里的混乱和嘈杂，表达了他对过于追求物质生产和追名逐利的社会现实的批判和不满。那些刚被城市化进程卷入的人们经历着不断地搬家、租房，福斯特笔下的那些丑陋房屋象征着与乡村田园生活截然不同的现代都市生活。这些房子所代表的生活状态，无论是华丽公馆还是肮脏地下室，都缺乏生命力，华丽的家具装饰了整个房子，却总是呈现出不协调的一面。即使是装修豪华的公寓也缺少生机和活力，生活在其中的人们享受着便捷的现代生活，在喧嚣和混乱中失去了内心的宁静。通过对自然与现代文明的对比，福斯特表达了对现代文明冷漠和混乱的批判，也显示了他希望联结二者的思想。

虽然批判工业文明下的城市生活，但福斯特并不希望回归到原始的生产状态中。他所批判的只是现代文明的混乱和虚伪，对其中的积极一面是很欣赏的，并接受这种社会发展的必然进程。当城市文明逐渐蚕食乡村生活，他为失去的传统乡村田园生活感到惋惜，同时也知道这只是个体的感受，并不能阻止历史的发展。正是这种遗憾和无奈更让人扼腕，不管怎样，现代工商业文明的蓬勃发展正势不可挡地滚滚向前，把英国传统文明碾压在车轮之下。福斯特试图寻找一个二者之间不那么对立的点，建立一种共存和联结。

福斯特在作品中揭示了现代文明与传统价值之间的冲突，他并未完全否定文明，而是试图在现代文明中找到传统价值与自然之间的平衡点。他认识到个人的力量有限，但他的作品中仍流露出对传统价值的珍视和对现代文明的反思。通过象征手法，他提醒人们反思现代文明对自然、人性和社会的影响，寻找自然与文明的融合之道，以实现更有意义和可持续的生活方式。对于福斯特来说，实现平衡成为至关重要，这就是他所强调的“联接观”。

福斯特认为知识分子应该充当文明的调和者，寻求不同领域、不同利益之间的联系与和谐。他并不是简单地抨击现代工业文明，而是试图通过对话和交流来促进不同阶层和群体之间的相互理解和共享。他相信知识分子有能力推动社会的进步，并为解决社会矛盾和困境作出贡献。福斯特的观点引起了不同的反应和批评，但他强调的“联结观”提供了一个思考的框架，以平衡现代文明和传统价值观之间的关系。他认为，通过相互尊重和理解，人们可以寻找到一种和谐共存的方式，以实现个体和社会的全面发展。尽管福斯特的观点存在争议，但他的作品仍为我们提供了思考和对话的机会，以探索如何在现代社会中找到平衡和联结的可能性。他的思想对于我们理解和应对当代社会的挑战仍然具有重要的启示作用。

三、人际沟通中的联结

福斯特的作品受到他所生存时代的社会发展状况影响，他对现实生活的犀利观察使他洞见到了发展与繁荣背后伴随着一定的精神问题。人们困于自己的生活圈层和思维模式中，在固定思维模式和文化囹圄内挣扎，很难和别人达成深度沟通和联结，尤其是福斯特作品中处于边缘群体的中老年女性，以及上流社会中的男性。他们的固执像四面围墙，把自己封闭于没有窗口的房间内，对外边的风景不向往也不接受。比如露西的未婚夫塞西尔，如果说乔治是风景，塞西尔则是没有窗户的房间。塞西尔曾经质问露西："我把你同风景——某种风景——联系起来，那你为什么不把我和房间联系起来？"露西思索了一会儿，笑出声来回答道："我想到你时，总好像在房间里，真有意思！"此时塞西尔好像生气了："请问是客厅吧？看不到风景，是不是？""是的，我想看不到风景。"（爱·摩·福斯特，2011：70）露西觉得塞西尔就是个房间，而且是封闭的、看不到风景，而且塞西尔还想把露西圈在里面，占有并控制她。

在福斯特的作品中，恋爱和婚姻不再仅仅是个人行为和关系，而成为衡量人际联结是否成功的标志。他通过描绘婚姻关系中的亲密、理解和支持，表达了人与人之间建立深厚联系的重要性。他通过角色的心理描写和对话，展示了人们在婚姻中寻求情感满足和自我实现的渴望。福斯特呼唤人们重新关注人际关系的真实意义，通过相互理解、支持和沟通来构建有意义的联结。他在小说中强调了个人与个人之间的情感交流和共鸣的重要性，希望人们能够在现代社会中重拾人性的温暖和善意。福斯特在揭示人与人之间的联结主题时，也提供了对当代社会人际关系问题的思考和启示。他的观点引发了人们对于人际交往、情感交流和人性温暖的重要性的深思，对于解决当代社会的精神困扰具有积极的倡导意义。

（一）《最漫长的旅程》中人际沟通中的联结

在《最漫长的旅程》中，福斯特通过描写瑞克的失败婚姻，强调了人与人之间交流的重要性。瑞克的婚姻缺乏爱情和理解，使得他感到窒息。受到弟弟斯蒂芬的影响，瑞克最终选择离开无爱的婚姻。在小说中，无爱的婚姻象征着缺乏交流的相处方式。这种思想很超前、现代，放在100年后的今天仍然适用。福斯特认为人和人之间的联结不能仅限于婚姻中的丈夫和妻子，人们除了配偶和孩子，还需要和其他人之间的精神交流和自由思考。尤其是当婚姻充满乏味和争吵，不但不能达成联结的效果，甚至对彼此都是消耗。福斯特比较强调灵魂伴侣之间的联结力量，不管是异性还是同性之间，真正的精神层面的交流能带来蓬勃和激情的原始力量，能增加幸福感并促进个体成长。

他通过描写男性友谊，呼唤人们在精神上的交流与发展，追求自由和真实的生活。福斯特通过《最漫长的旅程》中的故事，提醒我们重视人与人之间的真诚交流和友谊，以实现个人的精神成长和幸福。他的观点引发了对婚姻和人际关系的深思，鼓励人们不断探索自我和周围世界，追求更有意义的人际联结和心灵共鸣。

（二）《看得见风景的房间》中人际沟通中的联结

在《看得见风景的房间》中，福斯特通过露西的婚姻选择故事，探讨了婚姻作为一种象征的更深层含义。尽管表面上看，福斯特通过露西与乔治的爱情来赞颂突破传统道德束缚、追求自由与爱情的观念。然而，罗丝·麦考雷指出，婚姻在这部小说中具有更深层次、更重要的象征意义。婚姻在联结的同时也有成为束缚的可能，以房间和家庭的形式，而没有窗户的房间象征着没有自由的婚姻。英国女性在婚姻中几乎一直生活在封闭的房间中，她们不被看作是与丈夫平等的独立个体，而被视为丈夫的私有财产。露西的未婚夫长期浸润在传统的礼教规则之下，远离自然太久，已经内化了社会习俗的条条框框。他把自己定位为一个房间，来容纳需要被保护的人，然而他自己却被困其中无法自拔。

当露西从英国的风角街走进意大利的自然风光、人文风景，也就意味着她走出了表姐巴特莱特愚蠢的限制，看清了牧师虚伪的面目，聆听了老爱默生那些自然真实的话语，经历了死亡的恐怖和爱情的美妙，她终于能够勇敢地面对内心的呼唤。她离开了代表传统束缚的塞西尔，接受了最接近自然真实的乔治，在心理上和身体上都成为一个自立自由的人。

通过《看得见风景的房间》，福斯特呼吁人们突破传统道德的桎梏，追求真诚和自由的人际交往。他揭示了婚姻作为一种象征的意义，并通过露西的经历展示了真诚的人际关系对于个人成长和幸福的重要性。这一观点激发了对婚姻与人际关系的思考，鼓励人们追寻真实的情感联结，摆脱虚伪和约束，追求自由与爱情的完美结合。

（三）《霍华德庄园》中人际沟通中的联结

在《霍华德庄园》中，福斯特通过玛格丽特和威尔科克斯先生的婚姻关系，展现了文化人与商业人之间的可能性。尽管玛格丽特和亨利的婚姻已经丧失了爱情的联系，但她与威尔科克斯先生的结合却象征着不同社会阶层之间的联结。拥有财富和地位的玛格丽特是一个关注自己内心声音的人，她具有开放和接纳的心态。她认识到商业人士的努力对于社会的发展至关重要，没有他们的实干精神，英格兰的交通运输和文化活动将无法顺利进行。玛格丽特的话语表明了知识分子与商业人士之间的相互依存关系。福斯特通过玛格丽特的角色，展现了知识分子在与商业文明相联结时的心理状态。尽管他们可能对商业活动抱有一定的恐惧和鄙视，但他们也意识到自己的生活在很大程度上依赖于商业文明的存在。这种模糊的意识使得知识分子意识到他们与商业人士之间存在着一种必然的联系和相互依赖。通过描绘玛格丽特和威尔科克斯先生之间的婚姻关系，福斯特呈现了知识分子与商业人士之间复杂而微妙的关系。他传达了一种理解和接纳不同社会群体的观念，表明联结不同阶层的交流和互动对于社会的发展和和谐至关重要。这一观点强调了人与人之间的理解和包容的重要性，以促进社会的进步和共同发展。

每一个人都有自己的局限性和独特性格，让两个独立的人联结在一起，既保持自己的独立性又保持亲密的关系本身就是一件不容易的事情。玛格丽特与威尔科克斯先生的婚姻也显示了“联接”的艰难和困境。要克服在彼此身上看清的性格缺陷，全面接纳对方并长期生活在一起，互相包容和爱护，有反人性的自私性，只有深刻的爱情才能做到，但众所周知爱情的保鲜期是短暂的。从一开始，玛格丽特就意识到威尔科克斯先生的缺点，他害怕情感、追求商业成功、缺乏诗意。这些性格特点让他们之间的联结变得困难。两次危机进一步凸显了这种困难。第一次危机是当玛格丽特发现亨利曾伤害并抛弃过巴斯特夫人，她感到深受伤害，怀疑男人和女人之间存在着不可逾越的鸿沟。尽管如此，玛格丽特并没有放弃联结的信念，而是冷静地处理了这一问题，并坚定自己的信念，试图改变亨利成为一个更好的人。第二次危机是在海伦怀孕事件中发生的。海伦和玛格丽特希望在霍华德庄园过夜以获得内心的平静，然而亨利却以商业人的眼光考虑到自己的名誉和利益，拒绝了她们的要求。亨利的自私和冷漠激怒了海伦，而玛格丽特认为亨利的行为与海伦的堕落没有本质区别。然而，亨利无法理解其中的关联，最终拒绝了玛格丽特的请求。这次争吵让玛格丽特彻底失望，她决定放弃与亨利的联结，离开英国，与妹妹一起展开精神和情感的旅行。这样的决定表明玛格丽特对亨利已经失望至极，她放弃了自己曾经热衷的联结事业，只想与妹妹一起追求精神生活的旅程。姐妹俩重新回到了开始时心有灵犀的状态，成为精神生活的象征。

在《霍华德庄园》的结局中，两姐妹过上了幸福美满的生活，庄园女主人临终留下遗嘱，将庄园留给玛格丽特，亨利向她求婚也被接受。作为中产阶级的代表人物，玛格丽特在物质上本就不匮乏，也并非贪婪之人，她只是希望后半生能够更为富足。他们的婚姻可以视为一种联结，精神生活和物质生活的联结，内在力量和外在生活的结合。

海伦则是冲破世俗的新生力量，她单纯、善良，同情弱者，厌恶充满腐朽之味的威尔考克斯家族，认为他们是落后，冷血，唯利是图的剥削者，因此她反对姐姐的婚姻。但她的理想，她对爱情的纯洁的期冀，是无法融入那个时期的英伦社会，当她和所谓的弱者，平民的代表巴斯特先生亲热后的意外怀孕，使其背井离乡离开英国。海伦的儿子是“联结”最好的象征，是资产阶级和无产阶级的结合，是贫穷与富裕的“联结”，这样的他在霍华德庄园中快乐地成长，代表着英国未来的希望，也是福斯特“联结观”的最好体现。

福斯特在两个世界之间构建了联结，一个是代表艺术、精神、理想和情感的古典英格兰，那就是霍华德庄园；另一个是代表世俗、商业、精明和现代文明的伦敦。二者的联结者就是玛格丽特，她通过各种努力使二者在她的世界中得以平衡。

第二章　福斯特创作特征

第一节　福斯特创作的象征主义

一、象征

象征（symbol）这个概念拥有悠久的历史，最初来自希腊语的symbollein，意指“拼合”，用于描述将一块书板分成两半作为友好凭证的过程。随后，它的含义扩展为符号和象征。柏拉图曾提到：“整个可以直觉的宇宙成了各种理念的象征”[1]。在古今中外的文学作品中，处处可以找到象征的存在，它对文学创作有积极的意义，通过某种特定的具体形象，为读者提供更加直观、感性的体验，能够激发起读者的联想和思考。能够强化文字的表达力，从多个层面帮助作者表达自己的思想。到了欧洲中世纪，教会神学占据了至高无上的地位，这对当时文学产生了巨大影响。在文艺复兴和启蒙运动席卷西方的过程中，各种思潮迎来了蓬勃发展。以弗洛伊德为代表的心理学派对梦进行解析，梦被视为人们潜意识里要表达的东西，象征着一个人本我最深处的思想。

关于象征的讨论从未停止。黑格尔是第一个将象征作为理论进行讨

① 鲍桑葵 . 美学史 [M]. 商务印书馆，1985：64.

论的人，在他的《美学》一书中，他根据艺术与“理念的感性呈现”的契合程度，将艺术划分为象征型、古典型和浪漫型。象征策略应用到艺术作品中时，人们并非直接关注这个外在事物本身，而是关注它所隐含的更广泛、更普遍的意义。十九世纪末期，西方诗歌创作中的象征主义应用层出不穷，而中国古诗中象征技巧的运用更是俯拾皆是。自二十世纪以来，欧美的象征理论取得了更为显著的发展，在文学中的生命力更加成熟、强盛，美国诗人则因为象征手法的使用自成一派：意象派。作为一种艺术表达手法，象征具有丰富的生命力和吸引力，在福斯特的作品中也得以高频率地使用。

二、福斯特的象征主义分析

（一）环境象征

1. 异国象征

异国之旅是福斯特长篇小说的写作模式，《天使不敢涉足的地方》描写的是意大利之旅。《看得见风景的房间》描写的是佛罗伦萨之旅，还有印度之旅。旅游路上的见闻都是福斯特之前从未感受过的，因此福斯特对异域风情的描述把“强调的重点放在迥然不同的、陌生的现象上”，陌生感能引起反思和警醒。福斯特生于英国，长于英国，因此他带有英国中产阶级及英国文化影响所形成的价值取向，因此福斯特在描述异域风情的时候，常常用象征的手法来叙述，也就是作者通过转变环境，在对比中来对本国文化做深度地解剖。

托马斯·福斯特认为：“地理位置的变化可以定义人物，使人物得到发展。”[①]（托马斯·福斯特，2016：172）。福斯特善于通过地理位置的改

① 福斯特·托马斯．如何阅读一本文学书 [M]. 海口：南海出版公司，2016：172.

变来表现主人公思想的转变。《看得见风景的房间》和《天使不敢涉足的地方》都是以意大利为背景，把主人公转移到远离英国的陌生环境中，希望在新的场景映衬下，主人公能意识到曾经习以为常的思维习惯可能是荒谬的，并因而觉醒和改变自己。

（1）《看得见风景的房间》中的象征分析

作为福斯特意大利小说中更为完整和成熟的一部，《看得见风景的房间》更加聚焦于希腊自由精神的象征意义。意大利是文艺复兴的发源地，也是欧洲最早冲破教会束缚的国家。意大利人肯定人的价值和尊严，倡导个性解放。因此，意大利充溢着世俗人生的乐趣，吸引了无数文人巨匠来寻找创作灵感，一时之间到意大利旅游成为时尚潮流。

福斯特在小说的开端就安排露西离开英国来到意大利，正是因为意大利有着独特的人文和自然风景。在新的环境下英国守旧思想和意大利的自由人文精神一相遇便展现出冲突：露西和表姐巴特莱特预定的景观房没有窗户，就在她们为此而深感不满的时候，住在隔壁的爱默生父子热忱地提出可以跟她们交换房间。然而，爱默生父子的此番好意却遭到了巴特莱特小姐和其他英国女性游客的蔑视和反对，认为这种行为缺乏教养，是不得体的社交礼仪，最后就不是什么房间与风景的问题了。在毕普牧师的调解下，她们还是接受了爱默生父子提供的房间，露西才得以享受意大利的窗外风景。她“清晨醒来，景色令她心情舒畅……（她）脱离了英国令人窒息的气氛，来到清新的意大利世界。”[①] 在这里人们正以蓬勃的生命力和自由享受着自己的生存，感受着烟火气息，远离了礼教规训，更接近自己的本真需求，生活得更真实更具体。这种与以往截然不同的生活体验为露西带来了新的启示，并引领她在异域文化的影响下展开了自我探寻之旅。

小说中也写过不少关于意大利的建筑物，比如圣克罗大教堂，露西独自参观了这座教堂，并获得了独特的体验。露西首先是感到了建筑物的

① 福斯特．看得见风景的房间 [M]. 上海：上海译文出版社，2011：9.

宏伟，惊叹古人的聪明才智，她以往所受到的教育是要尊崇宗教信条和圣人。但是当露西看到爱默生父子竟然嘲笑主教、嘲笑人们对壁画的盲目崇拜时，她先是吓了一跳，尔后决定不再像表姐巴特莱特那样藐视这对父子了了，而是要对他们谦和，要消弭他们之间的阶层隔阂，甚至要向他们学习。并且“他们劝她放开自己……他们用魔力把她镇住了，她简直想不起来应该怎么样才算举止得体。”[①] 此时，露西在英国所学到的得体礼教模式开始崩塌，因为她看见了新的世界观，并开始走上了自我重建的成长之路。

小说还写到了佛罗伦萨广场的流血死亡事件。女性的成熟需要经历某些令人印象深刻的时刻。托马斯·福斯特说道：“我们进入成年，离不开对性欲本质和必死的命运的理解。”[②] 露西在意大利对爱情和死亡都有了深刻的经历：她目睹了刀子刺入身体、鲜红血液流出、年轻生命消亡的场面。争吵和打斗的张力与恐惧让生活在温室中的露西惊心动魄，也让她不再埋怨生活的枯燥无味了。福斯特借此告诉谨守体面和教化规则的英国人：在死亡面前，一切社会礼教、习俗束缚都不值得一提。经历了此事之后，露西和乔治产生了心灵共鸣，他们开始探讨人生。乔治告诉她，“他想生活下去，而不是简单地活着”[③] 乔治不满足于简单地活着，而是希望有人和他共同探询他心中那个大大的“问号”。面对乔治对探寻人生的追问，被死亡震撼了的露西需要整理自己的思想，她从单纯快乐进入了“混沌”状态。

意大利在让露西见证生命的消亡的同时，也让她体验了爱情的甜蜜。她和乔治的爱情在最自然的状态下释放，“花朵像一阵阵蓝色的波浪冲击着她的衣裙，他快步走向前去吻了她，春天的感染力就是这么强。每时每刻都可能促使生命开花结果，爱与真诚像山洪一样突然爆发了。”（福斯

---

① 福斯特．看得见风景的房间 [M]. 上海：上海译文出版社，2011：15.

② 福斯特·托马斯．如何阅读一本文学书 [M]. 海口：南海出版公司，2016：273.

③ 福斯特．看得见风景的房间 [M]. 上海：上海译文出版社，2011：30.

特，2011：45）这就是爱情的本质。在他们亲吻的一刹那，阶级意识和礼教束缚土崩瓦解，一切都和大自然融为一体。

意大利崇尚人性自由的精神也体现在对另一对爱情的描写里。当意大利车夫和他的爱人自由亲吻时，规则在他那里似乎根本不存在，他像太阳神一般自由不羁。“无论是充满信仰的时代，还是怀疑一切的时代，对此人都不会有影响”（福斯特，2011：38）。车夫和他的爱人无视世俗的眼光，或者根本不知道在英国人的眼里，那种行为是有伤风化、不可接受的。这让露西心中萌生嫉妒之意，同时也让她第一次意识到人的情感和大自然一样不应该被压抑。就像爱默生老人所说：“应该支持这种不受传统约束的、豪放不羁的生活方式。大自然的春情与人的春情有什么区别吗？可我们赞赏前者而指责后者，认为有失体统。”（福斯特，2011：42）老爱默生对爱情本质的这种评价比大自然的美景给露西的愉悦和启发更大，因为它更贴近人的自然属性。

（2）《天使不敢涉足的地方》中的象征分析

在《天使不敢涉足的地方》中，环境象征发挥了至关重要的作用。通过对意大利蒙特里亚诺的描绘，福斯特展示了自己对英国文化的反思，并表达了他对人生观和价值观的探索。

蒙特里亚诺这座位于意大利中部的小城，具有美丽与混乱并存的特质。这个小城位于一座小山之上，被绿意盎然的橄榄树环抱，成了一个世外桃源般的地方。“小城似乎孤零零地漂浮在树木和天空间，像梦境里的某座奇妙的船城。它的颜色是棕褐色的，看不见一座房屋”[①]。这象征着一个远离英国喧嚣与文明的自然之境，有着它独特的神秘魅力和自然力量。在这里，一切在英国成为问题的事物，似乎都不再是问题。

在《天使不敢涉足的地方》这部小说中，主角菲利普通过游历意大利，对其文化有了全新的理解，并受到深刻影响。菲利普的意大利之行可

① 福斯特．天使不敢涉足的地方 [M]. 马爱农，译．北京：人民文学出版社，2009：26.

以说是救援和治愈，是一个追求完美人格的过程。意大利在菲利普脑海中一直都保留着神圣的印象，那里有饱含文艺复兴韵味的风俗习惯，热情好客的人们，孕育着梦想的艺术殿堂。每一次踏上意大利的土地，他都有一次从传统到联结心灵的救赎。第一次从意大利回来之后，他“摆出一副预言家的态度，大有彻底改变或者摒弃索斯顿的架势”。离开了意大利的环境，他的理想并没有实现，无论是他自己还是索斯顿都没有发生任何变化。虽然这种救赎漫长而困难，然而对于个体心灵的成长仍然是起到一定推动作用，这种精神活力，在他所生活的英国中产阶级中并不常见。

当旅行者离开本土环境，从外部回观自己的故乡，更能看清楚本国文化体系中一向习以为常的不合理之处，认清自己国民所存在的问题。在旅行中得以成长之后重返故土，众多个体的改变才能推动本国思想观念、自我认知的改变。

2. 住所象征

福斯特的小说中常常会出现各种各样的住所，比如《霍华德庄园》中的霍华德庄园，比如《看得见风景的房间》中的那间看得见风景的房间。很显然，住所在这里被赋予了特殊的意义和重要的地位。这里住所不再是客观存在的钢筋水泥的合成，而是承载着某种象征意义的象征物。

在《霍华德庄园》这部小说中，一系列古老的乡村庄园相继亮相，其中最具代表性的存在无疑就是而霍华德庄园。小说以霍华德庄园为名，也突出了这座庄园在故事中的重要地位和特殊意义。尽管在全书过半之后，庄园才真正成为故事发展的主要场合，但读者则在开头就期待了它的出现。小说始于霍华德庄园，并在此结束。

故事一开始，读者就通过海伦的信件，了解了霍华德庄园的大体样貌，它并不华丽，倒是显得古老而普通。在海伦的描述下，霍华德庄园呈现出田园诗般的美丽，它有着高大的山榆树和各种果树，周围环绕着葡萄藤，开满野生蔷薇。福斯特用了大量篇幅描写它的美景，让人倍感期待。

而读者发现玛格丽特直到第二十三章才亲自见到霍华德庄园的真容，并感受到了它的魅力。

当玛格丽特见到庄园时，她发现这里一片荒凉，因为威尔科克斯家族仅将其作为短暂停留之地，却忽视了它的安静、美好。玛格丽特看见了这座庄园的魅力，感受到了它充满生命力的生机，甚至能想象到房子的心脏在跳动。她似乎和霍华德庄园产生了某种超自然的联结，她感觉自己属于这里，也注定要回到这里。

霍华德庄园的出现，首先起到了联结小说情节的作用。从小说的发展过程中，我们可以看出霍华德庄园是主要人物命运的交汇点。玛格丽特第二次独自进入这个庄园时，"地毯已经铺上了，那张大工作台拉到了窗户附近；书柜摆在壁炉对面的那面墙前，她父亲那把长剑——这招尤其让她迷惑不解——从剑鞘里拔出来，光闪闪地悬挂在文静的书籍中……家具样样都各归其位，合适极了"，这意味着这座庄园已经在形式上与施莱格尔家融为一体。最后，在经历了种种困难之后，施家姐妹和威尔科克斯先生，终于在霍华德庄园中找到了和谐共处的方式。这个庄园像一个大舞台，承载着所有的起伏和冲突，也见证了角色们的成长与蜕变。

然而，霍华德庄园不只是一个简单的地理位置，它也是一个象征。庄园的历史氛围、自然环境，以及那些充满生命力的植物，都构成了一个丰富的象征意象。当玛格丽特第一次来到霍华德庄园时，她感受到了房子的"心跳声"，这象征着这所房子与人一样有着生命、有着情感。更重要的是，庄园在小说中也在做出选择。威尔科克斯父子作为中产阶级商人的代表，他们更关心的是物质享受，而忽视了庄园所代表的传统价值，因此，他们被庄园抛弃。施莱格尔姐妹取代了他们，成了庄园的新主人。庄园的选择，恰恰揭示了它更倾向于具有人文关怀和传统价值的生活状态。

福斯特的这部小说中的霍华德庄园，可以看作是他理想中的生活方式的象征。这种生活方式背离了城市的喧嚣和混乱，紧密地与土地和自然联结在一起。庄园的恬静、自然和富有生命力的特质，就是福斯特在小说中试图传达的理想生活状态。霍华德庄园象征着福斯特的理想，是他对于真实、传统和人文关怀的寻求，它代表的不仅仅是一个具有使用价值的房产，而是一个富有人文关怀和传统价值的理想生活状态。

在 E.M. 福斯特的小说《看得见风景的房间》中，房间及其看得见的风景被赋予了丰富的象征意义。一方面，它与身临其境的风景紧密相关；另一方面，“风景”一词在英文中有“scenery”和“view”两种表达。前者指自然景色，后者除了指风景，还可以表示视野、见解、观点。这个双重涵义进一步强化了房间和风景之间深层次的象征关系。

在小说一开始，看得见风景的房间就成了主角露西和她的表姐最关注的地方。他们住在贝尔托利尼公寓，这个公寓明显受到了英国社会风气的影响。然而，即使是在这样的环境中，露西仍然期望能够从窗户看到迷人的意大利风景。作者用房间代表英国，用意大利代表风景，而旅馆就是联结二者的窗户。非常精妙的隐喻手法，传达出书名的隐含意义。这里的象征意义比较明显，房间内涵丰富，既是牢笼又是圣所。可以是囚禁自由的牢笼、禁锢思想的枷锁。同时又可以是圣所，一个人的房间就是一个人的私人世界，可以自由地思考、放松，是实实在在的场所，分享快乐的乐园，给人安全感和归属感。

关于风景和房间，可以探讨的内容丰富又有趣。福斯特在小说中通过意大利旅馆关于房间的冲突揭示了公寓的实质。这个位于佛罗伦萨的贝尔托利尼公寓，实际上是英国形象被凸显的场合，人们在踏出房门之前还刻意保持着自己英国式的矜持和高贵。他们固执僵化，没有接受新事物的好奇心，对新来的客人也都保持警惕，总是“先要观察一两天，然后开口攀谈”。

在福斯特的眼中，源于其历史发展和经济实力，英国人在意大利面前有着明显的优越感。他们试图保持这种自以为是的优越感，但是身处自由之风飞扬的意大利，这点优越感只能局限在封闭的房间中，而且这个房间也很快被爱默生父子给换成了有窗户的、能看见风景的房间。如此说来，这真的应验了表姐的担心，并不只是简单的交换房间的问题了，露西接受的不仅仅是房间，而是看见的能力和觉醒的力量——她看见了意大利的自然风景，接触到了放飞自我的觉知力量，此乃更美的风景。这对父子则更像是包装在英国外壳下的意大利人。他们的意大利式的豪放和热情，以及他们的善意行为，都使露西逐渐接受了希腊精神的真谛，开始听从自己的心灵的声音。

因此，在《看得见风景的房间》这部小说中，房间不仅仅是一个实物，更是一个象征。它既象征着传统的社会风气和约束，又象征着自由的生活状态和个人觉醒。通过房间和风景的设定，福斯特成功地刻画了两种截然不同的生活状态和文化观念，让我们对人性和社会有了更深的理解。

房间的象征不仅出现在意大利，还出现在露西在英国的住所，风角的客厅中。那里有宽大的窗户，但是常年被厚厚的、几乎拖到地上的窗帘遮住了外面的风景。这象征了英国人的思想状态，他们拥有全世界最富有的物质财富，本可以享有自由奔放的精神，但却主动把自己束缚在严格的礼教规训之中。

每个人的房间象征着不同的生活状态和文化观念。对于英国绅士塞西尔来说，他生活在一种封闭的、看不见风景的房间，这个房间象征着他的生活状态和精神世界。与此形成鲜明对比的是主角露西和乔治，他们生活在看得见风景的房间，他们的房间象征着开放性和接受性。

塞西尔生活的封闭房间将外面的风景完全阻隔在外，这种封闭性与塞西尔的生活状态和精神世界相吻合。当他询问露西是否觉得他是个封闭的房间时，透露出他的封闭思维和迂腐的道德观念。他的这种思维方式阻止他接触外面的世界，他的生活被限定在他的房间里，他看不到外面的风景。露西确实经常把塞西尔与看不到风景的房间联系起来，她感觉在这样的房间里，自己没有自由。塞西尔生活的封闭房间象征了他刻板、虚伪的性格，也象征了他的精神状态。他被他的道德观念所束缚，他缺乏真实的情感，他丧失了生命的激情。

乔治在他房间的镜子上留下一个大大的问号，象征了他对旧世界的质疑和对新思想的好奇。他们的房间象征了他们的精神世界，这是一个充满生命力的世界。塞西尔与露西和乔治形成了鲜明的对比。他们的房间象征了他们的生活状态和精神世界。塞西尔的封闭房间与他的封闭思维和迂腐道德观念相吻合，而露西和乔治的风景房间则与他们的开放思维和追求自由的精神世界相吻合。这种对比在小说的结尾得到了体现，露西选择了与她有相同精神世界的乔治，而不是封闭的塞西尔。

通过这种对比，福斯特成功地揭示了人性和社会的真实面目。他通过房间这个象征手法，展现了人们生活状态和精神世界的差异，从而揭示了社会的复杂性和人性的复杂性。

3. 动植物象征

除了国家和处所的象征，福斯特巧妙地运用了动植物的象征和重复的手法，以加深故事的主题和情感深度。他的这种手法不仅显示了他作为一位杰出作家的敏锐观察力和创新思维，也为读者提供了一个全新的视角去理解和欣赏他的作品。在动植物的描绘中，福斯特精心安排了一系列的象征意象。例如，树木和动物在他的笔下不仅仅是环境的一部分，也充满了深层的象征意义。他将这些元素运用得恰到好处，让它们既有实际的存在感，又能引发读者的联想，进一步深化故事的主题和情感。

对黄蜂这一象征的使用就是一个很好的例子。黄蜂是一种具有印度特色的动物，福斯特却颠覆了我们对黄蜂常见的危险性的认知，将其塑造成一种可爱而通人性的形象。

黄蜂的首次出现是在小说的第三章，莫尔太太看见一只黄蜂蜷缩在衣钩上。福斯特在这里仔细描绘了黄蜂的形象，外表看起来和英国黄蜂相似，它们的长腿都是黄色的，飞翔的时候拖在身后。他又指出“印度的动物没有室内感”，常常闯进房间，把房屋当作森林的一部分。福斯特在这里借由黄蜂将印度描绘成了一个混乱和神秘的世界，这个世界就像一个无尽的丛林。然而他并没有让这个世界变得充满危险，相反，他指出印度和英国并无本质区别，这个世界更像是一个可以让人们探索和理解的场所。莫尔太太称呼印度的黄蜂为“可爱的小家伙”，可以看出她的宽容与慈爱，可爱的小黄蜂飞到她的身边，或者说来到她身边的黄蜂在她眼里变得可爱。莫尔太太象征着英国与印度的联结者，来自英国的人和物在她眼里都是可爱的，可被接纳的。

在第三十三章作者再次提到了黄蜂，并赋予了它更深的含义。当戈德博尔先生沉浸在对印度宗教的狂热和喜悦之中时，他的脑海中突然浮现出莫尔太太的形象，“一个年迈的英国老太太，一只很小、很小的黄蜂……表面上看它并不起眼，可它却胜过我的力量。”“他想起了一只忘了在哪儿见到过的黄蜂，也许是在一块石头上。他对这只黄蜂的爱也是一般无二，他同样将它带入完满的境地，他是在仿效神明的作为。那么那只黄蜂趴在上面的那块石头呢？他能否也将其……他重新回到那一长条红色的地毯上，发现自己正在上面翩然起舞。”[①] 福斯特在这里把黄蜂和莫尔太太并置在一起，似乎有一种无法用语言表达的东西，让它们跨越了物种共享某种神秘的力量。

小说的结尾处再次出现了黄蜂的意象，菲尔丁的内弟和莫尔太太的小儿子拉尔夫不幸被黄蜂蜇伤，天空也突然下起了雨。艾席思感到莫名的愉快，他开始和菲尔丁这位早已疏远的朋友重新对话。二人消除了多年的误解，恢复了友谊。在这个场景中，黄蜂成了艾席思和菲尔丁化解矛盾的中介物。黄蜂形象在整个小说的不同阶段持续出现，其象征意义与小说的主题相互交融。

在《霍华德庄园》中，作者埃·M·福斯特运用了丰富的意象，而山榆树和猪牙就是其中最突出的两个。这两个元素在小说中起着承载象征和

---

① 福斯特．印度之行[M]．杨自俭，邵翠英，译．南京：译林出版社，2013：286.

暗示的作用，无论是山榆树的高大形象还是猪牙的粗糙质地，都在讲述着自己的故事。

一棵高大的山榆树在霍华德庄园内傲然挺立，这棵树在整个小说中多次被提及，而每次的提及都有它独特的象征和暗示。初次见到这棵山榆树的是海伦，她在信中描述这棵树的高大和英武，她甚至认为这棵树是庄园最美的风景。海伦的这种看法也被威尔科克斯太太所接受，她认为这棵山榆树是哈福德郡最美丽的。山榆树对于这两位女性来说，都具有特殊的吸引力。它们都看到了山榆树的力量和坚韧，感受到它对土地的承载和庄园的守护。在这里，山榆树被赋予了力量和生命，成为代表庄园精神的象征。福斯特并没有止步于此，他在小说中又引入了另一个元素——猪牙。威尔科克斯太太告诉玛格丽特，这是当地人的一个习俗，他们将疼痛的猪牙嵌入山榆树中，以求得疼痛的缓解。然而，这一传统对于威尔科克斯先生来说却是一种陌生和无知。猪牙这一象征深化了人与自然，城市与乡村，物质与精神的对比，也揭示了庄园生活的神秘和独特。

在小说的后期，当海伦因怀孕风波返回庄园时，山榆树和猪牙这两个元素再次出现，这一次，它们象征的是庄园的拥抱和安慰。海伦和玛格丽特站在山榆树下，听着树叶的沙沙声音，感受到了生命的循环和永恒。在这里，山榆树变成了一种超越时间和空间的象征，表现出对生命的尊重和理解。海伦和玛格丽特从这棵树身上得到了生活的启示，选择了归还庄园，过上了自己想要的生活。

整部作品中，古老的山榆树被反复描绘，其象征意义不断深化和扩展。茂盛的山榆树代表着岁月的年轮和长久不衰的生命力，它参与着也见证着霍华德庄园的历史，经历着它的现在也等待着它的未来，象征着庄园古老传统的延续和繁荣。从更广阔的视角来看，山榆树也代表着古老的英格兰民族，他们在这片土地上生根发芽，代代相传，生生不息。

（二）人物象征

1. 神秘女性的象征

正如我们在之前的讨论中提到的，福斯特的作品中经常出现一些被赋予特殊象征意义的人物，其中威尔科克斯太太就是一个很好的例子。她的形象在整个《霍华德庄园》中充满了神秘和深意，她的存在似乎并不是为了展示她的个人特性，而是为了传达作者的思想和意图。

威尔科克斯太太是霍华德庄园的主人，她的形象在整个小说中都被描绘得相当神秘。她的生活似乎只围绕着庄园的照料，她对庄园的各种植物和动物都有着深厚的感情。这种情感并不只是表面上的爱护和照顾，而是一种深深地依恋和执着。她关注着每一个生长的生命，关心着庄园中每一片叶子的生长和凋落，仿佛她自己就是庄园的一部分，与庄园的土地、树木、动物都有着深深的联系。威尔科克斯太太的形象不仅仅是一个简单的庄园女主人，她的存在似乎是为了展示一种对生活和自然的独特理解。在她身上，我们可以看到对生活的深深热爱，对自然的敬畏和尊重。她的存在仿佛是在告诉我们，生活并不只是追求物质的富足，更重要的是对生命的尊重，对自然的敬畏，对生活的热爱。威尔科克斯太太的形象，就像一棵生长在庄园中的大树，深深扎根在土壤中，用她的生命感受着世界的变化，体验着生活的美好。

威尔科克斯太太的形象也可以被看作是对女性角色的一种新的理解和展现。在很多传统的文学作品中，女性角色通常被描绘成被动地、依赖于男性的存在。而在《霍华德庄园》中，威尔科克斯太太的形象打破了这种刻板印象，她的存在不是为了依附于男性，而是以一个独立、自我、有力量的女性形象存在。她的生活充满了自我价值的实现，她的存在是一种对生活的独立把握和对自我的肯定。

在《霍华德庄园》中，威尔科克斯太太的形象一直笼罩着神秘和纯洁的气质，她并不是传统意义上的女性人物，而更多的是一种象征。福斯特并未试图将这位女性人物的复杂性与多面性展现出来，相反，她被描绘得高贵、纯洁，且充满神秘。作者强调了她善良、超脱的特质，这种独特的塑造方式与真实人物的刻画有着明显的区别，体现出了象征化手法的特色。在小说中，威尔科克斯太太不仅属于霍华德庄园，更是庄园本身的象征。她和庄园的联系紧密，构成了一个统一的象征体。

威尔科克斯太太对过去的崇尚和对旧时风尚和生活态度的坚持，反映了她对传统生活方式的热爱和尊重。她的精神归宿在庄园，她爱护着每一寸土地，每一株植物，这种情感已经超越了对家园的爱，成为一种更深层次的精神寄托。她就好像是霍华德庄园的灵魂，或者说，她就是霍华德庄园的化身。

威尔科克斯太太离开庄园来到伦敦后，她的生活也随之发生了改变。她的病情加重，最终去世。她的死亡，可以看作是一种象征，她离开了她的生命之源——霍华德庄园，也失去了精神归宿。她的死亡，无疑是对现代文明的一种控诉。她是自然的孩子，代表着自然馈赠给人类的美好本质，自然教会我们一切，所有的精神愉悦和升华都在自然中完成。她离不开自然，已经与自然融为一体，强行剥离使她无法恬静地生活下去。

在《霍华德庄园》中，另一位角色艾弗里小姐则是一位带有神秘气息的中年女性，她悄无声息地在庄园中穿行，如同幽灵。玛格丽特第一次在霍华德庄园见到她时，感到了庄园似乎是有生命的。她仿佛是威尔科克斯太太生命的延续，守护着这片庄园，实现了威尔科克斯太太临终的愿望，促使庄园与施格莱尔家族融为一体。

而在《印度之行》中，莫尔太太是一个与威尔科克斯太太和艾弗里小姐类似的中年女性形象。她和威尔科克斯太太有很多相似之处，同样处在中晚年阶段，有几个已经成家立业的子女。她和自负、冷酷的儿子形成鲜明对比，她的睿智和宽厚也与威尔科克斯太太的慈爱、善良相类似。莫尔太太也有一种超凡脱俗的特质，给人一种神秘的感觉。她的神秘与宗教有关，上帝在她的脑海中经常出现，她本人可以被视为是基督教中美德和仁爱的象征。

莫尔太太慈爱、宽容，如明灯般照亮整个故事。作为虔诚的基督徒，她也尊重其他宗教，她第一次进入清真寺的时候，她跟着别人脱鞋，这一举动让穆斯林教徒艾席思颇为感动，奠定了他们之后的友谊。在清真寺，她接纳他们的神，认为真主就在这儿，显示了她宽容的宗教观，能以平等和尊重的态度对待别人的信仰，把印度人视作和她一样的人，是真正胸有博爱的人。在目睹英国人对印度人的不公平对待时，她指责自己的儿子："英国人喜欢把自己装扮成上帝的样子……上帝把我们带到世上来是要我们睦邻友好，充分表现出博爱精神。上帝是无所不在的，即使在印度，他也在关注着我们如何友好相处。"她是真正的传播上帝博爱旨意的人，呼吁英国人平等、友好地对待印度人。这无关政治，只是因为这是上帝的旨意，上帝要人们尊重、理解和接纳印度文化。她是那么真诚、充满人格魅力，是一位真正的人道主义者。

当莫尔太太在参观第一个洞穴之后，那些巨大的回声让她感到压抑和胸闷，于是喊着"累了"不再参观其他的洞穴。山洞事件之后莫尔太太发生了巨变。山洞里恐怖的回声让她开始怀疑怜悯和善意也许是毫无价值的，也许黑暗和邪恶的确存在，她因此变得越来越冷漠，之前表现出来的基督教徒的仁慈之心也逐渐消失不见。之后她并没有去为艾德拉作证洗脱罪名，相反，她启程回英国以避开出庭。她身上宗教的神秘光芒变成了一种神秘莫测，从虔诚的基督教人道主义者变成了神秘的虚无主义者。

2. 死亡象征

死亡是最为震撼人心的事情，也最能促使人在短时间内成长。福斯特在他的小说中，经常数次写到死亡。《看得见风景的房间》中广场上两人互殴导致流血、死亡，露西目睹了整个过程，大为震惊，感受到生命的脆弱和人世间事物的瞬息万变。思想发生了很大变化，并因此愿意打开心扉，开始了变化和成长。

福斯特也经常写到突然死亡，且其叙述死亡的手法冷静、简洁，与令人震惊的死亡事件本身形成了强烈的对比。作者故意使用态度冷漠的描写方式也传递出这种死亡的必然性。福斯特笔下的死亡不仅仅是在描述一个人失去生命，还有更深刻的象征意义，既是身体机能的消亡，也意味着在文化冲突和探索中遇到了失败和挫折。《霍华德庄园》中小职员伦纳德·巴斯特死亡描写如下：

那个男人揪住了他的领口，叫喊道："给我拿一根棍子来。"女人惊叫起来。一根棍子明晃晃地打下来。棍子打疼了，但疼痛不在打中的地方，而是他的心。书本向他劈头盖脸地打过来。他顿时失去了所有的感觉。

伦纳德·巴斯特的死是小说的一次戏剧性的高潮。他的死亡突然而冲击，这个角色的悲剧人生以悲剧的死亡终结，凸显出英国中产阶级之间的深深的隔阂和矛盾。

在这场误杀事件中，巴斯特是带着忏悔的心情来到霍华德庄园的。他全然未料到会在此处遭遇死亡，这一切都出乎他的预料。他正准备向施格莱尔姐妹坦白自己的罪行，期待可以与自己的罪孽一刀两断，结果却遭遇了查尔斯·威尔科克斯的突然袭击。这种出乎意料的暴力行为，使得巴斯特的生命在勇气和期望的光环中戛然而止。重要的是，巴斯特死亡的环境富有象征意义。他被击中的剑是施格莱尔家族的传家宝，死在了他身上的书籍则是施格莱尔姐妹的珍藏。这样的安排旨在象征两种不同的人物类型：一种是以查尔斯为代表的资本主义商人，他们通过财富和地位来剥削和伤害中产阶级底层的人民；另一种则是以施格莱尔姐妹为代表的资产阶级知识分子，他们通过推崇文化来向社会传递信息。这两种人物在伦纳德·巴斯特的死亡中发挥了重要的作用。查尔斯的攻击代表着商人对底层人民的剥削，而书籍的存在则象征着施格莱尔姐妹的文化理想也是对伦纳德·巴斯特的一种杀害。他们两者共同构成了导致巴斯特死亡的原因，凸显出在英国社会中，不同地位的中产阶级人物之间存在的矛盾和隔阂。

这样的情节设置使得我们更深入地理解了英国社会的复杂性。巴斯特的死亡并不仅仅是一个个体的悲剧，而是整个社会矛盾和冲突的集中反映。这种复杂性，正是福斯特试图在《霍华德庄园》这部作品中揭示出来的。最后，伦纳德·巴斯特的死亡，实际上是对英国社会的一种讽刺和警示。福斯特通过描绘这个角色的生死，警示我们，社会的不公、阶级的矛盾、人与人之间的隔阂，都可能导致无辜的生命的消逝。他在对这个角色的处理上，赋予了其深远的社会意义，使得《霍华德庄园》成为一部具有深刻社会洞察力的作品。

马修·阿诺德曾在《文化与无政府状态》中提到的“文化寻求消灭阶级，寻求在当今世界的任何地方创造出所能想到和知道的最美好的事物”，这一点在《霍华德庄园》中似乎并不成立。他通过伦纳德·巴斯特这个角色的悲剧命运，提出了自己对这一理念的不同看法。阿诺德认为文化的目标是消除阶级差距，创造一个充满美好事物的世界。但在福斯特的小说中，这种理想似乎并未得以实现。他通过描绘伦纳德的生活与死亡，反映了自己对阿诺德理念的质疑。

伦纳德，一个中产阶级底层的职员，通过辛勤地工作来维持生计。他热爱艺术，但他的艺术爱好与他的社会地位不符。福斯特以一种混合了同情与讽刺的笔调，描绘了伦纳德的人生：他不愿意承认自己的社会地位低下，他阅读书籍、听音乐、研究画作，希望通过这些方式提升自己，获得他人的认可。他在夜晚穿越黑森林，试图通过这种方式体验独特的生活，但在黎明来临的时候，他只能感受到饥饿和失望。福斯特的这种描绘表明，伦纳德的艺术追求是失败的。他的审美具有明显的功利性，而且在物质生活困难的情况下，他无法真正理解艺术的价值。他的脆弱性在他的突然死亡中得到了体现：虽然查尔斯并未有意杀死他，但他的一击却引发了伦纳德的心脏病，最终导致他的死亡。福斯特通过伦纳德的死亡，揭示了在现代社会中，阶级壁垒使得人与人之间的交流和理解变得困难。他以这种方式表达了对文化无法跨越阶级壁垒的遗憾，同时也展现了他对这类人物悲剧命运的消极看法。

在《天使不敢涉足的地方》中，莉莉娅·西奥波尔德的意外死亡以及她八个月大的婴儿的夭折都突然发生。作者只写了一句话："然而，她在分娩时去世了。"语气冷漠到像是在说非常平常的事情，与平日里莉莉娅费尽心思期待儿子的出生形成了强烈的反差。她日思夜想希望孩子能给她无聊的生活增添一些生机，却不料都没能看上一眼孩子的样子。她的死显得如此轻易、毫不重要。莉莉娅当初违背了家人的意愿，放弃了她在英国的年幼女儿，在意大利与穷小子吉诺结婚，想要一份自己满意的生活，却不料就那么轻易地丢掉了性命。作为一个已婚的英国淑女，莉莉娅不可能为了爱情而如此冲动。通过小说中莉莉娅对试图阻止婚姻的小舅子菲利普说的一段话，我们可以看出莉莉娅想要逃离的是在英国时所受到的约束和折磨：

"我生平第一次谢谢你别管我的事。也谢谢你的母亲。十二年来你们训练我、折磨我，我再也受不了啦。你们以为我是傻瓜？……""查尔斯死后，我还要为了你们这个讨厌的家族的荣誉循规蹈矩，我只能困在波士顿，学会管家，没有丝毫改嫁的希望。不，谢谢你！不，谢谢你！"

从这段发自内心的控诉可以看出，莉莉娅因为在传统英国中产阶级的婆家处处受到约束，非常渴望通过新的婚姻开启一段全新的生活，而意大利的生活正是她所向往的，能够帮助她摆脱婆家人的"训练"与"折磨"。莉莉娅的人物形象既具有象征性，又揭示了复杂的社会问题。她的人生历程揭示了英国中产阶级文化的矛盾和困境，以及它与意大利自由精神冲突的深度。从她对英国中产阶级家庭生活的不满中，我们可以看出莉莉娅在这样的环境中无法自由发展，甚至受到了压抑。她的痛苦和挣扎反映了一种深深的不安和挣扎，她希望通过与意大利人吉诺的婚姻找到自我，并逃离她在婆家的折磨和训练。即使在意大利，她也无法逃脱英国中产阶级的思想框架。在她与吉诺的婚姻中，我们可以看到她依然处于主导地位，以赫里顿太太的身份指挥着家庭事务，这反映了英国中产阶级思想在她的行为和生活方式中的根深蒂固。而吉诺，作为一个典型的意大利人，他的自由精神与莉莉娅的专制相冲突，他们的婚姻很快就失去了甜蜜和幸福。

对于莉莉娅的死亡，福斯特的态度既没有同情，也没有悲伤。他认为莉莉娅没有从根本上摆脱英国中产阶级的思想框架，她的死亡是英国和意大利两种文化冲突的必然结果。在这个意义上，莉莉娅的人生历程不仅反映了英国中产阶级的矛盾和困境，也揭示了跨文化交流中的困难和挑战。莉莉娅的故事，以及她的死亡，都成了福斯特对中产阶级思想批判的有力工具。

在小说中，莉莉娅与吉诺婴孩的死亡也是一个象征性的关键。这个婴孩是在莉莉娅难产后出生的，他的来世经历了艰辛，但纯净无瑕。他身上流淌着英国中产阶级女性莉莉娅和意大利平民吉诺的血液，代表着英国和意大利两种文化的融合。然而，随着故事的发展，这个孩子卷入了两个家庭之间的争夺。他经历了被偷走、被束缚、颠簸摇晃，最终在夜雨中被抛出车外而不幸丧生。最后，吉诺与菲利普和解，宽恕了那些伤害孩子的英国人，但这个结局并没有给孩子的死带来太多安慰。如果说莉莉娅的死部分是由于她的性格所决定，那么这个无辜婴儿的死则完全是由于他所关联的两个民族的大背景所决定的。小说描写了婴孩的英国亲戚认为他不应该在意大利这样的“蛮荒之地”长大和生活，这成为他们试图夺回孩子的原因。这个婴儿的悲剧命运揭示了不同民族之间的文化差异，并象征着这两种异质文化之间联结的困难。

第二节　福斯特创作的现代主义

虽然福斯特的作品在表面上看起来可能是传统的，但是如果深入研究，会发现他的作品在多方面都展现了鲜明的现代主义特征。下面对福斯特作品中的现代主义特征进行详细探讨。

一、对传统叙事方式的挑战

作为一位在20世纪初期创作的作家，福斯特既继承了维多利亚时代的叙事传统，同时也体现了现代主义对传统叙事形式的反思和挑战。

在他的小说《霍华德庄园》中，福斯特运用了非线性叙述、交错的时间线和多角度叙述，提供了一种全新的阅读体验。《霍华德庄园》的开篇并不是一个简单、清晰的起点，它没有像许多传统小说那样，自然地在时间线上展开故事情节。相反，福斯特选择了从一种中断和矛盾的局面开始，"事情不妨从海伦给他姐姐的几封信说起"[①]，通过海伦给她姐姐的几封信中的表述，让读者立刻置身于一种充满未知和疑问的环境中。这种独特的开篇方式，使得读者在阅读过程中，不仅要关注故事情节本身，还需要对时间线进行整合和推理。这一创新的叙事方式，极大地提升了读者的阅读参与感，使得读者在阅读过程中，既是接收者，也成了创作者。

对于福斯特来说，时间并非一条直线，而是由众多交错的、非线性的线索组成的复杂网。他的作品中频繁地出现闪回和预示，使得叙事时间呈现出一种交错和错乱的状态。这种处理方式使得故事的复杂性和深度得到了显著提升，时间成了故事结构的重要组成部分。

在福斯特的作品中，重要事件的发生并不总是直接在故事的现实时间中描述出来。相反，这些事件经常是通过人物的回忆或预示暗示出来，因此，它们的重要性和影响力才能得以凸显。这种叙事方式要求读者深入挖掘故事的深层含义，从而能够从多个角度理解和解读故事。

福斯特对时间的交错处理方式无疑是他独特的叙事风格中的一种重要手法，而这种手法的运用也反映在他对人物塑造的过程中。福斯特并不满足于从单一角度来描绘人物，而是选择允许读者从不同的时间和空

① 福斯特．霍华德庄园[M]．苏福忠，译．上海：上海译文出版社，2016：1.

间角度来观察和理解人物。这样的处理方式旨在为读者提供一个更全面的视角，以便从多个角度探索和理解人物的内心世界。通过这种方式，福斯特的人物塑造不仅具有了更多的立体感，同时也增强了读者对人物理解的深度和广度。在福斯特的名著《霍华德庄园》中，可以清晰地看到这种处理方式的应用。例如，故事中的主要人物玛格丽特·席格尔和亨利·威尔科克斯，他们的性格特点和价值观念并非在故事开始时就已经设定好。相反，福斯特在整个故事的叙述过程中，通过描绘他们在各种不同事件中的表现，以及通过他们的闪回和预示，逐渐揭示了他们的性格特点和价值观念。这样的处理方式使得这两位人物的性格特点和价值观念得以在读者心中逐渐形成，从而让读者能够对他们有了更深层次的理解。

福斯特的这种处理方式体现了他对人性的深入理解和描绘。他深知人的性格和价值观念并非一成不变，而是随着时间和精力的变化而不断发展和改变的。他也认识到，每个人都是一个复杂的个体，他们的性格和价值观念并非可以通过一两个特征就可以简单概括的。因此，他选择了这种非线性、交错的叙述方式，让人物的性格和价值观念在时间的长河中逐渐展现，让读者能够在阅读过程中逐渐理解和接受他们。福斯特的这种对人物塑造的方式，无疑提供了一种全新的阅读体验。他的作品中的人物并非像传统小说中的人物那样，他们的性格和价值观念在一开始就已经设定好，而是在整个故事的叙述过程中逐渐展现出来。这种方式使得读者不仅可以从多个角度来理解和解读人物，同时也让他们在阅读过程中有了更深的参与感和投入感。

二、通过自然意象和社会意象表达创作主题

福斯特处于现实主义向现代主义过渡的时期，他的小说充满了故事性和现代性。福斯特善于利用意象来表达现代主义的人文思想，对其作品中意象的研究也有助于理解福斯特的创作主题和思想内涵。

（一）自然意象

福斯特的小说创作继承了传统的现实主义元素，同时又展现了现代主义的特质。他以象征主义者的身份出现在20世纪60年代的文学批评领域，以丰富的意象和象征技巧为作品赋予诗意的节奏感。在他的《小说面面观》一书中，福斯特将小说的节奏与贝多芬的第五交响曲相比，主张小说的写作过程应该是开放和扩张的，而非仅满足于已完成的部分。

小说中是否存在类似贝多芬《第五交响曲》那样借助整体呈现的效果呢？换言之，当管弦乐团完成演奏，曲终弦静，我们依旧能听到某种从未实实在在被奏响的东西。开场乐章、行板，以及联合组成了第三部分的三声中部—谐谑曲—三声中部—终曲—三声中部—最后乐章，一齐涌上人心头，相互延展交汇，成为一个统一的整体。这个统一整体，这个全新的产物，就是一部浑然一体的交响曲，它的达成主要（虽非完全）仰赖于管弦乐团演奏出的三大“声音板块”两两之间所呈现出来的关系。我称这种关系为“有节奏的”。①

在福斯特的作品中，自然意象如河流、花草等，以及社会形象如房间、农舍等，都富有象征意义，为小说的深度和美感提供了支撑。在这些自然意象中，水、花、月等元素成了表达生命、爱情和死亡的载体，他们的反复出现和变化赋予了小说鲜明的内在节奏。福斯特的《霍华德庄园》是他对人类社会的思考的代表作，其中的自然意象揭示了他对英格兰传统乡村的深情眷恋和怀念。福斯特在小说中呼吁，人们应该回归自然和乡村，才能找到灵魂的栖息之地。

尽管福斯特并未信仰基督教，他还是把人看作自然的一部分，主张人们应该回归自然和乡村，寻求和自然和社会的和谐共处。从他的自然意象中可以看出，水、植物和月光都是大自然的一部分，他们被赋予了生命

① 福斯特作．小说面面观 [M]. 杨蔚，译．天津：天津人民出版社，2022：150.

力和灵性，为福斯特的作品增添了诗意和音乐性。

在《霍华德庄园》和《看得见风景的房间》中，福斯特对植物和流水的描述揭示了他对自然的深爱，并表达了他对人性的关切。他对于乡村和异域风光的描绘，展示了他希望人们能在自然中寻找活力，实现人与人、人与植物和谐共处的理想。不同的风景描绘出不同的画风，或典雅，或冷峻，或色彩斑斓，或神秘莫测，既描绘了主人公的情感和心理过程，推动了情节的发展，也深化了中心形象，为读者解读作家隐藏的思想，给作品赋予了丰富的节奏感和美感。

在《霍华德庄园》中，福斯特对霍华德庄园的描绘充满象征意义，它象征了作者对自然的向往：

那些野蔷薇芳香醉人。草坪上方形成了一堵蔷薇篱——高得出奇，花儿垂落下来构成了花环，但它们的底部别有韵味，纤纤袅袅的，透过去能看见三三两两的鸭子和一头牛。[①]

（二）社会意象

福斯特作品中深深根植的自由主义人文主义观念，源于他的个人经历和教育背景。出生于中产阶级家庭的福斯特，从年少时代就萌生了自由主义思想。他曾在哈福特郡的白嘴鸦窝居住，那里的优美乡村风光在他心中留下了深刻印象，后来也成为《霍华德庄园》中霍华德庄园的原型。

福斯特的创作受到“布鲁姆斯伯里团体”所倡导的理念的影响。他选择将意大利作为自己的国际小说的背景，因为意大利不仅是文艺复兴的发源地，也是古希腊文化的传承者。在意大利壮美的自然风光和当地热情真挚的农民中，福斯特发现了英国社会中的中产阶级所缺乏的意识自发性。

福斯特在作品中寻找具有希腊精神的英国人，希望通过他们实现不

① 福斯特．霍华德庄园 [M]. 苏福忠，译．上海：上海译文出版社，2016：3.

同阶级的融合和联结，以此来修复中产阶级的发育不良的心。福斯特认为，英国的机械时代正在破坏传统的田园生活，中产阶级的发育不良的心便是在这种环境中孕育出来的。他们在公立学校制度中受到教育，成为社会认同的正统文化的继承者，但在此过程中，他们无法避免地继承了这颗发育不良的心。福斯特主张，要想治愈这颗发育不良的心，就需要回归传统的英格兰乡村文化。只有回归乡村，才能摆脱思维混乱和想象力匮乏，重新找回意识的自发性。只有在地球母亲的怀抱中，人们才能找到自己的精神家园。这一点在福斯特的作品中以社会形象的方式被表达出来。《看得见风景的房间》是对传统道德观念的突破，是对自由、爱、美、真的追求，是对中产阶级发育不良的心的尖锐批评。霍华德庄园对英国人来说就像一剂治疗“发育不良的心”的良药。这一主题成了作品的中心意象，具有深刻的象征意义。“房间”一词在作品中代表了社会规范对思想的束缚。18 世纪以来，中产阶级在英国社会中逐渐占据主导地位，他们通过工业革命累积财富。到了福斯特的时代，他们已经成为英国社会的主要政治力量，与大英帝国的形成和崛起有着密切的关系。他们制定和遵守的社会道德标准和行为规范已经成为英国社会的核心标准。中产阶级所处的“房间”，就是福斯特批判的“发育不良的心”的生存空间。

小说中的“房间”有多种形式，包括贝尔托里尼寓所的封闭式房间、英格兰“风角”的客厅、公立学校的“房间”和莫里斯的红棕色房子。从呼吸困难的贝尔托里尼公寓到窗外的佛罗伦萨美景，从索恩公立学校的严格秩序到剑桥大学的自由气氛，从庞格庄园的深褐色房间到威尔特郡的乡村风光，这些意象呈现出对立的二元关系。通过这些对比，福斯特揭示了中产阶级对人们的束缚，对人们思想感情的禁锢。

三、对人类内心冲突和矛盾的深度揭示

福斯特的作品在许多方面都体现了现代主义对人性深度探索的特点。与传统的叙事方式相比，福斯特并不满足于仅描绘人物的外在表现，而是

深入到他们的内心世界，揭示他们的冲突、矛盾和困惑。他的作品中充满了人性的探索，这一点在他的作品《印度之行》中表现得尤为明显。

在《印度之行》中，福斯特通过揭示角色的内心矛盾和冲突，生动地展示了当时英印关系的紧张和复杂。在小说中，福斯特运用他独特的叙事技巧，让读者深入到主角达斯的内心世界，看到他如何在对英国文化的热爱和殖民地现实的压迫之间挣扎，从而展示了在英国殖民统治下印度人民的困境和反抗。福斯特的小说主题一直以人性的复杂性和多样性为中心，他的作品旨在揭示人性的深度，并探讨人与社会的关系。在《印度之行》中，他在描绘达斯的过程中，不仅揭示了达斯的内心世界，同时也揭示了殖民主义对被统治者的压迫和对统治者的异化。在《印度之行》中，福斯特进一步深化了他对人与社会关系的探讨。他将英国和印度两种完全不同的文化和价值观对照起来，通过这种对比，福斯特展示了两种文化之间的矛盾和冲突。这种对比并不是简单地贬低一种文化，而是揭示了两种文化在交融和冲突中的复杂性和深度。对于英国文化，福斯特揭示了其在对待印度的态度上的矛盾。一方面，英国在印度建立了其文化和教育体系，希望将英国文化传播到印度，这也使得达斯等印度人对英国文化产生了热爱。但另一方面，英国人对印度人并没有平等对待，他们利用权力压迫印度人，忽视他们的权益，使得印度人在热爱英国文化的同时，也对英国的殖民统治产生了反感。对于印度文化，福斯特揭示了其在面对英国殖民统治的态度上的复杂性。在一方面，印度人如达斯那样，对英国文化产生了热爱，但另一方面，他们又对英国的压迫感到反感。他们在热爱英国文化的同时，也希望保护自己的文化和价值观。通过这种对比，福斯特揭示了人与社会关系的复杂性。他指出，个人的价值观并不是孤立的，而是与社会的关系密切相关。在两种文化的冲突和交融中，人的价值观也会发生改变。他们不仅需要对自己的价值观进行反思，也需要对他们在社会中的位置进行反思。在《印度之行》中，福斯特通过对人性深度的揭示和对人与社会关系的探讨，提供了一种全新的阅读体验。这种阅读体验不仅使读者对人性有了更深的理解，同时也对人与社会的关系有了更深的认识。

福斯特对人性的深度揭示以及他对人与社会关系的探讨，都体现了现代主义的关注点和价值观。现代主义文学关注个体的内心世界，认为个体是社会的一个重要组成部分，他们的行为和价值观既受社会的影响，又对社会产生影响。福斯特的作品，正是这种价值观的生动体现。他不仅揭示了人的内心世界，还揭示了人与社会的关系，他的作品中充满了对人性的探索和对社会的反思。在深度揭示人性的同时，福斯特的作品也揭示了社会的复杂性和矛盾性。他的作品揭示了社会的不公和压迫，同时也揭示了个体对社会的反抗和反思。他的作品中充满了对社会现实的批判和对未来的希望，这也是现代主义文学的一个重要特征。

四、反映了社会转型时期的矛盾冲突

福斯特的作品反映了20世纪初，英国社会从农业社会向工业社会转型，以及从维多利亚时代向现代社会过渡的矛盾冲突。20世纪初的英国正处在从农业社会向工业社会转型，从维多利亚时代向现代社会过渡的时期。这一转型过程带来了深刻的社会变革，也带来了尖锐的矛盾和冲突。福斯特在小说《霍华德庄园》中通过描绘两个代表不同社会阶层和价值观的家族——席格尔家族和威尔科克斯家族的冲突和融合，生动地反映了这一社会转型时期的矛盾冲突。

席格尔家族代表了传统的农业社会和维多利亚时代的价值观。他们深受自然的熏陶，生活节奏悠闲，追求的是诗意般的生活，注重个性的自由发展，强调人的精神价值，而不是物质的积累。席格尔家族的这种价值观在玛格丽特和海伦两个角色上得到了鲜明的体现。作为家族的长女，玛格丽特·席格尔在家族中担任着领导者的角色，她的性格特点和价值观念对家庭有着深远的影响。她以宽容、理解和关爱他人为原则，充满了深厚的人文关怀，她尊重每个人的独特性和个性自由，不强加自己的观念和价值观给别人。然而，正如福斯特在小说中所描绘的那样，玛格丽特的这种宽容和理解，并不总是被人们理解和接受。在与威尔科克斯先生的交往中，她的宽容和理解被误解为软弱和退让，她的尊重个性被误解为放任和无为。然而，正是这种宽容和理解，使得玛格丽特能够理解和接纳不同的价值观，能够在冲突和矛盾中寻找和解和融合。海伦·席格尔是席格尔家族的次女，她比玛格丽特更加激进，更加追求激情和理想。她对社会的不公和虚伪表示强烈的不满和反抗，对社会的规则和传统持有质疑和挑战的态度。在与保罗·威尔科克斯的恋爱中，海伦的这种反抗和挑战被放大，她不顾一切地追求自我实现，最终导致了悲剧的发生。然而，正是这种追求激情和理想，使得海伦成了小说中最富有生命力和挑战性的角色，也使得席格尔家族的价值观得以在新的社会环境下得以传承和发扬。

席格尔家族的这种价值观，在新的社会环境下，既显得不切实际，又显得无法适应。新的社会环境强调的是竞争和效率，注重的是物质的积累和社会地位的提升，这与席格尔家族的价值观形成了鲜明的对比。然而，福斯特在小说中并没有简单地描绘一种价值观胜过另一种价值观，他描绘了两种价值观的冲突和交融，他描绘了在现代社会中，人们如何在物质和精神之间寻找平衡，如何在竞争和合作之间寻找和解。这种富有深度的描绘，不仅提高了小说的艺术价值，也提高了读者对社会和人性的理解。

威尔科克斯家族则代表了新兴的工业资本主义和现代社会的价值观。他们追求的是实用、效率和经济利益，强调的是物质的成功和社会地位的提升，这是一种与席格尔家族价值观完全不同的生活方式和世界观。这一价值观在威尔科克斯家族的男主人亨利·威尔科克斯身上得到了鲜明的体现。

亨利·威尔科克斯是一位成功的商人，他拥有着强烈的实际性和实用性。他的人生理想是通过商业活动获得成功，通过金钱和地位来确认他的价值。在他看来，一切都可以用金钱来衡量，人的价值主要体现在他的经济地位和社会成功上，对于人的精神价值和个性自由往往视而不见。他的这种观念在与席格尔家族的交往中表现得淋漓尽致，他对席格尔家族的理想主义和人文精神不理解，甚至感到厌恶和敌意。然而，福斯特并没有把威尔科克斯先生描绘成一个纯粹的反派角色，他也在威尔科克斯先生身上展示了现代社会价值观的某种合理性。威尔科克斯先生的实际性和实用性，使他能够在现代社会中立足，他的成功和地位也给他的家人提供了物质的保障和社会的保护。他的这一点，与席格尔家族的理想主义形成了鲜明的对比，也为福斯特对于现代社会和人性的探索提供了丰富的素材。在与席格尔家族的冲突和交往中，威尔科克斯先生的价值观也发生了一些变化。他开始尊重和接纳席格尔家族的价值观，开始关注和理解人的精神价值和个性自由。他和玛格丽特的婚姻，尽管起初充满了冲突和矛盾，但最终成为两种价值观的交融和和解。在描绘威尔科克斯家族的过程中，福斯特不仅揭示了现代社会的价值观，也揭示了人性的复杂性和多样性。他通过对人物的深度描绘，使得读者能够从不同的角度理解和体验人性，从而对社会和人性有了更深的理解和认识。他的这种描绘方式，不仅增加了人物的立体性，也提高了读者对人性和社会的理解。

这两个家族在小说中的冲突和融合，展示了社会转型时期的矛盾冲突。新旧价值观的冲突，工业资本主义和传统农业社会的冲突，物质和精神的冲突，这些都反映了那个时期社会的深刻变革和尖锐矛盾。然而，福斯特并没有简单地描绘一种价值观胜过另一种价值观，他展示了两者的冲突，也展示了两者的融合。他以玛格丽特和威尔科克斯的婚姻作为寓言，预示了两种价值观可能的融合。他呼吁人们在追求物质成功的同时，也不能忽视人的精神价值和个性自由。

五、对人类自由与自我表达的追求

自由是一个复杂而且含义丰富的概念，它涉及人的思想、情感、行为等多个层面。一般来说，人类自由包括两个方面：内在自由和外在自由。内在自由是指人的思想、情感、意愿等内心世界的自由，它是一种主观的、精神的自由。外在自由是指人的行为、选择、权利等外部世界的自由，它是一种客观的、实际的自由。人类自由的追求，是对内在自由和外在自由的双重追求。自我表达是人类自我实现的重要方式，它是人类对自我认识、自我价值和自我目标的表达和实现。自我表达可以通过多种方式进行，如语言、行为、创作、活动等。通过自我表达，人们可以实现自我价值，得到自我满足，也可以与他人交流，得到他人的认同和支持。自我表达是人类自由的重要表现，它是人类内在自由和外在自由的结合和体现。福斯特对人类自由与自我追求的表达不但影响了他的创作和观点，对现代文学也产生了深远的影响。

（一）对其创作和观点的影响

福斯特的创作反映了他对人类自由和自我表达的深深追求。在他的代表作《霍华德庄园》和《印度之行》中，可以清晰地看到他如何通过对不同社会阶层和文化的细致刻画，展示他对个体自由和自我表达的热烈追求。在《霍华德庄园》中，福斯特以独特的角度探讨了英国社会的阶级分化，对自由和自我表达的渴望以及对独立精神的崇尚。这部小说的主人公们，无论他们来自上层阶级还是下层阶级，都在自己的生活中追求着自由和自我表达。他们反抗社会的规范，打破了既定的阶级和性别界限，以追求自我表达和自由。主人公玛格丽特和海伦威尔科克斯姐妹，尽管生活在保守的英国社会中，但她们反抗了传统的性别和社会规范，追求自我表达和自由。她们对贫穷而自由的莱昂纳德·巴斯特一家人的接纳，是福斯特对自由精神的赞美。福斯特以精彩的笔触，展示了他的主人公们如何挣扎、痛苦，最终实现自我表达，追求自由。在《印度之行》中，福斯特描绘了英国殖民统治下印度人民的生活状态和心理状态，展示了他们对自由和平等的渴望和追求。这部小说的主人公阿黛拉·奎斯特尼和印度医生阿济兹博士的故事，揭示了面对异族文化时人们如何保持开放的心态，尊重并理解他人，表达自我。尽管阿黛拉和阿济兹之间的关系在小说中经历了起伏，但他们的尊重和理解彼此的心情，仍然是福斯特对自我表达的赞美。这部小说也揭示了福斯特对殖民主义的批判，以及他对平等、自由的坚定追求。

除了在作品中对自由和自我表达的追求，福斯特的生活观也反映了他的这种价值观。他是一个积极主张自由和个人权利的人，他反对任何形式的偏见和歧视，倡导平等、尊重和理解。他的这种生活观深深影响了他的创作，使他的作品充满了对自由和自我表达的追求。在福斯特的创作中，他通过塑造具有深度和复杂性的人物，展示了他对自我表达的重视。他的人物通常都会在故事中经历一些挣扎和痛苦，最终找到自我，实现自我表达。这种对自我表达的追求，不仅体现在他的人物塑造上，也体现在他的故事情节上。他的故事通常都有一些突破和转折，显示了他对自我表达的重视和赞美。

（二）对现代主义文学的影响

福斯特对人类自由和自我表达的深刻追求，对现代主义文学产生了深远影响。他的作品，如《霍华德庄园》和《印度之行》，是现代主义文学的代表作之一，通过他们，我们能深入理解到现代主义文学的精神和风貌。现代主义文学强调的是个体的自我表达和自由，这与福斯特的创作主张高度一致。他的创作风格和主题充满了对个体自由和自我表达的关注和尊重。在他的作品中，人物通常都会挑战社会的规范和约束，追求自我表达和自由，这种表现方式，对现代主义文学的形成和发展产生了积极影响。

在《霍华德庄园》中，福斯特通过对英国社会的阶级分化的探讨，以及对自由和自我表达的渴望的描绘，展示了现代主义文学的核心精神。小说的主人公玛格丽特和海伦威尔科克斯姐妹，尽管生活在保守的英国社会中，但她们反抗了传统的性别和社会规范，追求自我表达和自由。她们的行为，展示了现代主义文学对个体自由和自我表达的重视。这种追求自我，挑战约束和权威的精神，成为现代主义文学的重要特质。在《印度之行》中，福斯特通过描绘英国殖民统治下的印度社会，展示了现代主义文学对于个体自由和自我表达的追求。主人公阿黛拉·奎斯特尼和印度医生阿济兹博士的故事，揭示了面对异族文化时人们如何保持开放的心态，尊重并理解他人，表达自我。这种对异文化的包容和理解，对自我表达的尊重，体现了现代主义文学的精神。

此外，福斯特在创作中对于真实和自我的追求，对虚伪和假装的批判，也体现了现代主义文学的特征。他的这些作品中的主题和技巧，比如通过内心独白、流动的时间感、多元的视角，展示了对人类内心世界的深入探索，以及对于真实和自我的追求。

第三节　福斯特创作的自由人文主义

福斯特是一位深受自由人文主义影响的作家，他的作品充满了对人类尊严和自由的强烈呼唤。他强调个人价值的尊重，坚信每个人都有自己独特的人生观念和生活方式。福斯特关注的并非人类的种族、性别或社会阶层，而是个体的精神世界，他倡导的是心灵的自由，理性的选择，以及对人性美好的信仰。在他的作品中，我们可以看到一个个生动的个体形象，他们尽管面临各种困境，却始终保持独立思考，勇于挑战权威，追求心灵的自由。福斯特的自由人文主义思想源于意大利的自由人文主义和希腊的人文主义两大传统。意大利的自由人文主义通过其重视个体、个体经验和人的自我解放的理念，影响了福斯特的创作思想，并在他的作品中得到了体现。而希腊人文主义则通过强调人的尊严、自由和全面发展，以及对人性的深入理解和尊重，对福斯特的人文主义观念产生了深远影响。这两大人文主义传统赋予了福斯特的作品深厚的人文精神内核和价值观，成为其作品中不可或缺的重要元素。

一、意大利人文主义的影响

福斯特的创作理念及其人文主义思想，深受意大利的人文主义哲学的影响。这种影响不仅贯穿在他的作品中，更深植在他对人性和社会的理解之中。

意大利自由人文主义起源于文艺复兴时期，是一个强调个体自由，反对社会和宗教压迫的思想流派。此时的意大利，特别是佛罗伦萨，人们热衷于探索人性，尊重个体，反对对个体的压迫和束缚。这些理念为福斯特的人文主义思想打下了基础。福斯特的第一次亲身体验意大利生活是在大学毕业后的欧洲游历中，从那时起，他便对这个国家产生了深深的热爱和浓厚的兴趣。他不仅对意大利的历史文化、艺术遗产，以及热情的民俗生活感到迷恋，更是对意大利的自由精神与人文思想产生了深深的共鸣。这种影响在他的作品中表现得淋漓尽致。如在《看得见风景的房间》中，福斯特以意大利为背景，通过描绘主人公露西在意大利的生活和成长经历，反映了意大利自由人文主义精神的影响。露西起初只是一个受英国传统道德观念束缚的中产阶级女性，囿于生活规则和社会期待，她的内心充满了矛盾和冲突。然而，在意大利的生活中，露西开始接触到一种全新的自由人文主义精神，这种精神以对人的尊重和理解为核心，强调个体的自由和独立。这是福斯特对意大利自由人文主义理解的一种独特表达，他将这种精神转化为了小说中的人物和故事，让我们能够清晰地感受到这种精神的存在和影响。而露西的变化，从一个被传统束缚的女性，到一个能够独立思考、追求自我自由的女性，无疑是这种影响最直接的证明。在意大利，露西见到了一种全新的生活方式和人生观，那是一种不拘泥于传统，重视个体经验，追求个人发展和自由的方式。她逐渐意识到，生活不仅仅是按照别人设定的规则和标准去生活，更重要的是要有自我，有对自我内心的理解和尊重。这种意识，让露西开始反思自己的生活和价值观，也开始挣扎着去摆脱那些传统的束缚。随着露西对意大利生活的深入理解，她开始不再满足于过去的自己，她开始渴望变化，渴望自由。她开始反抗那些压迫她的传统观念，开始追求真正属于自己的生活和价值。在这个过程中，福斯特通过露西的内心挣扎和反抗，展现了意大利自由人文主义的影响力和魅力。在露西的成长经历中，可以清晰地看到福斯特对意大利自由人文主义的理解和倾慕。他通过小说向我们展示了这种人文主义精神如何改变一个人，如何让一个人开始重新认识自我，如何让一个人开始勇敢地追求自我。这种影响，深深地体现在了露西的成长过程中，也让我们对福斯特的自由人文主义思想有了更深入的理解。

福斯特的其他作品如《霍华德庄园》和《印度之行》等，也体现了他深受意大利自由人文主义影响的创作思维。在《霍华德庄园》中，福斯特以英国中产阶级的家庭为背景，描绘了在物质欲望和精神追求之间的冲突和选择。他透过这个特殊的视角，让我们看到了当时社会中的道德伦理危机，以及对自由和人性的追求。这种对人性和社会的深入洞察，正是福斯特受意大利自由人文主义影响的明显表现。他不仅在揭示社会问题，也在寻求解决之道，而这一道路就是回归人性，尊重个体的自由和尊严。《印度之行》则是福斯特对帝国主义的深刻批判，也是他对人性和文化的深入思考。在这部作品中，福斯特揭示了帝国主义对人性的压迫和扭曲，同时也展现了人性的美好和尊严。这种对人性的深刻理解和赞扬，无疑又是福斯特受意大利自由人文主义精神影响的体现。

福斯特的作品无论是人物的塑造，还是故事的设定，都充满了对自由和人性的深刻理解和深沉的热爱。他在作品中展现了对人的尊重和理解，对社会的批判和反思，以及对人性的深深的信任。他的作品在批判社会问题的同时，也在寻找解决问题的方法，而这种方法就是回归人性，尊重个体的自由和尊严。在他的生活中，福斯特同样坚守着这种对自由和人性的理解和尊重。他对社会的不公和歧视进行了深刻的批判，对个体的自由和尊严进行了坚定地捍卫。他的作品和生活，都充满了对人性美好的信赖，对个体自由的尊重，以及对社会道德和规范的质疑。

二、希腊人文主义的影响

希腊人文主义源自古希腊的经典文化和哲学，注重人的自由发展，尊重人的个性，主张人的全面发展，强调人的精神自由。它强调人的价值和尊严，是人的本质和人生的理想。古希腊的人文主义哲学，无论是柏拉图的理想主义，还是亚里士多德的实证主义，都在不同的层面上展现了人的价值和尊严，都对后世产生了深远的影响。福斯特的人文主义思想同样也受到了古希腊人文主义的深刻影响。

福斯特对人性的理解方面受到希腊人文主义的深刻影响。在希腊人文主义中，人性被理解为理性与感性的结合，人类的中心地位是由其独特的理性所赋予的。在这个框架中，人是所有事物的度量，所有的道德和价值观都应以人为本。福斯特深受这种理念影响，他在作品中塑造的人物形象多是独立思考、追求个人真实的人，他们或多或少地体现了福斯特从希腊人文主义中汲取的人性理解。以《印度之行》为例，这部作品中的英国与印度文化的碰撞与矛盾，福斯特并没有站在任何一方简单取边。相反，他通过各种人物形象展示了他对人性深层次的理解和尊重。他的人物并不是单一的善与恶，而是生活在复杂的文化、社会和心理环境中的个体。他们有自己的感性与理性，有自己的喜好、恐惧和矛盾。例如主人公菲尔德，虽然身处于英国殖民体系中，却试图理解和尊重印度的文化和人民。她用她的理性和感性去看待周围的人和事，尽管这个过程充满了挑战和矛盾。福斯特通过菲尔德这一角色，展示了他对人性深刻的理解。他并不是在刻画一个完美的人，而是一个真实的人。菲尔德的复杂性，她的冲突和矛盾，都是福斯特从希腊人文主义中学到并深深内化的人性理解的体现。这也是福斯特作品中的一个重要特点：他的人物都是有血有肉、有矛盾有冲突的真实人。他们不是善恶二分的道德范式，而是有自己复杂内心世界的个体。福斯特对人性的理解不仅表现在他对人物内心世界的描绘，也表现在他对社会与人之间关系的深刻洞察。他关注个体如何在社会压力下保持自我，如何在困境中找到真我。在《印度之行》中可以看到福斯特对于人性、理性与感性、个体与社会之间复杂关系的深入探讨。

福斯特对个人自由的追求，也是从希腊人文主义中得到的启示。希腊人文主义强调个人的自由和独立，认为每个人都有自己的价值和意义，应该独立思考，自由选择自己的生活方式。这种思想对福斯特的创作产生了重要影响，尤其体现在他的作品《看得见风景的房间》中。《看得见风景的房间》是福斯特对个人自由的一次深刻探索。这部小说的主人公露西是一个英国中产阶级女性，受英国严格的社会规范和道德约束所束缚。然而，在她的意大利之行中，她开始对自己的生活方式和价值观产生了深深地反思。在意大利露西遇到了各种各样的人，她的价值观和生活方式受到了挑战。这种挑战并没有让她害怕，反而让她开始思考什么是真正的自由，什么是真正的生活。在这个过程中，她逐渐认识到，真正的自由不是放任自流，而是有意识地选择自己的生活方式，独立思考，追求真我。最终，她摆脱了英国严格的社会规范，选择了自己的真爱，实现了个人的自由。福斯特通过露西的经历，展现了希腊人文主义对个人自由的理解。在希腊人文主义中，个人自由是每个人的基本权利，每个人都应该独立思考，自由选择自己的生活方式。这种理念在《看得见风景的房间》中得到了鲜明的体现。福斯特不仅描绘了露西对个人自由的追求过程，也通过她的选择，展现了他对个人自由的理解和尊重。这是福斯特从希腊人文主义中获得的一个重要启示，也是他的作品中的一个重要主题。但福斯特对个人自由的理解并不停留在对个体的自由选择上，他进一步探讨了个体在社会中的地位和角色。他指出，个体的自由并不意味着无约束，而是在尊重他人的同时，追求自己的幸福。在他的作品中，自由不仅仅是个人的，也是社会的。他强调，社会应该尊重和保护个人的自由，同时，个人也应该承担起自己的社会责任，为社会的和谐与进步作出贡献。这种对个人自由和社会责任的理解，是福斯特对希腊人文主义的进一步发展和创新，也是他作品中的一个重要特色。

福斯特对理性的尊重，也是希腊人文主义的一种体现。在希腊人文主义中，理性被赋予极高的地位，被视为人类区别于其他生物的决定性特征。福斯特的创作思想深受这一点的启发，他的许多作品中都表现出对人的理性的深深尊重。这种尊重在他的《霍华德庄园》中表现得尤为突出。在《霍华德庄园》中，福斯特塑造了一系列社会问题，如贫富差距、性别不平等、阶级压迫等。然而，他并没有选择通过煽情的情节或者夸大的人物塑造来吸引读者，反而是通过对人物们理性思考和行动的描绘，来反映这些问题，并对其进行深入的剖析。在小说中他通过描绘主人公玛格丽特的理性思考，向读者展示了她如何面对和解决贫富差距、性别不平等等问题。玛格丽特是一个非常理性的人，她能够冷静地分析和评价自己面临的困境，通过自己的智慧和勇气，寻求解决问题的方法。在她的身上，我们看到了福斯特对理性的深深尊重。同样，福斯特也通过描绘其他人物的理性行动，展示了他们如何面对生活中的困难和挑战。例如，亨利·威尔科克斯先生，虽然他是一个富有的资本家，但他并不满足于现状，他能够通过理性地思考和行动，寻求改变，对社会进行贡献。通过这些人物的描绘，福斯特展示了无论面对何种困难，理性都是最重要的武器。只有通过理性地思考和行动，才能真正理解和解决问题，实现个人和社会的进步。

三、家庭环境和教育经历的影响

每个人的思想观念都和他所处时代的社会价值观和主流文化密切相关，因为个体的成长环境就是由时代的政治、经济、文化所组成的。英国第一次工业革命开始于 18 世纪 60 年代，英国从此进入蒸汽时代，机器生产代替了手工劳动，确立了资产阶级在经济上的统治地位。福斯特出生在 1879 年，正是英国第二次工业革命兴起的时候，人类进入电器时代，社会生产力大大提高，资产阶级在经济和政治领域都占据强势地位，旧贵族开始没落，社会财富的积累使中产阶级逐渐崛起。当中产阶级成为工业和商业的主体，他们发出了倡导自由的声音："我们的中产阶级是商贸和不同宗教见解的伟大代言人，奉行生意场上各行其是、宗教信仰上各行其是的准则。强有力的政府管理会以某种方式干预其事物，这正是中产阶级所惧怕的。"①

福斯特就出生在这样一个中产阶级家庭。他的父亲是一位建筑师，在福斯特出生后不久便去世了，母亲带领全家搬到了英国北部的斯蒂夫尼奇小镇，他的童年大部分时间都是在那里度过的。母亲、姨妈和外祖母等女性的照顾给了他一个快乐、舒适的童年，也让他性情温和、敏感多情，那里也是他后来写作《霍华德庄园》的灵感来源。

福斯特的第一所小学是伊斯特本的肯特公学，不久后他又转入汤布里奇公学。这所公学强调培养男子汉的刚毅品质，但福斯特长期由女性抚养者陪伴，缺乏这方面的锻炼，难以适应学校的要求，使得他在学校中经常被嘲笑和羞辱。这段公学经历让他对公学产生了深深的反感，也是他后来想要研究的"发育不良的心"的灵感来源，他痴迷于该主题，试图诊断出人们内心发育不良的根源问题，并建立人与人之间的"联结"。

福斯特在度过了艰难的公学时期后，于 1897 年进入剑桥大学国王学院开始了为期三年的学术旅程。如果说公学时期让他找到了自己喜欢的研究主题，那么大学阶段的经历则教会了他如何对此进行细致的研究。剑桥大学对福斯特的成长影响深远，剑桥大学给予福斯特的教育不仅帮助他认同了自身的价值，也觉醒了他的思想。福斯特在那里确定了自己是一个自由思想家的立场，他始终质疑并挑战已有的宗教观念，敢于对宗教中自己无法接受的东西进行质疑。他认为坚持基督教信仰就意味着放弃个人的意愿和主动性。他最终放弃了基督信仰。取而代之的是一种基于对人的善意

① 马修·阿诺德．文化与无政府状态政治与社会批评 [M]. 韩敏中，译．北京：生活·读书·新知三联书店，2002：44.

和个人关系至上的自由信仰，所以我们能在他的作品中看到各种对人性关怀、解放自我、个人成长等方面的描写。

福斯特质疑并放弃了基督教信仰，转而开始探索哲学研究，尤其对希腊文化情有独钟。大学期间，福斯特在导师的影响下开始了写作练习，在沉淀思想的过程中逐渐确立了自由主义理念。福斯特在剑桥大学读书期间结识了后来成为经济学家的约翰·凯恩斯（John Maynard Keynes）和学者列顿·斯特拉奇（Lytton Strachey）等人。他们推崇哲学家托马斯·莫尔（Thomas More）的关于摈弃旧体制、创立新伦理的思想。福斯特大学毕业后到过意大利和希腊旅行，深深喜欢上那里的异域风情和文化，更加深了他对英国僵硬的社会秩序的反思和不满。

因此他的作品常常是从上流社会往下关注的视角，从上至下的跨阶级、跨国别婚姻尝试、白人视角下的被殖民者、年长者眼中的后来者、思想开放的智者与僵化的老派群体等交流。在不同社会层次的人之间的关系与纠葛中，流露出福斯特的人道主义关怀，及对民权和自由的特别关心。他的自由和人文理念也受到“布鲁姆斯伯里团体”的影响。该团体的成员主要是知识分子和艺术家，福斯特于 1901 年加入该团体。他们的讨论气氛自由、开放，经常深入讨论的是宗教、道德和艺术等话题。后来弗吉尼亚·伍尔夫的加入使该团体在文学界更有影响力了。他们都是反对陈规陋习的中上阶层精英人士，对传统持怀疑态度，试图用自由的思想和人文主义精神，创造有意义的生活，提高生命质量和品位。

哲学家 G.E. 莫尔也是团体中最重要的哲学家之一，几十年后，福斯特在一次演讲中提到 G.E. 莫尔。他承认 G.E. 莫尔是他所处的知识环境的核心，这个环境对他的思想产生了深远的影响。G.E. 莫尔的《伦理学原理》是一部重要的道德哲学作品，在这部作品中，莫尔特别关注自我认知和善的定义。莫尔认为，人与人之间的快乐交往和对美的赏析是最有价值的事物。“我们所知或所能想象的极其有价值的事物，就是一定的意识状态；可以简单地将其称为人类交往的快乐和欣赏美客体的快乐。对个人的热爱和对艺术品或自然美物的鉴赏就其本身而言是善的。”①

福斯特的小说中，人际关系的实现往往是困难的。人和人的交往多半是平常，只有少数交往才是深刻的，能引起个人成长，比如露西和乔治、莫里斯和阿列克斯之间、阿齐兹和莫尔夫人之间的关系即是能彼此成就的例子。福斯特认为，善良是好的，但不可忽视复杂世界中的矛盾和冲突，否则便是愚蠢的善良。所以，他的作品中常常写到善意总是会带来糟糕的结果。例如，《印度之行》中的阿黛拉就是一个因为善良而导致了悲剧的人，她试图在一个完全不适合她的环境中实现布鲁姆斯伯里的价值观。从这个角度看，福斯特并没有将对善和美的追求放在一个完全孤立的理想状态中，而是强调人们应该考虑到自己所处的世界是深有缺陷的现实世界。还有《天使不敢涉足的地方》中的莉莉娅，她的善良近于幼稚，单纯而愚蠢，最终在异国他乡断送了自己的生命。善良而不愚蠢，艺术也应如此，人们可以关注艺术和人际关系带来的价值但不要提倡艺术优越性，如果只尊重艺术却与日常生活脱节，也是无根之木难以长青。

四、西方人文主义思想对福斯特的影响

西方人文主义思想可以追溯到 14 世纪到 17 世纪欧洲，特别是文艺复兴时期。当时的思想观点主要反对宗教压迫，主张新文化和新道德。这种倡导人权、贬低神权的思想受到后来的许多思想家和作家的接受。随着社会的进步和现代科学发明的出现，传统的观念已经无法满足发展的需求。因此，人文主义思想督促知识分子们进行变革，包括福斯特在内。福斯特的人文主义思想源自他在剑桥求学时期，剑桥的学术氛围和学术团体让他感受到民主的文化氛围，并找到了精神的归属。在吸收了当代理论之后，他形成了自己独特的人文主义思想。

福斯特的人文主义思想产生于英国社会发生重大变革的时代。虽然

① 莫尔．伦理学原理 [M]．长河，译．北京：商务印书馆，1983：195.

科学技术、经济和政治高度发展，但人们的思想和精神陷入了危机。在《最漫长的旅程》的前言中，福斯特发出了这样的悲叹：

《最漫长的旅程》具有强烈的时代烙印。因为，斯蒂芬认为美好无比、似乎注定继承下来的那个英格兰，已经一去不复返了。人口在增长，科学在应用，这两者把它折腾得面目全非。在那些日子里，空气清新，户外就是荒地，当今的一代人是想象不到了。我很高兴我对我们的乡村了如指掌，后来，我们的乡村道路才危险得不能走路，河流才肮脏得不能沐浴，蝴蝶和野花儿才被砷化合物喷雾剂所摧残，莎士比亚的埃文河才飘满了洗涤剂沫儿，鱼儿才在剑桥翻起了肚皮。[①]

福斯特认为，尽管英国人拥有丰富的物质基础，但他们仍然感到苦闷和迷失，他们渴望获得自由，成为真正的人，并实现联结。为了解救他们，福斯特为他们指明了道路。他认为，工业社会中的冷漠和隔阂给人们带来了许多痛苦，因此出现了许多心灵的困扰。福斯特的唯一希望是实现联结，他通过小说世界传达人文主义思想，改善人与人之间的冷漠关系。换句话说，他希望通过传播人文主义思想，让不同种族、不同阶级和不同国家的人真诚地沟通和交流，这是他对社会发展的美好愿景。

在叹息乡村生活与文明减弱的同时，福斯特更关注城市化过程中中产阶级的境遇。19 世纪，中产阶级在英国资本主义经济的进步和工业革命中发挥了关键作用，这是毋庸置疑的。20 世纪来临之际，随着城市空间的快速扩张，新兴的城郊居民也加入了中产阶级的行列，这使得中产阶级的内涵不断扩大，变成了英国社会的主流阶级。福斯特把他所有的关注点都放在中产阶级身上，不是因为这一社会阶层的影响力正在上升，而是想拯救中产阶级那颗“发育不良的心”。中产阶级的生活状况既是福斯特小说的核心主题，也是他对社会文化批判的起点。由于失去了自然和乡村生活的联系，福斯特描述的中产阶级人物，无论在身体上还是心理上，都

① 福斯特．最漫长的旅程 [M]. 苏福忠，译．上海：上海译文出版社，2016：6.

变得麻木和无药可救。在《霍华德庄园》这部小说中，威尔科克斯一家就是这样的典型例子。小说一开始，威尔科克斯太太从她的自耕农祖先那里继承了霍华德农庄，全家人都去那里度假。但是，威尔科克斯一家对农庄周围的自然环境适应起来非常困难。田野里的干草散发出的气味使得原本打算在花园里打棒球的威尔科克斯父子打起喷嚏，最后他们只好放弃，回到了室内。在和周围的农民交往的过程中，威尔科克斯一家也感到有难以逾越的鸿沟，无法和他们沟通。所以，由于他们无法融入乡村生活，无法理解乡下人的情感和交流方式，威尔科克斯一家试图摆脱城市文化的束缚、试图回归自然的努力只能宣告失败。更具讽刺意味的是威尔科克斯一家对“家”的感觉的丧失。他们虽然有七处房产，但是他们却无法与每一处房子建立起亲近感。因为这些房子在满足他们的占有欲的同时，也方便了他们将家族商业活动的触角延伸到更偏远的农村。

与自然和传统文化的精神纽带的断裂，使得19世纪上半叶那种充满自信、坚定果敢的创业英雄，如鲁滨孙那样的英国中产阶级，退化成了毫无生机和活力的新型城市人。在《天使不敢涉足的地方》中，菲利普·赫里顿的形象就是缺乏活力和想象力的代表。菲利普的家庭生活也乏味无聊，在远离自然的城市社会中生活的中产阶级也感到一种疏离他人、被囚禁的感觉。

除了深度探究后工业化时代的城市化趋势和功利主义对人类身心及其社交关系的破坏，福斯特的自由人文主义思想也为中产阶级揭示了未来的救赎路径。“艺术”是福斯特为精神与身体双重受伤、陷入物质主义桎梏的中产阶级提供的疗愈手段。福斯特认为，秩序是从内心深处产生的东西，而不是由外部强加的。它是一种内在的平衡，一种生动的和谐。在他看来，除了历史学家为了便于描述而进行的归类之外，秩序在社会和政治范畴中从未真正存在过。对于艺术如何滋养人的内心，福斯特提出人需要通过对艺术美的回应来表现并完善自我。艺术是实现精神价值的最高形式，是人的内在灵魂的最壮丽的物质化和拓展。

福斯特视艺术为滋养内心、帮助人实现精神价值的关键手段，这一观点深受阿诺德文化批判思想的影响。虽然福斯特并未在上述讨论中明确提出通过艺术清洗人们固有的观念和习惯，但他对英国公学教育的批判充分表现了他的人文主义立场，希望借助文化艺术，帮助中产阶级重铸完美、和谐的人性。一些评论家指出，福斯特对公立学校教育制度的批评源于他在汤布里奇公学的经历，他对那里的保守价值观持有深深的厌恶感，并认识到公立学校制度塑造了英国中产阶级典型的软弱性。在福斯特的人文主义思想中，文化艺术被寄予了重塑人性的完美和谐的重大任务。他还期望借助文化批判，恢复个体与自然和农耕传统的联系，这是他人文主义视角的重要组成部分，也是他小说创作的主题之一。

在《最漫长的旅程》中，史蒂芬是一个具有农民血统的人物，他离开了充满城市文明的伦敦大都市，重新回归乡村世界。他的人生经历象征性地为那些被困在城市空间的中产阶级人士指出了回归自然和农耕生活的精神道路。在这部小说中，史蒂芬被描绘为理想人的象征，他的活力和生命力使得陷入城市文明中、感到压抑的中产阶级对美好人性有了新的认识。史蒂芬的身份独特，他是一名中产阶级妇女与自耕农的私生子。然而在小说中，他并没有因为他的出身而感到羞愧。事实上，他的出身和背景使他在福斯特的作品中扮演了一个重要的角色。他代表了一种特殊的文化身份，这种身份融合了农业社会的传统价值观和工业文明的实际进取精神，这成了福斯特希望寄托的希望所在。

福斯特的文化批判深度揭示了城市化进程对个体身心的破坏，然而他的文化联系观念却显现出了明显的妥协主义特质。他强调的"自然"既指的是人们生活的外在环境，也指的是人内在的原始状态，即那种感性与理性尚未分离的状态。在《最漫长的旅程》中，史蒂芬的心灵就是这种状态的完美典范。福斯特希望通过自然和田园生活方式，帮助城市中产阶级的心灵回归感性与理性的和谐。然而，他在对自然和无意识状态的崇拜中，忽视了传统农业价值观中的意识形态。他试图通过自然和田园生活方式弥合感性与理性的分裂，但他的文化联系观却隐含了深刻的矛盾。

福斯特的理想是在城市化的英国和乡村的英格兰、理性与感性、历史与现实之间寻找一个想象的空间，整合中产阶级的心智与混乱的社会现实。然而，他的自由人文主义实际上以联结为代价，弱化甚至取代了现实的文化政治。这使得他的理论中存在一些遗憾，他未能完全解决中产阶级与其主导文化的压迫和霸权之间的关系问题。

第四节　福斯特创作的生态文学思想

一、生态文学思想的形成根源

生态文学思想的形成源于对人类与自然的关系的关注和反思。随着科技的进步和工业化的发展，人类对自然环境的破坏越来越严重，人与自然的和谐关系也因此受到破坏。这种现象引起了文学家和批评家的关注，他们开始重新审视人类与自然的关系，反思人类活动对自然环境的影响，这就是生态文学思想的起源。20 世纪 60 年代，瑞狄·卡森的《寂静的春天》被认为是西方当代生态文学的开端。该书以深入探讨人类活动对环境影响的主题，引发了人们对生态问题的广泛关注。到了 70 年代，约瑟夫·米克在《生存的喜剧》中首次提出了“文学生态学”的概念，进一步发展了生态文学思想。接着，米克尔在《生存的悲剧》中指出，文学批评应该探究文学所揭示的人与其他物种的关系，认真、真诚地审视和探索文学对人类和自然的影响。他从生态主义的角度批评文学作品，以此将生态思想与文学批评紧密结合起来。另一位美国学者克洛伯尔在《现代语言学会会刊》上提出将“生态学”和“生态的”概念引入文学批评，进一步推动了生态文学思想的发展。他强调，评论家和作家必须从生态学视野构建出生态诗学体系，明确将文学与生态学结合起来的重要性。生态批评坚持系统整体论的观点，倡导和谐、平衡、适度原则，使其既不是单纯的文学批评，也不是单一的方法论。它从探索生态危机根源的角度出发，有自身的特点，通过文学重新审视人类文化的独特价值。

工业化的快速发展让人类对自然的征服速度大大加快，也扩大了人类对自然的控制规模，甚至创造了超越自然的奇迹。然而，自然真的能够被人类征服吗？人和自然，以及周边环境和地球上的其他生物之间的关系，真的只是征服和控制吗？频繁的自然灾害似乎已经给出了部分答案。在此背景下，生态文学批评成为一门新兴学科，并在短短几十年间迅速发展，成为具有影响力的文学批评思潮。生态批评家们从深层生态、女性生态、环保、对自然的描绘、文学复制理论、田园诗再现、人与自然关系意识觉醒等方面探讨人与自然的关系。他们批判人与自然相对立的世界观，颠覆了之前的人类中心论、征服、控制自然和滥用资源的意识形态，唤醒了被功利主义所驱使的工具化的麻木意识，重新寻找人与自然统一的理想。

二、福斯特生态意识的生成

福斯特的生态意识的生成与他的生活经历和学识背景密切相关。在诸多因素的共同影响下，福斯特的生态观念逐渐形成，并在他的作品中多次呈现出来。

（一）历史影响

工业革命使英国在经济和科学的发展上领先于世界，坚实的经济基础也带来了各种思想和观念的改变。科学技术的发展影响了环境也创造了新的生活方式，取代了老旧的生活方式，带来了一个全新的现代世界。随着环境的变迁，对环境变化的思考变得日益重要。纵观历史，福斯特的许多生态思考可以在 18 世纪和 19 世纪的哲学家们那里找到影子。这些哲学家提出了许多创新的理论，对后世的卢梭和达尔文产生了深远影响。

生态思想在十八世纪取得了较大发展，其代表人物为卢梭，他的生态思想比较全面、系统，是许多重要的生态观念的源头。他的生态思想主要表现为以下六个方面：批判征服自然、控制自然的论调；批判欲望；批判工业文明和科技的；倡导生态公正的观念；提倡简单生活的观念；呼吁回归自然的观念。虽然卢梭的生态思想尚未达到生态整体的高度，但其思想具有超越时代的前瞻性，在人类生态思想史上占有十分重要的地位，后来的许多思想家的都受其影响，在他的理论中得到启示。到了十九世纪，达尔文的进化论观念为生态哲学的发展注入了新的动力。对物种起源的探索把人类与其他生物从本质上联系了起来，让人们认识到人与其他生物的关系是如此密切。这种理论的产生进一步推动了人们将人类的伦理道德扩展到所有生物，将对生命的关怀提升到全新的高度。利奥波德对达尔文的进化论有深刻的理解：

> 我们知道了所有先前各代人所不知道的东西：人们仅仅是在进化长途旅行中的其他生物的同路者。时至今天，这种新的知识应该是我们具有一种与同行的生物有亲近关系的概念，一种生存和允许生存的欲望，以及一种对生物界的复杂事物的广泛性和持续性感到惊奇的感觉。[①]

达尔文的观念认为生态是一个整体，所有生物都平等地存在于这个生命网中，这种观念也被福斯特吸收和应用，他在多部作品中表现了对动物生命和动物权利的关注。

（二）女权意识的苏醒

在工业化的推动下，女性逐渐走出了家庭，开始成为独立的物质生产者，她们的社会地位也随着经济独立的实现而逐步提高。在传统的男权主导的社会结构下，女性不仅在物质上而且在精神上都被严格地控制和限制。在这种深度的性别歧视背景下，女性被视作男性的附属品，他们被限制在家庭这个狭小的环境里，没有家庭事务的决定权，没有独立的经济能

① 利奥波德．沙乡年鉴 [M]. 侯文蕙，译．长春：吉林人民出版社，1997：103.

力，他们的角色被压缩为丈夫的生育工具和社交装饰。已婚妇女被剥夺了离婚的权利，丈夫对妻子实施的家庭暴力只要在一定程度上被社会所接受，她们既无法保证自己的人身安全，也无法得到应有的尊重。她们的生活就是在被要求做出各种艳丽的装扮，在需要出现的场合展现自己的美貌。女性的言行举止都受到了严格的社会规范的限制，她们无法拥有自己的思想，更无法享有行动的自由。

机器大生产的崛起改变了这一切，它将女性从家庭的束缚中解放出来，让她们有机会离开家庭，过上独立的生活。一些妇女甚至参与了工厂的经营，开始承担起社会角色的部分职责。女性的独特经历使她们在获取能力后，开始关注所有被压迫和被控制的群体，包括女性自己。他们“把道德观建立在关心、爱护和信任上，把人（包括男性和女性）在私人、家庭和政治上的关系视为平等，也把人类与非人类的自然视为平等的伙伴，而不是控制和统治的关系”[①]。女性与自然的紧密关联使她们在生态危机的解决过程中发挥了特殊的作用。福斯特在他的小说中，多次描绘了女性角色的环保意识和生态智慧。他以独特的文学手法，生动形象地描绘了女性如何通过她们的行动和思考，向世人展示了女权意识的觉醒和生态意识的重要性。

（三）家庭和教育的影响

福斯特出生于一个受尊敬的家庭，他的曾祖父是一个活跃的宗教小组成员，该小组的主要活动是政治和社会运动，特别是坚决反对非洲奴隶贸易，以及在本国范围内支持和援助贫困人口。这个小组的运作模式深深植根于旧时的人道主义和宗教思想，其慈善精神深深影响了福斯特家族的价值观。这些价值观让家庭成员意识到人应该对社会承担道德责任，这种责任感是对他人的尊重，是对社会公正的追求，是对自然环境的保护。福

① 金莉．生态女权主义 [J]. 外国文学，2004（5）：57-65.

斯特的父亲深信这一观念，并努力将其传承给子女。福斯特从小就受到这种家庭理念的熏陶，他接受并发扬了这种责任感，将其融入他的作品中。这在他的小说中有着鲜明的体现，他的作品强调人际关系和个人生活的重要性，同时也强调对社会的责任感。他用他的笔描述了人类的情感、希望和悲哀，也同样揭示了社会的冷酷和不公。

福斯特的教育背景也对他的思想产生了深远影响，他在敢于创新的剑桥大学国王学院接受了批判性思考和创新理念。他在这里深入研究古希腊文学和历史，探索古希腊人本主义思想的深度和广度。毕业后，福斯特决定亲自去希腊探索，以此寻找更多的启示。他数次前往希腊旅行，对古希腊的人本主义思想有了更为深刻的理解，这对他后来的作品产生了深远影响。剑桥的开放学风和独特的人文环境对福斯特的生态思想有极大的帮助。他在这里接触到了各种各样的思想，这些思想对他的思维方式产生了深远影响。他学会了如何批判现实，如何理性反思，如何想象乌托邦理想。他用他的理念去穿插并联接这些元素，以此影响现代社会文化观念。

福斯特的作品是他对世界的理解和想象的体现，他的作品不仅揭示了社会的真实面貌，也揭示了他对理想社会的期待。他的作品表达了一种希望，希望人们能够找到一条通往理想乡的道路，这条路虽然曲折，但是充满了可能性。在这个过程中，福斯特的家庭背景和教育经历为他的思想提供了充足的养分。他的家庭背景使他理解了个人对社会的责任感，而他的教育经历使他能够用批判的眼光看待现实，同时也使他能够以一种理性的方式思考和想象未来。

（四）乡村宁静生活的逝去

在福斯特的眼中，现代社会与过去那个和谐安宁的乡村生活已经大相径庭。那个时代，人与人之间的联系更加紧密，人与自然之间的关系更加和谐。然而，随着工业化的推进，宁静恬淡的乡村生活已经一去不返，人们的生活方式随着工业时代带来的便利和不便发生了巨大变化。这种变化对于福斯特来说，有着深深的痛感。

他看到现代人的物质生活虽然日趋舒适，但精神世界并没有随之增益，内心空洞缺乏信仰，“发育不良”。他认为现代英国人都是不完整的，因为他们的精神世界不完备。他们可能拥有物质上的富饶，但他们的内心世界却陷入了空虚和困惑。这一现象使得福斯特产生了深深的忧虑，他开始寻找一个解决精神焦虑的良方，寻找一个可以填补这个空缺的精神家园。

在福斯特的作品中，乡村生活的消失以及由此带来的精神困境是一个重要的主题。他注意到，随着工业化进程的加速，人们失去了他们与大自然的联系，失去了与邻里之间深厚的关系，甚至失去了他们的传统信仰。在他看来，维多利亚时代的传统美德——尊重自然、重视社区、珍视家庭和信仰——这是人们的精神归宿和心灵寄托。工业发展带来了机器的便利，让人们从体力劳动中解脱出来，但同时也破坏了这些传统美好的价值观。福斯特对这种现象有着深刻的批判，他认为这种以物质进步为中心的社会观念忽视了人的精神需求。他认为，人的幸福并不仅仅取决于物质的丰裕，而更取决于精神的满足。因此，他总希望能为现代人寻找一个良方，补益精神的空虚。在他的作品中提出了“联结”的思想，希望在传统与现代、城市与乡村、精神与物质、人与人之间找到一个平衡。他希望通过在这些看似矛盾的事物之间建立起桥梁，帮助人们找到真正的幸福。

在他的作品中，福斯特描绘了一系列的人物和场景，展示了他们如何在这个变化中寻找属于自己的道路。他的作品中充满了对过去乡村生活的怀念，但他并不倾向于简单地将过去的一切理想化，他认识到每个时代都有其自身的问题和挑战。他的目标并不是要恢复过去的生活方式，而是希望在新的时代中找到一种可以满足人的精神需求的新的生活方式。

三、福斯特生态文学思想的文本呈现

福斯特反对农村平和的生活方式被嘈杂的机械和工厂取代，传统生活习惯被逐步破坏的现象，也使他感到深深的忧虑。随着工业化的进展，福斯特觉察到一些无法复制的元素被消灭，英国的某一部分已经在精神上死去。福斯特视英国乡村为所有英国人的精神家园，他的小说充满了生态思想，以此回顾平静、宁静的英国乡村生活，以及英国现代社会中那些被珍视的传统品质。福斯特对工业化对自然生态的毁灭性影响以及对人们精神家园的掠夺感到痛心，他谴责了盲目追求利益、阶级地位等商业思维。在他的观念中，商业和科学应为生活服务，而不能超越生活本身。福斯特通过生态文学思想，期待唤醒深陷其中的英国中产阶级，希望读者通过阅读他的小说，能够深刻理解人与人之间的联系的重要性，使人们在混乱的现代社会中找到属于自己的秩序与和谐。生态文学思想在福斯特作品中主要体现在以下方面：

（一）追求人与自然的和谐共生

在福斯特的许多作品中，自然是一个重要的主题。他强调人与自然应该和谐共生，而不是一种单方面的控制或征服。他反对工业化进程中对自然环境的破坏，提倡保护自然，维持生态平衡。他的作品中的人物常常在自然中寻找心灵的慰藉和安静地生活。他的作品通过描述人物与自然的交互，描绘了一个理想的世界，在这个世界中，人类和自然和谐共存，而不是相互对立或试图征服对方。这种对自然的敬畏和珍视是他作品中一贯的主题，也是他生态文学思想的重要组成部分。

1. 乡村田野的朴素精神家园

福斯特深入关注的是人类关系和物质与精神生活的平衡。他承袭了华兹华斯和柯勒律治对工业文明的深深忧虑和对自然的热忱。他深信只有回到尊重自然和本性的英国传统文化，返回精神的归属地，才能解决现代文明所带来的各种困扰和问题。福斯特看到的现代文明是混乱和疯狂的，对人类造成了严重的伤害。高尚的自然人性和对真爱的追求在现代“文明社会”中渐行渐远。只有在大自然的怀抱中，人类才能获得强大而健康的生命力。

福斯特的作品赞美大自然，反思人与自然的关系，弘扬了与自然共生、回归自然的生存理念。他的小说中经常会出现一片“绿色森林”，它把文明与人类隔离，为人们提供了一个自然的庇护所。在《看得见风景的房间》中，露西放弃了与房间相连的塞西尔，选择了与风景相连的乔治。在《天使不敢涉足的地方》中，菲利普最终理解了索斯顿的美好以及吉诺的存在意义。在《天使不敢涉足的地方》中，意大利是情感和道德的避难所，也是福斯特对治疗英国中产阶级心理缺陷的方案。但在《最漫长的旅程》中，福斯特认为意大利的朴实面无可爱之处，这显示了他对英国乡村文化的深深热爱和肯定。福斯特强调，乡村的宁静不是奢侈品，而是人人必需。乡村给人们带来的不仅是蓝天、绿地、清泉，更是纯朴的人际关系，承载了朴素的道德观念。他在小说中把威尔特郡称为现代世界的心脏，国人应该敬仰的圣地，显示了乡村作为精神家园的功效。经历思想挣扎后的主角罗基，回到了远离污染的乡村，开启了生命的“全新旅程”，这是他精神救赎的开始。原本身心疲惫的洛奇，回到威尔特郡后，灵魂如同得到洗涤，变得清新洁净。

在《最漫长的旅程》中，福斯特绘制了一个位于麦丁莱河畔的小山谷景象：

这个地方看起来像瑞士一般大。就这样，小山谷成了他的另一教堂。你可以进去做你想做的任何事。只是无论你做什么，都变得越来越神圣。就像古希腊人一样，他可以在神圣的地方笑而不影响它的圣洁。[①]

① 福斯特．最漫长的旅程 [M]. 苏福忠，译．上海：上海译文出版社，2016：65.

在小说的结尾，罗基因为救助喝醉酒的斯蒂芬被火车撞死。福斯特在这里牺牲了精神痛苦的中产阶级知识分子，去拯救农夫斯蒂芬。福斯特看来，小农经济体现了英国文化和价值观。他希望以斯蒂芬的“朴素农耕文化”作为良药，治疗现代英国人的自私、贪婪和虚伪。斯蒂芬与罗基的身体状况形成鲜明对比，他身体强壮，充满活力，与大自然紧密相连。他被誉为“潘神”。在古希腊神话中，潘神是主管乡村的神，守护着牧羊人和羊群的安全。斯蒂芬的使命也是保护羊群，同时也维护社会信仰和传统。

《霍华德庄园》中也强调了相同的主题：农民是英国的未来。庄园的描绘在小说中，象征着作者对于大自然的渴望。庄园是威尔科克斯太太的祖先传下来的乡村住所，它充满了生机与自然的呼吸，代表了英国简朴的乡村生活，和谐而宁静。在这样的和谐气氛下，海伦和保罗陷入了爱河，玛格丽特也在这里和亨利订下了婚约。然而，在这种宁静的背景下，有一种不和谐的声音：亨利和查尔斯并未完全享受到大自然的平静和喜悦，他们只把庄园视为一种稀有的资产，出于贪婪，他们隐瞒了威尔科克斯太太对玛格丽特的遗愿，这是对自然的违背。然而，玛格丽特最终实现了她渴望的联结，她嫁给了威尔科克斯先生。她尝试融合两种不同的生活方式，努力达到与自然和谐共处的状态。

在小说的结尾，代表文化阶级的玛格丽特嫁给了代表物质阶级的亨利。玛格丽特成了霍华德庄园的主人，并将庄园赠给了海伦和巴斯特的私生子。亨利、史氏家族和巴斯特的姐妹们，离开了现代文明的喧嚣，回到乡村，在霍华德庄园过着和谐的生活。这象征着人类最终会回到自然，实现一种融合。人类不仅要回归自然，还要开放所有感官去感知自然，体验大自然的无尽之美，以达到人与自然和谐相处的境地。福斯特在玛格丽特和海伦的讨论中，通过对风景的描述和思考，为英国的自然唱出了赞歌，这充分证明了作者希望回归自然，理解自然，并实现人与自然和谐共生的强烈愿望。

2. 聚焦人与自然和谐相处的自然形态

福斯特对于大自然的钟爱和崇尚源自他对原始生态的赞美和对人与自然和谐共生的主张。福斯特在他的作品中体现了亲近自然的理念，和对美丽自然的追求与渴望。在《最漫长的旅程》中，福斯特在叙述里基和三个朋友在小山谷漫步的情境中展现了他的生态理念，“天空湛蓝湛蓝的，天地相接的地方，渐次变成了白色，大地一片褐色，湿漉漉的，泥土气息浓郁。”[①]《天使不敢涉足的地方》中，阿博特小姐去接菲利普先生时，马车“穿行在橄榄树间，那片充满美和野趣的树林已经过去。随着地势越走越高，越走越开阔，蒙特利亚诺赫然出现在右边的一座高山上”[②]。小说女主人公莉莉娅曾在乡间小路散步，感受“漫山遍野的橄榄树和葡萄园，刷了白粉的农庄，远处是更多的山坡，更多漫山遍野的橄榄树和农庄，更多地被万里无云的天空衬托的小城”[③]。《看得见风景的房间》中处处都有对意大利风景的描写，其中关于佛罗伦萨某处风景的描绘，更加彰显了福斯特对自然的热爱：“迎面都是阳光，前面山峦起伏，树木苍翠，煞是好看……水流拍击路边的堤岸，发出淙淙声响。”[④]《霍华德庄园》中的农场给读者以美的享受：“那些野蔷薇芳香醉……花儿垂落下来构成了花环，但它们的底部别有韵味，纤纤袅袅的。”《莫瑞斯》中这样描写德拉姆的家：“宅邸坐落在森林里。周围是辽阔的园林，仍被消失的树篱圈起。园林提供着阳光、空气、牧场与成群的奥尔德尼乳牛”[⑤]。

福斯特的作品主要创作在维多利亚时代的后期，国家经历了两次工业革命，处于大英帝国的黄金顶峰时期。作品场景主要设置在英国，但小

---

① 福斯特．最漫长的旅程 [M]. 苏福忠，译．上海：上海译文出版社，2016 : 28.

② 福斯特．天使不敢涉足的地方 [M]. 苏福忠，译．上海：上海译文出版社，2016 : 23.

③ 福斯特．天使不敢涉足的地方 [M]. 苏福忠，译．上海：上海译文出版社，2016 : 50.

④ 福斯特．看得见风景的房间 [M]. 巫漪云，译．上海：上海译文出版社，2016 : 18.

⑤ 福斯特．莫瑞斯 [M]. 文洁若，译．上海：上海译文出版社，2016 : 89.

说中的人物常游历他国，以此呈现出英国和他国之间的差异。具体来说他的作品主要出版于爱德华七世和乔治五世的统治阶段。福斯特生活的时代背景和作品的写作时间均决定了其浓郁的时代特性。当时人类正处于第二次工业革命带来的电气时代，这场革命引发了物质丰富和生活便利，为人类带来了巨大的进步和发展，但同时也无可避免地破坏了自然，对社会和精神层面产生了灾难和危机。随着人类对自然的过度开发使用，生态问题初露头角，引起有识之士的关注，马克思和恩格斯就此提出了关于人与自然和谐共生的理论。他们提出预警，人类不应过分沉迷于对自然界的征服，因为对每次征服的报复，自然界都会以它自己的方式进行回应。这些生态主义观点在福斯特的作品中得到了充分的体现。

在《霍华德的庄园》中，福斯特描绘了人类对自然侵犯的痕迹，当芒特太太乘火车向北行驶时看到了昔日的田园风光已经变成了另一番景象：

有时大北方公路和她结伴而行，较之铁路，公路更显得没有穷尽，一个盹儿打了一百年，一觉醒来生活变扑鼻而来的是汽车的油烟味儿，跳入眼帘的是黄疸病药丸的广告。[①]

在返回伦敦的路途中她又看到令她印象深刻的情景，“马路的汽油味儿越来越刺鼻……吸气越来越困难，蓝天越来越少见，大自然退却了，树叶刚刚活到中秋便片片飘零，太阳在乌烟瘴气里闪耀，模糊得令人瞠目”[②]。

美丽的自然风景令人向往，是人类生存的家园，也是汲取灵魂养分的源泉，应该亲近和保护。人类在开发利用自然的同时，应有生态观念，为长期可持续发展，应有所克制，不能过度破坏自然和生态环境，与大自然和谐共生，开发和保护并重。

① 福斯特．霍华德庄园 [M]. 苏福忠，译．上海：上海译文出版社，2016：15.

② 福斯特．霍华德庄园 [M]. 苏福忠，译．上海：上海译文出版社，2016：132.

（二）追求人与人之间、人与自我的和谐

福斯特的小说不仅呈现出生态主义理念，还充分体现了他以人为本的思想，追求人与人之间、人与自我之间的和谐。

1. 人与人之间的和谐

福斯特的作品主张人与人之间和谐关系的建立以及关注社会的和谐发展，他的作品深度探索了社会矛盾的根源，揭示了他对于构建一个民族平等、和谐共生、文化交融的社会的向往。在《天使不敢涉足的地方》中，福斯特生动塑造了意大利人吉诺的形象，使读者能够通过吉诺这个虚构角色了解到意大利的特性。虽然吉诺是虚构的，他的存在具有强烈的象征意义。小说中的另一角色赫里顿太太，尽管出场次数较少，却代表了英国。福斯特巧妙地利用各种象征手法来揭示和对比不同民族间的文化差异。莉莉娅和婴儿的死是小说中的悲剧，源于两个不同民族背景和性格的冲突。福斯特用寥寥几笔描绘了莉莉娅的死："可是她却在分娩时死去了。"[①] 而对于小婴儿的死亡，描述则更颇为细腻："小脸已经冰凉，但多亏菲利普，脸现在不湿了。小脸今后再也不会被眼泪打湿了。"[②] 这两起悲剧的根源，不仅在于个性的冲突，更体现在种族的差异和不平等，这是福斯特锐利的观察和深度分析的结果。

在《看得见风景的房间》中，福斯特较为详尽地展现了意大利和英国两个民族的交融和对立。拉维希小姐以及巴特利特小姐各自代表的意大利和英国的立场，都以鲜明的方式描绘出了文化冲突。露西在这两种文明之间感到困扰，却被背后的闪耀的文明之光迷惑，她无法接受塞西尔的民主观念，厌恶他的傲慢，反感他以"保护者"自居。

① 福斯特．天使不敢涉足的地方 [M]. 苏福忠，译．上海：上海译文出版社，2016：61.
② 福斯特．天使不敢涉足的地方 [M]. 苏福忠，译．上海：上海译文出版社，2016：51.

《印度之行》更是揭示了更为深刻的民族矛盾。印度人把神明放在心头，而英国人作为殖民者，喜好以神明般的优越姿态示人。像罗尼这种英国人就高高在上地相信，他们的到来就是为了主导印度这个所谓的混乱之地。他们在印度受欢迎度不高，并不是他们所关心的，因为他们有更重要的事要做。面对上级，罗尼总是表现得十分恭顺、有礼、笑脸迎人。然而在东方的印度，他用充满英国味道的方式与印度人交谈，行为中流露出的官僚主义，显示出他对印度的贬低和不敬。《印度之行》的政治内涵是显而易见的，它既具有浓厚的殖民主义色彩，又具有鲜明的反殖民主义倾向。[①] 莫尔太太和阿黛拉来之所以到印度，就是想要探索这个神秘的国家。但阿黛拉永远无法看清印度的内在灵性，就连心怀宽容的莫尔太太也只能隐约看见。莫尔太太来到印度后，虽身为基督教徒，但她走进清真寺的时候颇为尊重，因为主动脱下鞋子而立刻获得了阿齐兹的好感。

马拉巴尔石洞的旅行是一次文化碰撞失败的尝试。福斯特描写了石窟内燃烧的火柴和石壁深处升起的火焰，“这两团火焰慢慢接近，努力想融为一体，结果却只是徒然而已，因为一团火焰在空气中燃烧，另一团却困在石头里。”[②] 火焰的徒然努力象征着两个民族之间的无法融合。阿齐兹和菲尔丁在分别前的争论则明显充满了政治色彩，他们的争吵激烈而愉快。菲尔丁认为，即使英国的殖民统治残酷，却也不能被废止，因为一旦英国离开，印度就会走向衰落。阿齐兹则认为印度应该独立，只有独立平等时他们才能成为真正的朋友。然而现状决定了他们无法真正成为朋友。“可这并非两匹马的愿望，他们突然间分开了；这也并非大地的愿望，它长出块块岩石，两位骑手没办法并排穿过。”[③]

通过深入剖析和批判了种族冲突和矛盾，作者希望通过消除这些冲

① 张春梅.《印度之行》中殖民意识的悖论性研究 [J]. 集美大学学报（哲学社会科学版），2020（2）：114-122.

② 福斯特 . 印度之行 [M]. 冯涛，译 . 上海：上海译文出版社，2016 : 155.

③ 福斯特 . 印度之行 [M]. 冯涛，译 . 上海：上海译文出版社，2016 : 410.

突和矛盾，建立和谐的人际关系，构建一个稳定、互相融合的社会环境，形成一个和谐的社会生态系统。

2. 人与自我的和谐

王诺先生认为：工业革命时期，资本家们把自然当作原材料，把人当作机器运作，使得自然环境遭到空前的破坏，也使得人的精神面貌变得满目疮痍，使得人丧失了生命活力，唯有回归自然、回归本性才能拯救人类。[①] 福斯特的作品展现了人的精神困扰，在物质丰富却精神空洞匮乏的情况下，人的本性陷入一种扭曲、不和谐的虚空里。他们追求物质的同时，精神却无处安放，信仰流失，失去了感受自然，领悟爱与被爱的能力引发精神的混乱。福斯特对此给出了自己的解决方法，他认为只有重新回到自然中理解自然，人们才能重新找回自我。只有维持自己的真实性，方能达成身心和谐，实现精神生态的平衡。

《印度之行》中的莫尔太太和阿黛拉满怀期待和对未知的渴望来到印度，希望能了解印度这个与自己不同的文化，然而，她们对新生活的期待与现实产生了巨大的落差。阿黛拉发现，在印度的生活改变了罗尼，他变得傲慢、瞧不起人、对他人冷漠。面对这种巨大的落差，阿黛拉在游览马拉巴尔石窟时精神崩溃，错将阿齐兹视为强奸犯，于是她诬告他并要求对他进行审判，这却更加剧了民族矛盾，使民族关系越发变得不可调和。与此相反，莫尔太太对印度并没有任何偏见，她后来拒绝在法庭上做伪证，也不愿意接受对阿齐兹的指控和审判。即使如此，马拉巴尔石窟的经历也给她带来了巨大的心理伤害，使她陷入深深的愤世嫉俗，原先对印度的美好印象烟消云散："冷漠麻木与愤世嫉俗的情绪当中，最初几个星期她心目中那个美妙的印度，连同那晚风习习的凉爽夜晚及其广袤的宜人印象，

① 王诺. 欧美生态文学 [M]. 北京：北京大学出版社，2003：111.

都已荡然无存。”[①] 她终于得以回到英国，但在经历了印度的经验后，她已经能够感受到宇宙的恐怖和渺小，精神上的混乱和失衡变得更加明显。从莫尔太太和阿黛拉的经历中，可以看到英国文化优越主义和白人中心主义的影响，这使得英印双方不能平等对话和交流。印度这个神秘而混乱的地方，吸引了莫尔太太和阿黛拉，但也让她们陷入精神困境，最终不得不离开印度。莫尔太太甚至在回国途中逝世。她们的精神错乱，实质上源自英国和印度的文化差异，以及殖民统治下的各种社会问题。美国学者布克津说道：“几乎所有当代生态问题，都有深层次的社会问题根源。如果不彻底解决社会问题，生态问题就不可能被正确认识，不可能解决。”[②]

福斯特的作品从个人角度深度探索了英国中产阶级的精神生态，在《看得见风景的房间》小说的主角露西是一个自然爱好者，她崇尚自由，充满活力的女性。福斯特希望英国人能以开放的心态向外探寻，接受未来的无限可能性，从而发展自己，让自己不断成长。他用露西的成长表达出他解决迷茫的希望。然而，英国的工业文明使人们过分追求物质生活，忽视了对精神生活的追求。中产阶级人士过度关注外表，举行各种派对，物质至上，精神生活受到忽视。再加上“父权制强塑下的女性气质和女性角色的全面认同，使女性走上了一条以被动性、依附性为核心特征的成长之路，女性被赋予一个与女性的自主生存相对立的客体位置，不能像男性那样依靠自主性力量获得生存的一席之地，只能被动等待别人的赞许来获得生存的合法性。”[③] 以人的价值和尊严为基础追求精神自由需要极大的勇气和学习能力。而露西在获得这种能力的过程中却数次受阻，例如她听从了表姐巴特莱特的劝告，雨夜匆忙收拾衣物逃回英国，以逃避接吻带来的罪恶感和可能的流言蜚语。罪恶感和流言蜚语是大众制造的产物，露西的表

① 福斯特．印度之行 [M]. 冯涛，译．上海：上海译文出版社，2016：199.

② 余谋昌．生态哲学 [M]. 西安：陕西人民教育出版社，2000：137.

③ 翟永明．成长·性别·父权制—兼论女性成长小说 [J]，理论与创作，2007，（2）：23-26.

姐巴特莱特已完全失去了对此辨别真伪的勇气和智慧。然而未婚男女坠入爱河，接吻何罪之有？对于恋人之间的接吻可能带来的罪恶感和流言蜚语，甚至连毕普牧师也认为自己很难理解那些说真话的人。这种集体愚昧的力量如此强大，导致了露西陷入了摇摆不定的混沌状态：她否认自己对乔治的感情，同时告诉塞西尔她谁都不爱，婉拒两人的追求，让自己退回到了她表姐巴特莱特 30 年前的状态。30 年前，巴特莱特的爱情也被流言蜚语所伤，使其缩进自我保护的坚硬外壳，从此独身一人，谨小慎微。社会强塑于她的谦卑和服从角色使她失去了原初的、积极的自我力量，放弃了追求精神自由。

“如果我们活出真实，周围爱我们的人最终也会回到我们身边。我们既可以拥有世界，也可以拥有灵魂。”（福斯特，2011：244）露西最终变得相信自己，不再顺从于规则，此时她反而赢得了人们的尊重和羡慕。表姐巴特莱特由衷地赞美她勇敢、聪明。那根握在别人手中的风筝线终于断了，露西得以自由地飞翔。她大胆地解除了与塞尔西的婚约，投入乔治的怀抱。带着甜蜜的爱情，他们离开了英国前往意大利去重温昔日的美丽风景，去探寻他们的成长足迹，去享受他们温馨、美妙的爱情。跟乔治在一起，她总能看见风景，总能生活在美妙的旋律与乐章里。

第三章　福斯特作品的人物形象概述

第一节　短篇奇幻小说中的人物形象

福斯特的小说作品深受英国风俗小说的影响，他的作品深刻反映了20世纪初英国中产阶级的思想和意识形态。他的作品中经常充满了幽默而又略带讽刺的语调。在他的短篇小说中，这种讽刺的风格更为突出。与他的长篇小说有所不同的是，他的短篇小说受到希腊神话的深深影响，常常充满神秘的色彩和寓言式的表达方式。此外，他的短篇小说在塑造主角方面也与长篇小说有很多不同之处。他的短篇小说中的主角通常崇尚自然，渴望自然，并能够看到常人看不到的美。这表现了福斯特想要表达的主题，即只有在人们未受误导，按照自己的本性与世界建立关系，而不是通过人为的隔阂去交流的时候，才能真正拥有丰富和谐的生活。

一、福斯特短篇奇幻小说神话体系的构建

在福斯特的短篇奇幻小说中，超自然元素往往来自古希腊罗马和基督教的神话传说。他巧妙地重塑了天堂、潘神、塞壬等神话故事和神话原型，描绘出一个满溢希望、闪耀光明、充满奇幻色彩的全新神话世界。

（一）天堂世界

在多篇奇幻小说中，福斯特创造了一个混合了各种神话的天堂世界。天堂在西方文化中是一个不可缺少的元素，天堂“从根本起源上来自想象，并且要求具有丰富的想象力方可实现天堂与现实之间的斡旋”[①]。但是，通过分析福斯特对天堂世界的描写，不难发现，他心目中的天堂本质上并非是一种毫无根据的凭空想象，而是一种由多种宗教与多元文化相互作用、彼此融合下的产物。在他笔下的天堂世界，既有基督教的基本形态，也有异教文化的基本理念。天堂在基督教文化之中，既是人的灵魂与神祇的居所，也是人们精神寄托的精神家园。而在古希腊罗马文化中，诸神居于奥林匹斯山，这个类似天堂的地方，不仅是人类灵魂的救赎之所，也是肉体的救赎之地。不同宗教文化中的天堂概念可以说在某种程度上是相互排斥的。

然而在福斯特的短篇小说《安德鲁斯先生》中，天堂世界则被描绘成为一个多种文化与不同神灵共同居住、共同生存的场所，从客观上也传达出了作者对伊斯兰教徒与基督徒实现和解的美好愿望。无论你信仰基督教、伊斯兰教还是印度教，天堂的大门都向你敞开。无论你的宗教信仰是什么，无论你遵循何种行为准则，天堂都会接纳你。安德鲁斯先生和土耳其人分别代表了有着不同宗教信仰和价值观的两个人。他们的行为和信仰在对方眼中都是无法被理解和接受的。然而，在福斯特描绘的天堂中，他们都有机会被接纳进入。两个价值观相反、互不相容的人也会出于对对方的尊重与理解，而选择和谐共处，携手前进，共同迈向天堂世界，拥抱幸福快乐的生活。

在小说《天国公共马车》中，天堂世界更加五彩斑斓。通常来说，

① 阿利斯特．麦格拉斯．天堂简史天堂概念与西方文化之探究 [M]. 高民贵，陈晓霞，译．北京：北京大学出版社，2006：2.

不同的主体对于天堂的理解与描写各不相同，作品通过对特定人物的描写，将天堂世界的美好展现在大众面前，读完整本书，让人们对天堂世界产生一个整体印象，是爱、彩虹、阳光、美妙、欢乐构成了整个天堂世界。小说中涉及了不同历史时期不同领域的杰出代表人物以及一些虚构的人物形象，具体包括古代文艺复兴先驱者但丁，浪漫主义民主诗人雪莱，作品中，借助不同的人物形象的塑造与刻画，向人们展示了天堂世界的真实模样，其中既有古希腊罗马神话的英雄阿喀琉斯，也有小说戏剧中的人物汤姆·琼斯与甘普太太。在这里，需要强调的是，在但丁的诗歌作品中，所有的人物都从未踏进过天堂，福斯特在对天堂世界进行重塑的过程，实际上是对《神曲》的讽刺，这可以看作他独特的现代喜剧。

虽然小说并未明确描述天堂的具体位置，但是通过作者文中对悬崖、峡谷、山涧的描绘，能够在脑海中对天堂形成一个猜测或构想，一座与奥林匹斯山相似的形象呈现在眼前，山脚下的哀则荣河有着可以预知未来的超能力，而河中女妖的形象则与希腊神话中的塞壬尤为相似。可以看出，古希腊神话对于作者的影响之大。作者通过对天堂世界的描绘，将一个不同文化与观念和谐共存的空间世界构建出来。在该文中，不难看到古希腊神话的影子，既有奥林匹斯山的形象，又融入了基督教的灵魂理念和平等博爱的思想，构建出了福斯特心中完美的天堂形象。当托马斯·布朗爵士第一次驾驶马车带着小男孩前往天堂世界时，对这辆马车给出了这样的评价：

这马车不赚钱。运营它并不是为了赚钱。我的马车有很多缺陷；它是用几种国外的木料通过奇怪的手段拼装成的；车里的坐垫不是让人休息好，而是刺激人搞学问的；我的马不是从现实的长青的草原获得营养，而是源于古罗马的干燥的云草和三叶草中获得营养。[①]

通过分析福斯特的作品，不难发现，古希腊罗马文化对其产生了根

---

① 福斯特．福斯特短篇小说集[M]．谷启楠，译．北京：人民文学出版社，2009：45.

深蒂固的影响。在福斯特一生的作品中，无论作品篇幅长短，古希腊哲学思想始终贯穿其中，也从侧面也彰显了古希腊罗马文化在当时重要的历史地位。在福斯特的短篇小说作品中，主人公为了找寻生活的救赎方式，曾经亲自游历过希腊。而在其长篇小说中的旅行故事也大都发生在被誉为古希腊文化保留最丰富的国家，同时也是罗马共和国的核心区域与发源地——意大利，从某种程度上看，意大利文化被视为古希腊文化的继承和传播。

在他的短篇奇幻小说中，真正进入他创造的这个乌托邦的人，都与古希腊罗马文化在精神层面有着密切联系。作品中的人物邦斯先生与小男孩，二人一同坐上了前往天堂的马车，邦斯先生是一个对但丁作品十分痴迷的“文化人”，通过羊皮卷装订作品便足以见得他对但丁的热爱，他能够侃侃而谈各种文化巨作，小男孩对荷马、莎士比亚一无所知，但看见太阳落下，树林消失后有所触动的小男孩。然而，最后在这个乌托邦中留下来的是这个涉世尚浅、懵懂无知的小男孩。在作品中，但丁曾经有过这样一段话：

我是手段，不是目的。我是食物，不是生命。你要独自站着，像那个男孩那样站着。我不能救你。因为诗歌是一种精神；崇拜诗歌的人必须崇拜它的精神和它传达的真理。①

无论是诗歌，还是古希腊罗马文化，都只是促使人们精神世界需求得到满足，对抽象的精神世界加以理解的途径之一。通过阅读诗歌，很大程度上能够促使人们对自然的审美观与敏感度得到增强。但是，正如物质与金钱并不能带给人真正的快乐一样，诗歌本身并不能完全促使读者的精神世界得到丰富，要想真正地实现精神需求的满足，进入到理想的天堂，就必须要对文化与诗歌的精神内涵加以深刻理解，从而实现与不同历史时期智者之间的精神对话。

① 福斯特．福斯特短篇小说集 [M]. 谷启楠，译．北京：人民文学出版社，2009：59.

在福斯特的文学作品中，其对天堂的描绘不仅将空间的理念进行了塑造，而且将我们对天堂世界的认知也进行了重新塑造。在他的一系列奇幻短篇中，描绘了两种天堂：一种是充满希望、美丽、阳光的，另一种则是与地狱的界线十分模糊。毫无希望与生机，暗淡与灰色的地方。在福斯特创作的天堂世界中，其行事法则与世人的普遍理解大相径庭，在这里，人类的生命与生活是完全不受神影响的，相反，神的存在完全取决于人的信仰，无论是神的形象还是神的力量，都是由人类的信仰所决定的，一旦人类的信仰消失，那么这个神也便会消失，而神往往是伴随着人的信仰而诞生的，人类各种内心欲望在这里都能得到满足。

福斯特借用神话和宗教的外在形式，对现实世界的混乱进行讽刺。比如在《安德鲁斯先生》中，主角在通往天堂的路上遇到了一位土耳其人，两人虽然信仰不同，但是彼此之间都是发自内心地给予对方关爱，并向上帝祈祷希望能让二人一同进入天堂。可是，当他们真正携手一起迈进天堂世界时，才发现那里虽然没有任何纷争，但是他们却在那里没有任何伙伴，天空也是空荡荡的，感到十分孤独与寂寞，与他们想象中的天堂大相径庭。

虽然生活在天堂，不会因为宗教信仰与文化背景的差异而发起争端，每个人之间都可以和谐共处，即使他们有着不同的价值观念、文化背景与宗教信仰，但是依然可以友好相处。而这一切完全基于金钱与物质欲望的共享。可以说，这仅仅是一种物质层面上的和谐，但从精神层面上看，人与人之间却有着比较远的距离，每个个体的精神都是独立的、孤独的，无法实现心与心之间的交流，正如小说中写道：

在那个地方，他们想要的都得到了，但他们的希望却不能实现。我们希望得到永恒，但我们无法想象它。我们怎么能期望上帝把它赐给我们呢？我从来没想象出永远善、永远美的东西，除了在梦里。[①]

① 福斯特．福斯特短篇小说集 [M]. 谷启楠，译．北京：人民文学出版社，2009：188.

在福斯特描绘的天堂中，能实现的只是有形的、具体的物质需求，而对于无形的、抽象的需求，这个天堂却无能为力。福斯特通过这样的天堂描绘，对现代社会金钱至上的观念与人际关系的冷漠进行了讽刺，并对精神世界的构建进行了呼吁。在其文学作品中的天堂里，其实更像是一个地狱，那里的人们没有任何精神追求，而生活在天堂世界的人们，自己却无法感知与察觉这一问题的严重性。

在其短篇小说《意义》中福斯特描绘了一群生活在无知之中的人们，他们生活在地狱中却并不自觉。故事的主角名叫米奇，也是上述特征人物的典型代表之一。若是以一种世俗标准对他的一生进行评价，那么一定是成功的。

他遵循了一个知识丰富的家庭规划的道路，平稳地度过了他的人生。在职场上，他屡创佳绩，赢得了身边同事与领导的高度认可与赞扬，并授予了爵士头衔。生活中，有爱他的妻子及三个孩子。在外界看来，他的人生无疑是成功的。但是，若是换一个角度来看，他的一生又是毫无意义的，这是对其一生最为精准的描述，因为这种以物质层面为出发点的人生追求与梦想，其实是空洞的，只有当人们真正结束了这种机械、麻木的生活，将精神追求与物质追求同时当作人生目标时，他的一生才是圆满而有意义的。就像小说中写道的："在我活着的时候——也就是说，在人们错误地称之为'生命'的那个时期，因为所谓'生命'实际上就是死亡。"[①] 这种麻木、机械的生活，生与死没有任何区别。他们生活的世界实际上就是地狱，只是他们并不自知。

在这部短篇小说中，天堂世界最初被描绘成介于地狱与天堂之间的地带，而通过不同的人物形象与故事情节的设计，促使他们展开深刻思考，激发他们对生命真谛的领悟，理解真正的快乐应当是何种模样，带给人们一种前所未有的精神体验，通过故事引导人们发现，要想到达幸福的

① 福斯特．福斯特短篇小说集 [M]．谷启楠，译．北京：人民文学出版社，2009：176.

天堂世界，需要拥有富足的精神世界，在那里充满了阳光与欢声笑语，实际上，这也是福斯特心中的理想世界。

（二）海女神的希望国度

海女神塞壬的人物形象源自荷马的史诗《奥德赛》。在这部史诗中，塞壬被塑造成一个生活在西西里岛上的女神，她有着动人的歌声，每每经过于此的船员都会被她的歌声所吸引，并在无意识中改变了航行的方向，驶向她所在的小岛，巧合的是所有驶向她的船只无一幸免地都会发生事故并丧失生命，而慢慢地在西西里岛的周围布满了船员的白骨。故此，在传说中，海女神塞壬也被视为邪恶与诱惑的象征。但是，在福斯特的《塞壬的故事》中，他对该人物形象进行了重塑，起初，塞壬是一个孤独可悲、无人理解，甚至被人类所排斥的形象，她没有任何技能，无法歌唱，只能独自生活在大海中，但是最终她经过千辛万苦，突破了一切束缚与阻碍，终于得以重返世界，给人类带来了希望的神祇。

《塞壬的故事》以主角“我”的笔记本掉入水中作为开篇，这本笔记本记录了“自然神论之争”。小说以“我”和一名西西里人一同寻找笔记本作为线索，向人们讲述了关于塞壬与西西里人哥哥相见的故事。但是在这部作品中，福斯特真正要想表达的却是对塞壬沉默以及人们见到塞壬后发生的改变而产生的一种惋惜之情。塞壬的沉默的社会历史背景，通过故事开端描写的“自然神论之争”的笔记本得以交代。在西方思想界，由中世纪向现代的转变发生在 17 世纪至 18 世纪，对于英国思想界来说，他们更加主张对科学知识与理性的保护，对以往的神学教条比较排斥，对理性原理尤为推崇，由此自然神论成为人们普遍认同与推崇的主流思想。直至 19 世纪末 20 世纪初，理性主义得到了前所未有的空前大发展，几乎所有人都对理性主义十分认同。

但是任何事情都是物极必反的，由于人们出于对理性主义的过分崇拜，导致许多人出现了对思想、社会、自然与宗教的排斥，机械化成了这一时期理性主义的主要特征，也逐渐发展成为所有事物的唯一评价标准。由于受到机械化理性主义的影响，人们逐渐失去了往日的快乐与自由，书中的人物西西里岛人的哥哥在见到塞壬之后，从心理上发生了很大的转变，变得不再快乐，对现实中的生活也感到了巨大的不满，而这也正是对非理性回归的写照。他之所以能够打破机械理性的种种束缚，都是源于塞壬的出现，从而也促使他能够站在更加客观角度上，清楚地感知到当下人们生活的无意义与痛苦，而这归根到底都是由机械理性主义造成的，因此，他最终预言人类终会走向死亡。

福斯特将神与人类的信仰之间的关系进行了重新诠释与搭建，即神之所以存在完全取决于人类的信仰，因此，神的命运往往掌握在人类手中。但是在其作品《塞壬的故事》中，通过他对现实世界的描述，能够清晰地感觉到人类早已丧失了信仰，科学已经能够解释一切，对神的敬仰已经不复存在。小说中描绘了神职人员通过祷告将空气和岩石定为神圣之物，因此塞壬无法呼吸这空气，也不能坐在这些岩石上，但没有人可以将海洋定为神圣之物，因为海洋太过于广阔、变化无常，所以塞壬只能居住在海洋中。在机械理性主义与信仰匮乏的时代，所有一切均可通过科学进行解释，包括神职人员在内的所有人都被机械理性所驾驭，人们全部丧失了以往的信仰，这些是造成塞壬居无定所，只能被迫在海中生活的真正原因。

在文中，关于西西里人的人物形象设定是具有特殊意义的，一方面为他的身份合理性创造了条件，另一方面，传说中塞壬的居所就是西西里岛，而通过对旅行者与西西里人关系的描写，使得现代社会价值观与传统社会价值观之间的冲突得以呈现。其中，塞壬是原始自然观念的代表，文中作者通过对岛上居民见到塞壬次数减少的描写，预示了传统社会价值观的逐渐消失。在福特斯的小说中，最后一批信仰塞壬的人便是生活在西西里岛上的居民，一旦岛上居民对塞壬的信仰越来越少，那么这位海女神出现的次数也将越来越少，直至消失。

福斯特深刻感受到了整个社会都因机械理性主义的出现而受到巨大影响，它使得人们的生活被各种规则所束缚，人们在思想上背负了沉重的枷锁，导致人类与自然和世界的联系被切断，最终导致了人类生活的无趣与无意义。

塞壬是福斯特小说中的人物形象，通过对这一人物形象的刻画，使得非理性回归的愿望有了寄托，本质上看是一种希望的象征。虽然整部作品充满着悲观情绪，但是仍然能够感受到人们在悲观中仍然透着一丝对非理性回归的希望。与人类的生命相比，海洋的生命更加持久，总会有一天，一位能将塞壬从海洋带到天空、破碎寂静、拯救世界的人将会出现。塞壬会重返世界，用她的歌声将整个世界的孤寂与沉默打破，使得世界得到拯救。

关于打破理性束缚与促使非理性回归的实现途径，以达成真正的快乐，福斯特在小说中给出了他的解答：返回海洋，亲近自然，恢复以往与大自然的亲密关系，从而实现人类与自然的和谐共生。小说主角真正开始相信那个西西里岛人对塞壬的说法，认为这并非是一个荒诞的笑话，是在其真正体验到大海的美丽之后。随着笔记本落入海中，大家都在嘲笑他，唯有他自己在对流沙的流动以及笔记本在水中的动态进行仔细观察，并在此之后发现，这些都是如此美丽。

通过笔记本落入水中后，带给主人公的内心冲击，促使它认识到了海洋的力量与美丽，也客观上使得笔记本中的“自然神论”得以打破，也侧面说明了并非世上的一切都可以用理性来解释，通过感性体验同样可以有所收获。海洋的奇妙与美丽深深地触动了主人公，并尝试与自然建立联系。当西西里人从海中带出他的笔记本时，他在西西里人身上看到了海洋带来的生命力量。

从海洋中走出的西西里人，正如一尊静坐于深海中的银雕像，在绿色与蓝色的海水中，生命闪烁着耀眼的光芒，无尽的快乐，无尽的智慧，这就是生命应有的样子：充满生机与活力。而这一切全都源于人类与自然之间建立的亲密和谐的关系，使人们真正感受到了大自然的美。西西里人最后的一句话如此写道：

寂静和孤独不可能永远延续。也许会延续一百年或者一千年，可是大海存在的时间更长，塞壬总会从大海里出来唱歌的。[①]

虽然生活受到社会与机械理性的束缚，使得信仰逐渐消失，但是海洋是永远不会消失的，即使人类不再存在，大自然依然还在，总有一天人们会打破种种束缚与限制，走向大自然，与其亲密接触，重新找回生活中的快乐。

（三）潘神的复活与绿色新世界

在古希腊神话中，田野与山林的守护神是潘神，他的形象被人们视为宇宙的标志与大自然的化身，从外形来看，他拥有着羊儿的耳朵、羊儿的角、羊后腿、人躯干以及人脸。按照基督教的早期传统，一旦上帝向世人宣告基督的诞生，那么便会在希腊群岛上听到一片叹息声，因为，基督的诞生预示了潘神的死亡，与此同时，伴随的将是奥林匹斯诸神的消失，他们中有的是被驱逐至偏远之地，有的则是被废黜，慢慢地人们不再拥有信仰。从某种角度出发，基督的诞生意味着基督教的胜利，意味着人类战胜了大自然，自此人类不再如从前般敬畏自然，大自然的力量在人类面前也不再如以往那样带有一层厚厚的神秘面纱，人类与大自然的关系发生了根本改变，而这都是科学技术不断进步带来的结果，人类逐渐拥有了战胜自然的信心，认为人与自然应当是征服与被征服的关系。但是，在短篇小说《惊恐记》中，福斯特告诉广大读者，自然与人类的关系恢复到了从前，自然的力量仍然强大到人类根本无法战胜，而曾经代表着宇宙与自然力量的潘神也就此回归了。

小说以第一人称的叙事角度展开故事的讲述，故事的主人公是桑德

① 福斯特．福斯特短篇小说集 [M]. 谷启楠，译．北京：人民文学出版社，2009：209.

巴赫先生、尤斯塔斯一行人以及我们一家人，故事的发生地是野外的栗树林，而他们首次与潘神相遇的地点便是此处。在他们彼此相遇的刹那间，大自然中的万事万物都静止了，周边任何声响也没有，“一切绝对静止，全然无声”[①]，紧接着是无法抵抗的恐惧。这种恐惧“不同于你在其他时候所体验过的精神恐惧，它是一种粗暴的、带征服性的肉体恐惧，他堵塞你的耳朵，在你眼前洒下云雾，往你嘴里灌进臭气，恐惧过后的屈辱感非同一般。”[②] 这种恐惧来得快，去得也快，当恐惧来临时，所有的人都逃下山坡，只有尤斯塔斯对此毫无感觉，甚至从中察觉到了什么似的，脸上露出了令人捉摸不透的微笑。

在遇到潘神前，尤斯塔斯日常生活中总是提不起精神，整日里无精打采、散漫、无纪律性，甚至对于社会规范与规则也尤为反感，对一些礼仪也没有很好地遵守。但是直到他遇到潘神的那一刻，一切都发生了彻底的改变，尤斯塔斯变得更加有活力和快乐，他飞快地在森林中跑来跑去，其愉悦的心情毫无掩饰地展现出来，感染着森林中的生灵。然而这种改变好像并没有引起大家的重视，也不符合大家对他的期待，特别是他与侍者真纳罗的友好往来引起了周围人的反感。尤其是在深夜，尤斯塔斯总是会情绪暴躁，由于他的卧室太小，无法看到户外的自然景色，因此，他选择离开自己的卧室，与大自然进行亲密接触，房屋的存在隔绝了他与大自然的联系，与此同时，由于被困在房间无法外出，最终导致了与他一样被大自然召唤的卡泰丽娜不幸死亡。

福斯特在《惊恐记》这个短篇小说中，充分地运用了哥特式小说的写作手法。他在小说中成功地构造出一个恐怖、奇异、阴郁的氛围，人们在森林旅行中突遇的寂静，令人心中的不安全感油然而生，一种无法控制的恐惧感弥漫在周身，蜥蜴的出现加重了这种感受，因为在西方观念中，

① 福斯特．福斯特短篇小说集 [M]. 谷启楠，译．北京：人民文学出版社，2009：6.

② 福斯特．福斯特短篇小说集 [M]. 谷启楠，译．北京：人民文学出版社，2009：8.

蜥蜴本身就是一种不祥之兆，与此同时，小说中还出现了其他一些情节，使得读者的压抑感、威胁感与紧张感日益加重，诸如尤斯塔斯最后消失的方向、发出的诡异笑声，以及他在夜间的怪异行为等。作者为了营造一种恐惧感，多次提及恐惧、黑夜、黑暗与阴影，从而让人们在无形中逐渐认识到潘神的超自然力量。在小说中，虽然从未明确提及过潘神的出现，然而一切诡异事件的发生，以及阴森的氛围，都令人们感到一种无法言表的恐惧感，包括地面上留下的羊蹄印，这些都证明着潘神的到来，也使得人们真正意识到了潘神的巨大威力。作者为了迫使人们去正视大自然的力量，刻意营造出一种压迫感、紧张感与恐惧感，目的就在于警醒人们正确看待机械理性，促使人们意识到应适度地遵守理性原则，否则便会带来生活的无意义与机械、麻木，呼吁大众应当清醒过来，重新回归大自然，彻底摆脱社会的束缚。在文中，看似作者在面对尤斯塔斯的行为时，总是以地位显赫、知识渊博的英国中产阶级为标准以及社会人的视角进行评判，看似是对英国中产阶级与世俗规则的认同，实则表达出了一种对于世俗的讽刺。特别是他以第一人称的口吻将恐惧感表达出来，如“我们感到一种奇怪的羞耻，不能公开讨论我们的恐惧”，由此可见，作者对人类与自然联系的切断，表现出了巨大的遗憾感与羞愧感。而通过文章内容也可以看出，真正能够意识到自然界的强大力量，以及感受到它所带来的美好与快乐的人，都是真正与大自然建立亲密联系，以及彻底摆脱社会束缚的人。而还有一部分人当他们真正见识到自然威力的时候，只会感受到一种强烈的恐惧感，也正是这群人在平时总是能够对景观比例、构图侃侃而谈，自诩能够欣赏自然景色，并且只会流于表面地欣赏大自然，而无法深刻感受来自大自然的巨大力量。福斯特通过文学作品，想要向人们传达一种人与自然和谐共生的思想理念，他呼吁人们应该挣脱社会的种种束缚，拥抱大自然，与大自然亲密接触，重新建立起与自然的联系，从而促使自己的身心得到快乐与满足。

若说上述的故事人物潘神带给读者的感受是压抑、恐怖与阴森的，那么另外一位自然之神，农牧神法翁则显得更加明快一些。这一形象出现在小说《助理牧师的朋友》中，其形象格外地俏皮可爱与调皮有趣。故事讲述的是一位牧师想要通过法翁的帮助，与自己心爱的女人埃米莉走在一起，而法翁不但没有帮助他，反而撮合着埃米莉与另外一位男子终成眷属，看似法翁是在搞破坏，实则是在帮助他，让他重新找回自我，让他从一成不变的生活中解脱出来，回归了本性，通过与大自然建立亲密关系，使得自己对自然的敏感度得到提升，同时通过聆听自然的声音，使得他对自然的美好有了更加深刻的体会，也产生了许多快乐，而这种快乐也感染着他身边的人。福斯特认为，要想找寻到真正的幸福与快乐，理解生命的意义，就要尽可能地摆脱各种来自社会的束缚，回归大自然。

福斯特在作品中通过自然之神潘神和法翁的形象传达出他对自然的深入思考和对自然的最终回归的期待。他以这两位神的力量塑造了一个象征着希望、生命和活力的绿色乌托邦。在这个理想化的世界中，树木和森林占据了重要的地位，比如在他的长篇小说《霍华德庄园》中，山榆树就是一个重要的角色。为了设计一个与现代工业社会相对立的角色，从而形成鲜明对比，文中通过山榆树用树木搭建的绿色奇幻新世界得以实现。他以科技和工业代表的现代都市社会对自然世界的压迫，传达出了他对 19 世纪末 20 世纪初无法抵御的趋势的沉重感叹。然而，他在短篇奇幻小说中，展现了自然的力量是不可战胜的，自然最终会回归，以各类森林与树木为代表的绿色新世界会越来越壮大，而现代人只有张开双手拥抱这个绿色新世界，才有可能得到真正的救赎。

在小说《另类王国》中讲述了主人公通过回归大自然重获新生的故事。文中的主人公是博蒙特小姐，而她最终回归的大自然便是山毛榉树林。这部小说的开头引用了古罗马诗人维吉尔《牧歌集》的一段话，强调了“众神也居住在树林中”这一观点，由此引出了小说中的“另类王国”——山毛榉树林。博蒙特小姐之所以来到这片树林，就是因为它是沃特斯先生专门买来送给她的，她感觉仿佛众神都居住于此，因此对这里充满了敬畏之情。在这片树林中，她热情地款待每一个人，仿佛一个快乐、美丽又充满着无限活力的快乐精灵。虽然博蒙特小姐本人十分聪明，并且有着美丽的面容，但是在现代化的城市中，她仍然被认为是存在一定缺陷的，主要表现在精神层面与知识层面不符合社会发展的要求。因此，只有当她身处于这片树林时，才能真正发光，也只有这里可以激发她的活力。

这片“另类王国”本质上看是一个从未受到过现代社会规则影响的纯粹世界，不受到任何条条框框的束缚与制约，它代表的是最原始的生命力与自然力，是孕育古希腊罗马精神的理想世界。沃特斯先生与博蒙特小姐分别代表着两个不同的世界：沃特斯先生就是世俗上认为的成功人士的杰出代表，他对权力、地位、名誉与金钱充满了巨大的兴趣，看似他对古希腊罗马的文学典故与神话甚是了解，实则不然，他的精神世界是十分空虚的，他注重的只是外在形式，而对真正的古希腊罗马精神却知之甚少。而与沃特斯先生形成鲜明对比的便是博蒙特小姐，她代表的是未受到社会规则束缚与影响的一群人，他们相较于其他人，对大自然的感知能力更强，能够与大自然建立起良好的关系。沃特斯先生试图修建道路和桥梁，以便他们可以更方便地欣赏美景，但这只是他想要占有这片树林，他看这片树林就像看其他的物质财富一样。然而，他的行为严重破坏到了大自然的完整性与原真性，使得自然与人类的联系得以切断，这也是博蒙特小姐与他相区别的重要表现。

小说的结尾是博蒙特小姐在奇幻的氛围中翻越栅栏，返回自然，最后消失不见。这个结局象征着她在精神上得到了真正的救赎。

福斯特的树木形象不仅仅作为自然的代表，更承担起了启蒙者和向导的任务，它们可以传达来自大自然的旨意。博蒙特小姐在这些树木的帮助下，成功地实现了与大自然的融合。她那绿色的裙子、舞步，与树木的形象彼此衬托与呼应。“她的衣裙像树的枝叶裹在身上；她强壮有力的四肢像大的树枝；她的喉咙犹如树顶上向清晨致礼或像雨水闪烁的光滑树枝。”[①] 此刻的她就像是大自然的孩子，树木成了她与大自然产生联系的纽带。

在《离开科罗诺斯的路》中，树木又一次扮演了向导与启蒙者的角色。文中主人公卢卡斯先生，在那颗巨大的空心悬铃木之下，感受到了前所未有的短暂幸福与快乐，也促使其深刻体验到了生命的力量。“他在很短的时间里不仅发现了希腊，而且发现了英格兰和全世界，发现了生活。”[②] 通过树身中流出的泉水，以及那棵空心悬铃木，卢卡斯先生第一次感受到了大自然的神奇力量，通过观察树叶的变绿过程，以及聆听泉水流过的声音，他体验到了先辈们对自然的感激与热望，在这一过程中，他深切体会到了大自然的无穷力量。在这里，每一个人的动作都充满了和谐和意义，在这一刻，他仿佛和古代的人们产生了某种联结。这棵悬铃木使得他从工业社会带来的孤独感中解脱出来，通过这棵树，人与自然、人与人之间实现了有效沟通，他在大自然的启发下，逐渐发现了自己的精神世界。

然而，卢卡斯先生精神世界的崩塌就发生在那棵大树倒下的那一刻，同时也预示着他将要面对每天周而复始的无意义生活，他的灵魂也会变得机械化与麻木，从某种意义上，这样的生活方式与死亡无异。由此也可以看出，人类生命力的唯一来源便是自然，倘若人类离开大自然，必将面临精神上的死亡。

二、福斯特短篇奇幻小说具体人物分析

在福斯特的短篇奇幻小说中，存在一些逃避现实的消极倾向，目的是为善良的主角寻找一个美好的精神世界。毫无疑问，幻想世界的本质就是超越现实世界的想象，没有现实世界的限制。虽然许多人认为这是一种

① 福斯特．福斯特短篇小说集 [M]. 谷启楠，译．北京：人民文学出版社，2009 : 91.
② 福斯特．福斯特短篇小说集 [M]. 谷启楠，译．北京：人民文学出版社，2009 : 109.

孩子般的天马行空，但实际上福斯特希望在幻想的世界中寻找现实问题的新解决方法。在这个幻想的世界中，有和新朋友一起飞向天国的安德鲁斯先生和与自然紧密相连的“自然的宠儿”。他们在现实生活中找不到情感的出口，但在幻想的世界中却可以自由飞翔。他们是独一无二的，也是幸运的，因为他们在幻想的世界中找到了现实世界无法给予的快乐和自由。福斯特通过幻想世界的旅行，将旅行叙事和成长主题的旅行作为隐喻，并在作品中不断重现，通过场所精神和跨文化交流的对照，揭示了英国的情况。从某种意义上讲，福斯特的短篇小说和长篇小说表达的主题是相同的，但幻想世界的独特性使人物的特性更加突出。这些人物在自然中领会生命的真谛，通过与自然的接触，实现了人与自然的“联结”。这种“联结”是非现实的、充满奇幻色彩的，体现了现实世界中“联结”的困难情况。

（一）飞向天国的人

《安德鲁斯先生》在福斯特的短篇小说中比较具有代表性，作者通过丰富的想象力，构建了一个绚丽多彩的幻想世界。在这篇小说中安德鲁斯先生和土耳其人两位主角一起旅行，看到了各种各样的风光，遭遇了各类人物，体验到了不同的文化，同时也体现了不同信仰之间的重大分歧。这部小说以丰富的幻想力和充满趣味性的情节吸引读者。对于已经离世的安德鲁斯先生来说，他的最主要目标就是要达到天堂，这是他根据自己的信仰对人类最后命运的理解。在朝天堂的旅途中，他遇到了一个有着不同信仰的土耳其人。在现实生活中，安德鲁斯先生和这个土耳其人可能会因为信仰上的差异而产生冲突，但在他们都变成灵魂的状态下，他们相处得十分融洽。由于他们的信仰差异，他们都很担忧对方能否进入天堂。因此，他们都尝试用各自的信仰方式祈祷，希望神能保佑对方也能和自己一起进入天堂。

在许多人看来，进入天堂应该是一个美满的结局，但是在福斯特看来并非如此。这反映出福斯特对信仰的独特理解和质疑。由于这个原因，福斯特没有给小说一个常规的结局，比如两人同时飞入天堂、实现心愿等等。而是把所有的精力都集中在了两个人之间的互动和前往天堂的旅程上。可以肯定的是，这种情况在现实生活中是不存在的。虽然在他的另一篇小说《印度之行》中的阿齐兹和菲尔丁之间也存在着跨越种族与文化的友谊，但他们生活在现实世界，尽管他们相互信任，但由于种族、文化、阶级等方面的差异，他们的友谊多次陷入僵局。福斯特曾认为只要人际关系问题解决了，文明进程中遇到的其他问题就会迎刃而解。后来他逐渐认识到，原来的想法过于肤浅。人与人之间的关系可能容易处理，但两个国家、两个民族甚至两种文化之间的巨大差异和隔阂很难消除。因此，阿齐兹和菲尔丁的友谊最终难以持久。而《安德鲁斯先生》中安德鲁斯先生和土耳其人之间的友谊之所以能够维持，是因为他们都是灵魂，不受现实生活和其他人的影响，能够以真诚平等的心态交往。从这个意义上说，小说中的安德鲁斯先生就是福斯特自己的化身。福斯特对宗教的态度，从最初的虔诚信仰，逐渐出现怀疑，尤其是在进入剑桥学习后，福斯特受到多种思想和文化的影响，对信仰的质疑越来越强烈，最后选择了彻底摒弃信仰。因此，《安德鲁斯先生》更像是福斯特信仰变化的全记录，而不仅仅是安德鲁斯先生和土耳其人的故事。

《安德鲁斯先生》剔除了世俗生活中的诸多元素，保留了人与人之间最真实的信任与深情，这让安德鲁斯先生和土耳其人两个来自不同背景的人能够在一个和平、和谐的世界中建立了一份深挚的友谊。这个故事中洋溢出人性中最感人的部分，两个彼此信任的人为对方做出了最真诚的祈祷，这对于只信奉本教派的人来说是无法完成的任务，然而他们却做到了。令人惊奇的是，进入天堂后，他们发现天堂并非他们想象中的那样，虽然每个人都得到了他们期望的一切，但他们的内心并不快乐。读者通过安德鲁斯先生的视角看到了天堂，这也印证了福斯特对信仰的所有质疑。尽管安德鲁斯先生与那位土耳其人的信仰并不相同，他们最终还是进入了同一个天堂，这显示出不同信仰之间并无任何差别。这种结果颠覆了安德鲁斯先生对信仰的理解，他开始对传统信仰产生怀疑，当然，他的新朋友也对此产生了怀疑。在小说中，福斯特用一种颠覆传统的方式表达了个人对信仰的看法。

《安德鲁斯先生》中的两人虽然实现了他们的愿望并进入了天堂，但正是因为他们太容易地实现了这个愿望，让人感觉到天堂的平淡和乏味。在这里，像安德鲁斯先生这样的人，都会得到由柔软的窗帘做成的白色长袍和由黄金制成的竖琴。信仰土耳其宗教的人会得到《古兰经》中预言的美女。每个人都是这样，无一例外。这种像“乌托邦”一样的终极乐园预先设定好了一切，没有任何缺失，反而让人失去了对努力的欢喜。所以这里的人都不快乐。一切事先设定的规则让这个地方没有了探索的意义。没有探索、没有努力，对于现实生活中的人来说，这是非常可怕的，对于福斯特构建的幻想世界也同样可怕。因此，安德鲁斯先生和土耳其人再次相遇后，他们决定离开天堂，回到现实世界中去。这是他们对信仰的妥协。他们虽然经历了完全不同的生活，但在前往天堂的过程中他们找到了生命的真谛。他们消除了文化、信仰的差异，灵魂得到了完美的结合。

在这部小说中，福斯特赞美的是安德鲁斯先生与土耳其人之间真正的友谊，虽然两个人离开了安逸的天堂，却依然保留着他们心中对彼此的友情。他们投身于未知的宇宙中，共同面对困难，抵抗世俗的偏见，重新体验人生的苦难和压力。福斯特成功地将“联结”的理念带入了他构建的幻想世界。当然，这样的“联结”只可能存在于幻想世界中。安德鲁斯先生和那位土耳其人之间的友爱、和谐的关系，也是福斯特所向往的人际关系。福斯特在《安德鲁斯先生》中提出了解决社会问题的方法，那就是只有照顾好自己，才能推动历史的进步，在现实世界中创建“天堂”。

（二）“自然的宠儿”

在福斯特的短篇小说中，经常会出现神、天使、怪兽、女巫等元素，开辟出与他的长篇小说完全不同的创作思路。与长篇小说中塑造的英国中产阶级稳定且重要的角色形象不同，福斯特的短篇剿说中更多关注被社会主流阶级所排斥的普通人，这些角色保持着孩子般的纯真和善良，他们热爱自然，最后通过走向自然的方式来逃离世俗的喧嚣，成为福斯特心中“自然的宠儿”。这些短篇小说中的许多角色都给读者留下了深刻的印象。例如，《惊恐记》中的尤斯塔斯，他从狭小的石墙房间逃离，融入大自然；《另类王国》中的博蒙特·伊夫林，一个不愿被驯化，最终消失在山毛榉树林中的爱尔兰少女；《始于科娄纳斯的路》中的卢卡斯，一个在树洞中领悟到生活真理的英国老人；《天国公共马车》中的无名男孩，他虽然文学阅读经验不多，但却能感受到天堂中的所有美好事物；《助理牧师的朋友》中遇到牧神的哈里牧师等。这些角色中没有一个被英国传统社会所接受，因为他们或多或少都有一些小问题，他们都与英国中产阶级的人截然不同。

1.《惊恐记》中的尤斯塔斯

在福斯特的短篇小说《惊恐记》中，尤斯塔斯这一角色给读者留下了深刻的印象。他是一个十四岁的少年，从狭小的石墙房间逃离，进入大自然的世界，表现出了对自由和自然的深深向往。这个角色的塑造展示了福斯特对于自然与人性之间的强烈关联的观察。在《惊恐记》这部小说中，福斯特刻画的尤斯塔斯是一位充满想象力和热情的少年，他的勇气和冒险精神使他挣脱了城市生活的束缚，投身于大自然的怀抱中。福斯特通过尤斯塔斯的形象，向我们展示了人与自然之间的亲密关系，以及自然对于人的心灵的疗愈和滋养。尤斯塔斯的形象被塑造为孩子般的纯真和善良。他的冒险和探索之旅，充满了对未知世界的好奇和对大自然的尊敬。他的世界观并不受传统社会习俗和规则的束缚，他拥有自由和无拘无束的精神。这种对大自然的热爱和对生活的热情，使他成了福斯特心中的“自然的宠儿”。

尤斯塔斯的冒险旅程是对生活真谛的探索和追求。他对大自然的热爱和敬畏，反映出了人类应有的对待自然的态度。尤斯塔斯之所以能够摆脱城市生活的枷锁，投身于大自然，源于他对自由和真实的渴望。这种对自由和真实的渴望，使得他在自然界中找到了心灵的慰藉和灵魂的寄托。福斯特在《惊恐记》中，通过尤斯塔斯的形象，传达了他对人类应有的生活方式的理念。尤斯塔斯的人生观是基于对大自然的热爱和尊敬，以及对自由和真实的追求。他的生活方式是以大自然为依托，以自由和真实为导向。这是福斯特对人类应有的生活方式的理念，也是他对人类应有的价值观的倡导。

在英国资产阶级社会中，尤斯塔斯的行为和观念被视为异类，他被社会主流阶层所排斥。但是，正是这种被排斥的经历，使尤斯塔斯更加坚定了他对大自然的热爱和对自由和真实的追求。他的行为和观念，虽然在社会主流阶层看来是异类，但在福斯特看来，却是他心中的“自然的宠儿”。

尤斯塔斯的形象和他的冒险旅程，不仅仅是福斯特对英国资产阶级社会的批判，更是他对人与自然关系，以及人类应有的生活方式的思考和倡导。尤斯塔斯的形象和他的冒险旅程，深深地影响了读者，使人们开始重新思考人与自然的关系，以及人类应有的生活方式。尤斯塔斯这位 14 岁的少年，他的形象和他的冒险旅程，以其独特的魅力和深刻的内涵，使读者对人与自然的关系，以及人类应有的生活方式，有了新的认识和理解。他的形象和他的冒险旅程，成了福斯特的创作主题和思想核心，使人们对福斯特的创作风格和思想观念，有了深刻的认识和理解。

2.《另类王国》中的伊夫林

在福斯特的短篇小说《另类王国》中，伊夫林这个出色又古怪的“小精灵”没有财富、社交圈子或者显赫的家庭背景，却有一个富有的英国工业家的未婚夫。对于像伊夫林这样“一无所有”的女孩来说，这种男女关系并不平等，她处于明显的不利地位。然而，这个来自爱尔兰的女孩并没有去迎合甚至讨好她的未婚夫哈卡特。反而，哈卡特总在盘算他的“小新娘”何时可以被他驯服，并且为他带来“千倍的回报”。即使伊夫林一无所有，知识有限，她却拥有对自然和古希腊罗马文学的热爱。她试图学习希腊语和拉丁语，但被未婚夫哈卡特禁止；她反对哈卡特在小树林里建立围栏，但哈卡特对此置若罔闻，坚持自己的做法。伊夫林渴望融入自然，融入古希腊罗马的文化世界，但由于她对生活的掌控能力不足，她的反抗和拒绝显得无力而无效。随着哈卡特在小树林建立起围栏和桥梁，修建沥青道路，伊夫林与她的另类王国逐渐失去了联系。最后，伊夫林在她的歌声和舞蹈中，逐渐淡出视线，消失在她的另类王国里，成了那里的一部分。伊夫林消失在森林后，哈卡特的驯服计划落空，彻底失去了伊夫林和这份财产。福斯特以一种浪漫的悲剧方式使伊夫林逃离了哈卡特的控制和占有。小说的结尾写道：

她（伊夫林）绝对从你身边逃走了。只要世界上还有枝丫遮蔽人类，她就会永远地逃离你。[①]

这是伊夫林的决绝，也是伊夫林在幻想世界中实现自由的唯一途径。与《惊恐记》类似，主角选择逃离到自然世界以解决问题。然而，这在幻想世界中是可以实现的，在现实生活中却无法行动。

伊夫林最终消失在山毛榉小树林中。她的形象和经历都体现了福斯特对自然的深深热爱和对个体自由的崇尚，这使她在福斯特的笔下成了另一位“自然的宠儿”。伊夫林是一个不受社会规范束缚，向往自由和大自然的少女。尽管生活在社会的边缘，她却拥有一颗向往自由和大自然的心。她的精神特质与《惊恐记》中的尤斯塔斯有着异曲同工之妙，他们都追求着属于自己的理想世界，追求着自然与真实。伊夫林的形象充满了福斯特的“奇想”元素。她具有神秘的魅力和对大自然的独特感知，

① 福斯特．福斯特短篇小说集 [M]. 谷启楠，译．北京：人民文学出版社，2009：88.

这使得她不仅成了一个人物，更成为一种象征，象征着自由和大自然的力量。伊夫林的形象以及她的行为决定了她是福斯特心中的“自然的宠儿”。伊夫林身上所展现出的那种顽强的精神和坚韧的性格，使得她在面对生活中的种种困难和挑战时，都能保持着自我，保持着对生活的热爱和对大自然的尊重。这种精神特质使得她在福斯特的笔下成了一位特别的女性角色，成为“自然的宠儿”。在《另类王国》中，伊夫林的消失在山毛榉小树林中的情节，象征着她对自由的追求和对大自然的热爱，这是她作为“自然的宠儿”的最明显标志。她的消失不仅象征着她个人的解脱，也象征着她对大自然的归属。这种对大自然的归属感，正是福斯特一直强调的主题。

福斯特的小说中充满了对自然的崇尚和对自由的追求。伊夫林的形象和她的故事，再次展现了福斯特的这一主题。她的形象和故事，以其独特的魅力和深刻的内涵，吸引了大量的读者，使得人们对福斯特的创作风格和思想观念，有了深刻的认识和理解。

3.《始于科娄纳斯的路》中的被治愈的卢卡斯

短篇小说《科娄纳斯路的开端》的主人公是英国老人卢卡斯先生，他的年岁渐长，对于周围的一切日渐失去兴奋，新事物在他眼中也不再有意义。然而在一次旅行中，他发现了一个神秘的树洞。他在这棵古老的空心梧桐树周围探索，对自然世界的理解日益深入，他体验到了和谐与辉煌的力量，理解了人的灵魂的归宿和生命的真谛。“不仅找到了希腊，而且找到了英国和整个世界，找到了生命。”[①]

在与自然的“联结”中，卢卡斯先生感受到了震撼，然而这种在梦境中超自然的“联结”体验，并不是所有人都能感受到的。他的女儿埃塞尔对此一无所知。

① 福斯特．福斯特短篇小说集[M]．谷启楠，译．北京：人民文学出版社，2009：109.

当埃塞尔得知卢卡斯先生决定在此定居，她强烈反对。卢卡斯先生发现他无法适应这些和他一起旅行的英国人，他与这些人之间的裂痕也随之产生。所有的同伴都不能理解他。埃塞尔对他的想法和行为无法理解，她认为他年老体衰，不应该独自旅行，而应该回家。不顾父亲强烈的愿望，她把他带回了英国。埃塞尔很快得知他们离开的那天晚上，他父亲想住的旅馆被一棵大树压垮了，里面的人都没有幸免。埃塞尔认为是她帮助父亲避免了一场灾难，因此更加坚信父亲已经年老无能。然而，她并不知道，发现那个树洞之前，卢卡斯先生只是一位对生活感觉麻木的老人，他同时担忧着自己的身体和精神的衰退，同时试图占有自然，对动物行为粗暴。但是进入树洞之后，他被树洞中的泉水完全“治愈”了。他不再害怕衰老，他的精神也不再麻木。正当他决定在此度过余生的时候，却被埃塞尔强行带回了英国。尽管埃塞尔给了卢卡斯先生优厚的生活，但她并不尊重卢卡斯先生的精神世界，只是一味地强加自己的想法给父亲。这种不平等的关系也使他们无法理解对方的内心世界。无法反抗的卢卡斯先生只能返回英国，他的“治愈”过程在离开普拉塔尼斯特时中止，他在希腊树洞的经历仿佛只是一道短暂的光芒，早已消失。他只能再次面对刺耳的门铃声、每天早上不断的鸟鸣声、附近猫狗的吠叫声、水管中不断流动的水声等无聊又让人讨厌的声音。这些嘈杂的声音使他夜夜无眠。生活再无乐趣，他再次变成了之前那个感觉麻木的老人，沉浸在对周围声音的厌倦中。尽管在希腊时他深信自己再也不能离开那纯净的泉水，尽管他在树洞中对生活充满了向往，但现在他能做的，只是无休止地抱怨周围的环境。

卢卡斯先生在女儿埃塞尔的眼中已经老去，这也代表着他在英国中产阶级中已经“年老”。他不再有活力，也不再能创造社会价值，因此他的精神世界不再需要被人们关注和尊重。那段旅行中的树洞生活，那段被大自然中的“泉水”治愈的日子将永远留在卢卡斯先生的记忆中。

4.《天国公共马车》中的小男孩

《天国公共马车》这部短篇小说中，那位小男孩独特的眼界让他得以窥见美丽的天国，原因在于他从未将文学视为一种可以炫耀的资本，而是对文学怀有纯粹的热爱，对天国抱有深深的渴望。在他的想象世界里，天国是真实存在的，那些已经过世的文学巨匠会驾驶着通往天国的马车，将真正热爱文学的人带去那里。尽管这个小男孩并未知晓但丁或托马斯·布朗爵士是谁，他却真心热爱文学。尽管邦斯先生试图教育他成为一个有教养的人，“时间不应该浪费在阿甘夫人或汤姆·琼斯身上，但荷马、莎士比亚和但丁的作品完全可以满足他。”① 很明显，小男孩并未理会邦斯先生的教诲。

小男孩感受到了天国的魅力，但是人们并未接受小男孩的描述，他们认为这只是一个孩子的痴心妄想。小男孩成了这些所谓“成人”的反叛者，这些自称“热爱”文学的中产阶级人士实际上只是热衷于那些知名的作者和文学作品，而非对文学的真挚热爱。因此，他们来到文学的天国却看不到那美丽的景色。他们如何会相信天国真的存在呢？他们如何会理解，正是小男孩对文学的真挚、纯净的态度，让他得以感受到天国的美丽呢？邦斯先生无疑是这些“成人”的象征。他对文学有着自己的偏见，他虽然学识渊博，藏书丰富，却将文学作为炫耀的资本，他可以滔滔不绝地列举自己收藏的七本雪莱诗集。他将文学作品分为优秀可读的和可以炫耀的两类，而非平等地欣赏它们。在他眼中，把文学当作一种资本，似乎是一种值得骄傲的事情。而小男孩没有这种炫耀的“资本”，他只有三本雪莱的书，这在邦斯先生看来简直微不足道。然而，小男孩拥有的是邦斯先生所缺乏的敏锐和细致的文学欣赏力，所以他得以看到邦斯先生看不见的天国。当邦斯先生走下马车时，他因未能真正见到天国而陷入失落。福斯

① 福斯特．福斯特短篇小说集 [M]. 谷启楠，译．北京：人民文学出版社，2009：42.

特在他创造的这个幻想世界中，以小男孩的形象嘲讽了邦斯先生这样的人，表达了只有小男孩这种对文学充满纯粹热爱的人，才能成为“自然的宠儿”，得以抵达美好的天国。

三、幻想小说人物的探寻主题

福斯特的幻想小说的一个显著特征就是通过旅行来揭示主题，他的角色经常与现实世界相脱离，大多存在于一个虚构的奇异世界中。他们在英国、虚构的国家、希腊天堂与意大利等地游历，往往在这些旅程中，他们会产生一种新的灵感与思想，而这些新思想通常会与旧观念形成矛盾与冲突，此时的他们，或许选择错过，或许选择接纳，或许形成反抗，或许试图和解。角色在旅行中进行探索，寻找不同的文化观念，新颖的心灵体验，寻找自我内心的世界。

（一）寻求纯真本性

通过短篇小说可以将这种对纯真性的寻求充分体现出来，诸如《永恒的瞬间》《助理牧师的朋友》《天国公共马车》等，这些故事讲述的内容，表达的思想与情感基本相同，都对孩子们所独有的诚实与纯真的特性进行了展示，而将成年人经过岁月洗礼，逐渐变得空洞、虚荣，失去往日内心的诚实与纯真的一面进行具体展现。《永恒的瞬间》中的主人公是雷比女士，小说中的她正处于渴望爱情的焦虑之中；《助理牧师的朋友》中的主人公牧师在遇到农神之前与之后，在心境上发生了重大转变；《天国公共马车》中的邦斯先生与小男孩在心理层面形成了巨大的反差。

通过《天国公共马车》的小说名称，不难看出，这篇小说是围绕天堂展开的，小说讲述了一名小男孩乘坐马车前往天堂世界的所见所闻，该作品的鲜明特点是将众多优秀的作家或作品中的角色融入其中，包括马尔菲公爵太太、阿喀琉斯、汤姆·琼斯、普里格太太、哈里斯太太、甘普太太、菲尔丁、狄更斯、但丁、济慈、瓦格纳、布朗、雪莱等，现在就让我们一起跟随小男孩一同乘坐着天堂公共马车，游历五彩斑斓的天堂世界。

在小男孩的家附近，一个荒弃的巷子口有一块旧路牌，上面标着“通往天国”，据说这是一个名为雪莱的人的玩笑。然而，好奇心驱使他在凌晨时分独自探访那条巷子，意外地发现了一辆真正的通往天堂的公共马车。兴奋地，他坐上了托马斯·布朗驾驶的马车，开始了他的天堂之旅，欣赏彩虹桥、峻岭、溪流、歌唱的人群，那是他逃学的一天，也是他生活中最快乐的一天。

男孩对邦斯先生充满了敬仰，认为他是世界上最智慧的人。因此，他决定与邦斯先生分享他的天堂之旅的故事。这位好奇的邦斯先生在听完男孩的故事后，决定第二天和男孩一起去旅行。然而，当邦斯先生发现马车真的存在，而且这次驾驶者是但丁时，他感到震惊不已。尽管他试图教导男孩如何做一个有教养的人，但是当男孩看到窗外的壮丽风景，他的教诲很快就被遗忘了。男孩兴奋地向邦斯先生描述这些美景，但是邦斯先生却无法看到。当马车到达终点站时，男孩看到了阿喀琉斯，兴奋地跳下马车，被阿喀琉斯用盾牌接住。而邦斯先生则因恐惧而请求但丁将他送回现实世界，但被但丁拒绝。最后，邦斯先生从空中坠落死亡，他的死讯以新闻报道的形式结束了这部小说。

邦斯先生为了请求但丁帮助他返回现实世界，向但丁表示尊敬，并告诉他已经用羊皮纸装订了但丁的作品。然而，但丁回答说：“我是手段，不是目的。我是食物，不是生命。你要独自站着，像那个男孩那样站着。我不能救你。因为诗歌是一种精神；崇拜诗歌的人必须崇拜它的精神和它传达的真理。”[①] 福斯特在《机器停转》中曾经有过同样的表述：

人是一切生物中的花朵、一切可见的生灵中的最高尚生灵；人曾经按照自己的形象塑造上帝，曾经把自己的力量反映在星座之中；美丽赤裸的人被自己编织的衣服窒息，正在死去……只要它是衣服而不是别的什

① 福斯特．福斯特短篇小说集 [M]. 谷启楠，译．北京：人民文学出版社，2009：59.

么，只要人能随心所欲地脱掉它，按照自己的灵魂本质和同样神圣的身体本质去生活，它就一直是美好的。①

邦斯先生错误地将工具当作目标，将食物看作生命。而真正的生命，真正的目标是人本身。衣服和书籍只是工具和食物。看似无知的男孩其实最能理解生命和目标。这不正是我们一直在寻找的吗？

《天国共同马车》带领大家一同踏上了一段奇妙的天堂之旅。男孩和邦斯先生形成了鲜明的对比。尽管男孩并不拥有丰富的知识，但他的真诚和纯真让人感动；而邦斯先生虽然博学，但却看不到天堂美妙的景色。那个无知的男孩被阿喀琉斯用盾牌接住，人们为他戴上桂冠，而学识渊博的邦斯先生则从空中坠落死亡。福斯特通过这段奇幻的天堂之旅，向人们揭示了纯真天性的宝贵。

《助理牧师的朋友》描绘了农牧神福恩的形象，他是罗马神话中的一位神祇，拥有人的面孔和身躯，羊的角、胡须、尾巴和腿。他会在拥有山毛榉树丛、草坡、河流的乡野出现。和潘神或塞王一样，不是每个人都能看到福恩，只有具备坦诚特质的人才能看到他，而这种特质往往出现在拥有纯真天性的人身上。

在小说中，助理牧师在郊游时遇到了福恩，这段体验改变了他的内心世界。在那一天，助理牧师、他的未婚妻埃米莉、她的母亲以及一位青年男子一同去了丘陵上野餐。福恩出现后，坚决地与助理牧师成为朋友，决意帮他实现所有的愿望。助理牧师却请求福恩让他有能力使其他人幸福。在福恩的启发和劝导下，助理牧师逐渐摆脱了他原有的虚无心态和伪装的演讲，转而真心地体验生活。那种已经远去的纯真再次回到了他的心中，使他重新审视自己的生活和工作。

这是一部富有轻松气氛的幻想小说，助理牧师最后找到了真诚的价值。正如他在找到内心平静后所感受到的：

① 福斯特．福斯特短篇小说集 [M]. 谷启楠，译．北京：人民文学出版社，2009：150.

那天晚上我平生第一次听见那些白垩丘陵隔着山谷对唱……我从书房窗户可以看见福恩在阳光下的身影，他坐在山毛榉树林前，就像一个人坐在自己的房子前。夜深时分，我确信福恩在熟睡，群山和树林也都在熟睡。那条小河当然从不睡觉，正如它从来不封冻一样。黑暗的时刻其实是已被大地的强劲脉动窒息了一整天的水流出来的时刻。①

他最终放弃了原来沉闷的心境，转而真诚地表达自己的情感，致力于为人们带来安慰和爱，真正地实现了他人的幸福。

在《永恒的瞬间》中，雷比女士对爱情的追求体现了对纯真天性的探寻。她在许多年后再次来到沃塔村，摆脱了阶级教育的束缚，勇敢地询问过去的那个爱情瞬间是否真诚。但是现在那个瞬间是否真诚已经不重要，重要的是那个瞬间在过去曾经是纯真的，即使那只是一瞬。那个瞬间被纯真的天性滋养，使得雷比女士用一生的时间去寻找。总的来说，《惊恐记》《另类王国》和《永恒的瞬间》都在不同程度上探寻了纯真天性。尤斯塔斯和伊夫林满怀纯真的天性，永远离开了人世，与大自然合为一体；雷比女士对真诚爱情的向往，使她重新去寻找错过的那一瞬。

（二）探寻生命的真谛

在《始于科娄纳斯的路》《树篱的另一边》《意义》等小说中，福斯特主要探索了生命真谛，而这些作品的表达相对含蓄和深奥。《始于科娄纳斯的路》以索福克勒斯的悲剧《俄狄浦斯在科罗诺斯》为蓝本，将现实中的人物与古希腊神话中的人物进行了对比描述，从而揭示了现代生活中人们内心的某种虚空。《树篱的另一边》则充满了抽象的隐喻和象征，“另一边”本身就显示出对现实的不满和对理想世界的设想。那么，生命的真谛和意义又是什么呢？卢卡斯在悬铃木中的奇异体验、“我”在篱笆的另一侧梦境中的场景、边克尔在地狱的反悔都是对生命真谛与意义的探索。

① 福斯特．福斯特短篇小说集[M]. 谷启楠，译．北京：人民文学出版社，2009：96.

《始于科娄纳斯的路》讲述了卢卡斯先生在他的小女儿埃塞尔的陪伴下在希腊的旅行经历。卢卡斯先生已经年迈，他在年轻时曾对希腊文明怀有向往，四十年后，他终于抵达了希腊。在一天里，他们经过一家位于一片绿树之间的小酒馆，卢卡斯发现从一棵空心悬铃木的树干中流出清亮的泉水。当他置身于悬铃木中时，他突然体验到一种奇特的感觉。他决定立刻在这里停留，但埃塞尔和其他同行的人无法理解，他们强行带走了老人。小说最后描述了卢卡斯先生回国后的一个早晨。他烦躁地向女儿抱怨周围的噪声，此时，福曼夫人寄来了用希腊报纸包裹的花种子，埃塞尔惊讶地从旧报纸上读到，就在他们经过那家小酒馆的当晚，发生了灾难，小酒馆被倒下的大树压垮，里面的人都丧生了，对此，卢卡斯先生显得毫不关心。

小说中的神话元素来自索福克勒斯的悲剧《俄狄浦斯在科罗诺斯》，这部戏剧讲述了俄狄浦斯在了解到自己杀父娶母后自我流放的故事，他和他的女儿安提戈涅最后到达科罗诺斯，阿波罗曾预言俄狄浦斯会在科罗诺斯去世，最后众神将他带去了安息之地。《始于科娄纳斯的路》是福斯特对悲剧《俄狄浦斯在科罗诺斯》的模仿。小说明确指出了两者在人物上的对应关系，同行的福曼夫人总是说埃塞尔就是安提戈涅，而卢卡斯先生则是努力扮演俄狄浦斯的角色。在谈到这个地方的风景时，福曼夫人说让她想起了索福克勒斯的科罗诺斯，他们所经过的小酒馆正好对应悲剧中的科罗诺斯。但福斯特并不是简单的模仿，而是利用神话来表达特别的主题。俄狄浦斯在科罗诺斯达到了他的生命终点，但福斯特让卢卡斯在到达他的科罗诺斯后又不得不离开，他找到了内心的平静后又与之失之交臂。回到日常生活中的卢卡斯无法忍受各种噪声，而那个希腊的小酒馆和清亮的泉水给他留下了美好的记忆，两个场景的对比映射出他对现实生活的无奈和对希腊的向往。找到生命真谛的卢卡斯又失去了真谛，这是他无法控制的。他在听到灾难消息后显得毫不关心，似乎他早就预料到那天会发生奇事。

在希腊之行中，卢卡斯先生找到了他在空心悬铃木内部体验到的神秘感觉：

他被一种震惊——也许是到达目的地的震惊——唤醒了，因为当他睁开眼睛的时候，一种无法想象的、无法确定的东西飘过万物上空，使万物变得容易理解，变得美好。在那位老妇人弯腰干活的姿态里，在那只小猪欢快的动作里，在老妇人手中逐渐变小的毛线梭子里，都蕴含着某种意义……太阳照在树木延伸的根上形成了绝非无序的图案；一丛丛点着头的常春花和流水的音响都蕴含着意图。卢卡斯先生在很短的时间里不仅发现了希腊，而且发现了英格兰和全世界，发现了生活。[①]

他的心灵经历了深深地震撼，从周边的一切中探寻外在世界的壮美，发现了和谐和意义，寻找到了灵魂的鬼祟和生命的真谛。

《树篱的另一边》描绘了一次抽象的人生旅程。“树篱的另一边”象征着日常生活的另一面，出于对现实生活的不满，对理想的生活产生了向往。当主人公“我”沿着单调、尘土飞扬的道路行走，两边是噼啪作响的褐色树篱。“我”如同其他人一样不断前进，单调的景色使“我”感到压抑，长时间地行走使“我”感到筋疲力尽，难以再行。来自树篱另一边的微风吹来，令人感觉精神焕发。因此，“我”渴望穿越树篱，看看另一边有什么。越过了荆棘和边界，“我”来到了树篱的另一边，这里有宽广的空间、灿烂的阳光、壮丽的山脉、清澈的池塘、高大的树木、快乐的人们，这里的景色美丽，人们生活得无忧无虑。

当“我”意识到这个地方无路可通时，觉得这里只是一个囚笼，不能信任这里的人，无论向导如何劝说，“我”都试图重新回到原来的路上。直到向导带我看了两扇门，当“我”看到门外的道路上的单调、尘土和褐色的树篱，“我”突然感到不安。此时有一个人带着一罐酒从他们身边走过，好像那罐酒能让人忘记过去一样，“我”从他手中抢过罐子，开始喝

① 福斯特．福斯特短篇小说集[M]．谷启楠，译．北京：人民文学出版社，2009：102.

起来。然后，“我”安静地睡去，在梦中，听到了夜莺的歌声，闻到了干草的气味，看到了繁星穿破暗夜的天空，那个被“我”抢了酒的男人其实是“我”的兄弟。

这部小说与陶渊明的《桃花源记》有些相似，而“我”就像那个误入凡间仙境的渔人，陶渊明笔下的渔人离开了桃花源，后来再也没能找到它。而福斯特笔下的“我”却永远地留在了树篱的另一边。人类的理想世界往往是封闭的，如西方的伊甸园、中国古代的桃花源，福斯特笔下的树篱的另一边也是封闭的。它无路可通，但有两扇门，一扇向外敞开，是道路的开始，人类从这扇大门走出去；另一扇向内敞开，是道路的终点，人类将来会从这扇大门走进来。这可能是一种预示，提示从这里走出的人类最终还会回到这里，现在的人类就像一群迷路的孩子，他们迷失在无知之中，最后会像“我”一样越过界河和树篱回到树篱的另一边。在小说的最后，“我”安然入睡，梦中的景象难道不就是福斯特想要传达给我们的吗？夜莺的歌声、干草的味道、繁星点缀的夜空出现在“我”的梦中，“我”为自己的灵魂找到了家，体验到了生命的真谛。

福斯特在他的奇幻小说中，将旅行与寻找紧密地结合在一起，人物在奇幻的景象中漂泊，既让读者的视线变得模糊，又牵动了读者的内心。他们一会儿在通往天堂的路上，一会儿又出现在绿树环绕的希腊乡村，我们仿佛看到了彩虹桥，听到了小男孩的欢笑。景色迅速变换，一条无尽的道路，两边满是褐色的树篱，充满尘土，人们疲惫地行走着。这些奇幻的景色既真实又虚幻，但小男孩的笑声、老人安宁的脸庞、树篱另一边的美丽景色都是真实的，令人动容。福斯特通过旅行与探寻的方式，让人物在旅途中寻找，寻找纯真的本性，寻找生命的真谛。

第二节　探索身心之旅中的人物形象

一、《天使不敢涉足的地方》《看得见风景的房间》中的意大利之旅

福斯特作为爱德华时代的作家，受到当时时代背景的影响，将关注点放在了敏感的人格特质对个人自由的各种约束上。这种约束在他的《天使不敢涉足的地方》《看得见风景的房间》两部小说中体现得最为明显。在这两部小说中，福斯特描述了莉莉娅、卡洛琳、菲利普等主要人物的意大利之旅，其核心思想就是展现意大利的自由和英国的限制之间的对比。这些前往意大利旅行的人们，对当下的英国社会现状感到不满，试图寻求新的可能。他们努力摆脱英国社会的世俗羁绊，勇敢地踏上了前往意大利的路，寻找真正属于他们自己的自由。卡洛琳可以被视为引领菲利普在意大利进行“救赎”之旅的人。她坦诚地说道：

我倒希望你不赞赏我。你赞赏我们所有的人，看到我们所有人的长处，可是你始终是个死人，死人，死人！瞧，你干嘛不生气呢？①

内敛的卡洛琳连用三个“死人”来直接打击菲利普的内心，试图唤醒菲利普内心的自我意识。卡洛琳的话显然达到了效果。菲利普在意大利的旅途中开始了深度思考。

在《天使不敢涉足的地方》这部作品中，孤寡的莉莉娅受不了赫林顿家族对她的各种限制，终于在小姑子卡洛琳的推荐下来到了意大利，开始了独自的意大利之旅。在意大利的莉莉娅终于尝到了自由的滋味，找到了自己认为的真爱。在《看得见风景的房间》中，露西有着和莉莉娅相似

① 福斯特．天使不敢涉足的地方 [M]. 薛力敏，译．北京：中国文联出版公司，1988：146.

的经历。露西深受英国传统文化和道德伦理的束缚，从未体验过真正的自我。而当她踏上意大利的土地，她的自我意识真正被唤醒，内心的混乱得到了解决，实现了重生和自我解放。如果说孤寡的莉莉娅和未婚的露西都是在意大利之旅中找到了真正的爱与自由，那么，《天使不敢涉足的地方》中的菲利普和卡洛琳前往意大利，则是为了寻求思想的救赎。

（一）莉莉娅与露西的追求自由之旅

莉莉娅和露西的追求自由之旅，是他们从被社会规范和道德观念束缚的生活中解脱出来，开始追求自我实现和个人幸福的过程。这两个角色的旅程展示了福斯特对于自由和个人实现的重视，他通过这两个角色告诉我们，每个人都有追求自由的权利，每个人都可以挑战社会规范，追求自己的幸福。

1. 莉莉娅的追求自由之旅

尽管莉莉娅出身贫穷，但她年轻美丽。她的第一桩婚事是嫁给了一个富裕的英国中产阶级家庭。她的丈夫不幸早逝，而她的婆婆赫林顿夫人是一位刻板、严厉的英国中产阶级女性。尽管她有勇气挑战社会偏见和传统道德，去追求自己的幸福，但她对音乐和文学并无兴趣，精神生活相对单薄。虽然她来自普通家庭，但她身上却有着典型的英国人的问题——被“日不落帝国”的傲慢蒙蔽了双眼。英国的封建文化长期束缚，使她的思想不可避免地充满了保守和落后的观念。这些因素导致她无法完全脱离英国传统思想的影响和限制。

决定远离英国社会束缚的莉莉娅在下定决心之后踏上了向往的意大利之旅。在意大利的旅途中，美丽的景色、友好真挚的人们都使莉莉娅感到心情愉悦。在遇到了意大利青年吉诺之后，她毫不理会婆婆赫林顿夫人的阻碍，选择与这位牙医的儿子结为连理。然而，由于英国和意大利文化的显著差异以及两人性格的鲜明对立，她与吉诺的婚姻生活并未如人意。

在意大利蒙特利亚诺出生的吉诺，是一个充满热情且坦诚的年轻男子，他的形象和性格与英国绅士的标准迥异。例如，他思维简单，举止粗俗，说话声音大。他和莉莉娅之间可能有真爱，但由于两人性格的巨大差异，这段婚姻难以持久。因此，莉莉娅最终因难产而去世，有其必然的“合理性”。她与吉诺的孩子是英国与意大利的混血儿，是福斯特笔下的“联结”成果。这个孩子的死亡，象征着莉莉娅“联结”的失败。但从某种意义上说，莉莉娅的难产和孩子的逝世也是一种解脱。莉莉娅在婆家生活压抑，即使后来来到了意大利，但传统体系的影响让她无法真正融入这个自由且热情的国家。因此，莉莉娅内心悲愤，最终病重生产而死。

莉莉娅性格中的无畏反抗意识，可能与她的社会地位有关，毕竟她并未接受过英国中产阶级的正统教育。这种反抗意识可能是她在底层生活的年少时期慢慢培养出的，也许一直潜伏在莉莉娅的内心。莉莉娅无畏无惧，敢于挑战传统道德和社会偏见的枷锁，因此她总觉得在赫林顿家的生活压抑。相较于露西对英国社会状况的疑虑，莉莉娅和露西在意大利旅程中的表现迥异。莉莉娅体现了对生活的热爱和反抗精神，她来到意大利是为了寻找新生活、新的开始。她显得勇敢决绝，其实是因为无路可退，才使她如此热烈、坚决。

2. 露西的追求自由之旅

露西出生在英国，被上层中产阶级的价值观束缚着。她被社会教育成为一个合乎规范的女性，满足于按照社会规定的路径走向婚姻和家庭生活。然而，露西在内心深处渴望着自由，渴望着对自我理解的更深程度。这种渴望被她来到意大利的经历激发出来，这个国家的自由和热情的气息让露西开始意识到她对自由的强烈需求。在意大利，露西开始寻找她内心中的自我。她遇到了年轻的英国男子乔治·艾默生，他的直接、自由和对生活的深深热爱对露西产生了深远的影响。尽管他们的相遇被露西的社交圈所反对，但乔治的存在激发了露西对自由的向往，让她开始质疑她过去的生活方式和价值观。

露西在意大利的经历开始改变她的人生观，她开始对社会规范进行挑战，寻找属于自己的自由。她的行为和决定，比如决定抛弃她与埃莱诺的订婚，表示她对自己的愿望的坚决追求。这种追求并不容易，因为它需要她挑战社会期望，面对来自社会和个人的质疑，甚至可能面临被社会排斥的风险。

然而，露西的旅行并没有立即导致她的解放。她在挣扎中才逐渐找到自己的自由，她需要学会听从自己的内心，而不是社会规定的规范。她的改变是逐步发生的，需要时间和反思。在小说的最后，露西和乔治的结合象征了她最终找到了她内心深处的自由。她的这次旅行，是她从被社会规范束缚到实现个人自由的象征性旅程。

（二）菲利普与卡洛琳的自我救赎之旅

福斯特通过菲利普和卡洛琳的自我救赎之旅的描写，揭示了追求个人自由的重要性，同时也揭示了追求自由可能会面临的挑战。尽管社会规范可能会对人们的生活方式产生强烈的影响，但还是可以通过勇敢地追求自由，挑战这些规范，最终找到属于自己的生活方式。

1. 菲利普的自我救赎之旅

《天使不敢涉足的地方》中的菲利普·赫林顿是一个生活在维多利亚时代的典型的英国绅士，他的生活充满了道德和社会规范的束缚。他的性格被他的社会环境所塑造，他尊重社会规则和道德规范，但这也导致他的内心缺乏真实的感情和自我意识。

意大利救赎之旅始于莉莉娅难产之后。一开始，菲利普仅仅是遵循母亲赫林顿夫人的命令，来到意大利试图破坏莉莉娅的婚姻，后来又为了把莉莉娅的孩子带回英国而再次踏上意大利土地。他第一次来到意大利时，被当地的开放和热情深深打动，对此深感震撼。菲利普，作为英国改良派的代表，他心中的意大利是一个充满激情的地方。在接受母亲赫林顿夫人的命令时，他的内心极度“痛苦”。这来自他对意大利文化和氛围的热爱，在他心中，意大利一直是一个神圣的地方。他欣赏意大利的风俗习惯和文化，认为这些都保留了文艺复兴时期的风味。意大利的热情好客的人们和充满艺术气息的艺术殿堂都是他向往的。然而，他并不愿意与意大利有过多的接触，他对吉诺感到厌恶，认为是吉诺破坏了他心中的意大利。因此，他最初试图拆散莉莉娅和吉诺的婚姻。

但是，当他第三次来到意大利时，他在与卡洛琳深入交谈后，意识到他在英国索斯顿的自己在感情上是如此贫瘠，宛如一个“死人”。他通过自己的经历，最终感受到了意大利的独特之处，感受到了人与人之间真实的温暖和真诚。莉莉娅用她的行动表示了对赫林顿夫人的不满。虽然她在意大利旅行中感受到了自由和爱，但这份不易来的自由和爱并未陪伴她很长时间。这与英国社会观念对她的压迫有很大的关系，但莉莉娅的性格也预定了这个结果。相比之下，赫林顿夫人的“使者”菲利普在第三次来到意大利后完成了自我救赎。菲利普的自我救赎并非通过“疯狂地祈祷或者咚咚地鼓声”，而是他在一次深深地感动之后完成的。

菲利普前两次的意大利“拯救”之旅打破了他对意大利的幻想，开始面对真正的意大利。在这个过程中，菲利普也重新认识了自己。当他第三次来到意大利时，他的情感已经有了变化。一开始，他是接受母亲赫林顿夫人的命令把莉莉娅的孩子带回英国的，但在意大利的这段时间让他改变了立场，甚至在最后被卡洛琳说服，让孩子留在了意大利。菲利普认为这是对孩子最好的选择。尽管孩子最后因车祸去世，菲利普再次回到无聊的索斯顿，回到无聊的生活轨道，但他对生活有了新的认识。对菲利普来说，这也算是一个相对好的结局。

菲利普的救赎之旅并不容易，他需要勇气和决心去面对自己的错误和无知。他需要学习接受不同的文化和观点，接受他的妹妹对自由的追求，接受吉诺和他的儿子作为他家庭的一部分。这需要他打破自己的偏见和规则，开放自己的心灵，接受新的可能性。菲利普最终找到了他的救赎。他的救赎不仅仅是他的个人转变，也是他对他的家庭和社会的态度的改变。他学会了接纳和理解不同的文化和人，他也学会了尊重和欣赏个人的自由和独立。他的救赎是他从封闭的思想走向开放的思想，从严格的道德规范走向对自由的尊重和理解的过程。

2. 卡洛琳的自我救赎之旅

《天使不敢涉足的地方》中卡洛琳这一角色以其温和、文静的外表和坚定、勇敢的内心，构成了一种矛盾而富有魅力的形象。她的自我救赎之旅是一种勇敢的自我探索和独立思考的过程，对读者揭示了对人生和文化理解的深刻洞察。

卡洛琳在故事开始时，是一位典型的英国中产阶级女性，受限于严格的社会和道德规范。然而，随着故事的展开，可以看到她不断地挑战既定规则，寻求改变，表现出独立而又坚决的性格。当她的朋友莉莉娅在意大利遭遇困境时，卡洛琳毫不犹豫地跨越国界，去帮助她。这种行为体现了她对友谊和责任的承诺，也暗示了她对更大自由的渴望。

卡洛琳第一次踏上意大利土地时，她对于这个国家充满了好奇和期待。尽管她受到英国社会严格道德规范的束缚，但她还是充满期待地对意大利的生活方式保持开放的态度。然而，莉莉娅的婚姻问题和难产带来的困扰，使卡洛琳在短时间内认识到，理想与现实之间存在着鸿沟。然而，即使面对挫败，卡洛琳也没有放弃她对于自由和爱的追求，她开始反思自己的价值观，寻求个人救赎的可能性。

在卡洛琳的第二次意大利之旅中，她选择留下来照顾莉莉娅的孩子，这个决定凸显了她坚定不移的决心和善良的内心。卡洛琳理解到，对于这个孩子来说，留在意大利，接受本土的教育和文化熏陶，可能是最好的选择。她开始理解和接受意大利的文化，并尝试用这种文化来改变自己的生活方式。这是卡洛琳在自我救赎过程中的关键一步，她开始放弃英国社会强加的思想和行为模式，向着更加开放和自由的方向发展。

卡洛琳的自我救赎之旅并不是一帆风顺的。她面临的挑战和困扰，包括莉莉娅的婚姻问题，自己的孤独，对孩子的责任，都使她在过程中经历了许多困惑和挫折。然而，卡洛琳始终坚守自己的信念，以积极的态度面对困境。在救赎的过程中，她深深理解到，真正的自由不仅仅是摆脱物质束缚，更是对自我认知的深化和提升。她的自我救赎之旅，实际上是她从一个传统的英国女性，逐渐成长为一个独立思考，勇于接受新文化，富有人文情怀的现代女性的过程。

二、《最漫长的旅程》中里基的心灵之旅

《最漫长的旅程》以英国为文化背景，深入揭示了当时社会的问题，因而被称为“英国状况小说”。福斯特在此书中通过对主角里基的生活悲剧展现了他对爱德华时代的社会焦虑，这部小说有着福斯特的自传色彩。

小说的场景，例如索斯顿学校让人联想到福斯特在少年时期就读的唐布利奇中学。在维多利亚时代，工业化带动了英国社会的经济和科技快速发展，形成了“日不落帝国”。然而，这个时代也对传统的信仰、道德规范和伦理标准构成了挑战和冲击，引发了一系列的思想文化危机。这是一个物质繁荣与精神贫困共存的时代。

里基在成长过程中，因缺乏父爱而失去自我，缺乏独立行动的能力。过分依赖已故的母亲，他无法实现自我认同，无法建立基本的人际关系。他把所有人和物视为母亲的化身，最终通过自身的死亡实现了母亲生命的延续，这与福斯特的个人经历和心路历程有很大的相似度。里基与福斯特也存在显著的不同。里基的父亲不仅身体有残疾，性情也颇为怪异，他经常对里基进行冷嘲热讽，而且背叛了对里基母亲的爱情，这导致里基的母亲忙于应对与丈夫的矛盾，无暇顾及里基。父亲去世后，里基和母亲变得相依为命，因此里基的内心深处充满了孤独和恐惧。他害怕失去母亲的庇

护，尤其害怕外部世界的未知。母亲的离世使他的内心变得更加无助。这时，剑桥大学成了里基新的避风港，虽然这只在一定程度上增加了他的安全感，并无法真正取代他母亲的保护。

因此，安全感极度缺失的里基选择了可以提供母亲般保护的阿格尼丝小姐。但是他没有预料到的是，他的这一举动反而将他推向了深渊。他心中把阿格尼丝视为母亲的化身，这仅仅是一种假象，阿格尼丝并不爱他，索斯顿学校也无法给他温暖，这给他带来了巨大的痛苦。与此同时，学院院长佩姆布洛克充满野心，最终将自己转变成了一位冷漠的牧师。一切都为金钱和权利让路，这让里基对学校生活感到绝望。好在安塞尔和斯蒂芬曾经援手里基，这对里基心理的变化产生了深远影响。因此，真诚友谊的价值一直是小说的主题。在小说的结尾，福斯特描述了斯蒂芬父母之间的爱情和幸福婚姻。当里基发现斯蒂芬醉酒后躺在铁路上，他毫不犹豫地救了他。自那以后，斯蒂芬一直对里基充满了感激，他认为里基拯救了他的生命和心灵。

《最漫长的旅程》并非简单地描绘一场旅行，而是指主角里基的心灵之旅。阅读整部小说，可以发现里基生活在一个人际关系冷淡，甚至冷酷的环境中。他的人生之路就是一场充满孤独、寒冷的无尽旅程。不断寻找人生安全感的里基，却始终未能实现他的愿望。小说中的人际关系失衡不仅在夫妻关系的疏远和不和谐中体现，更突出的是他与父母的冷漠关系。里基把所有的依赖都寄托在别人身上，这使他的生活变得困难重重。虽然父母和子女是所有关系中最原始，最基本的伦理关系，但里基的父亲并没有给他任何温暖和关怀，反而冷漠地对待他，甚至在心中产生敌意，羞辱他。由于得不到父亲的爱，里基把所有的依赖都寄托在母亲身上，他总是担心失去母亲的保护。这种家庭氛围的缺失，让里基从小就感到孤独和谨慎，这种灰暗的童年经历让里基感到孤独和焦虑。因此，里基生活在一个自我构建的幻想世界里，常常沉迷于梦幻。当里基长大后，他选择了能给他一定安全感的阿格尼丝小姐作为他的伴侣。他将阿格尼丝看作是他心中的女神和天使。然而，阿格尼丝并不是他想象的那样，她的势利、拜金、卑鄙和虚伪让他深感心伤。阿格尼丝的行为不仅让他感到被背叛，还让他更加感到疲惫和心伤。在阿格尼丝的怂恿下，里基彻底失去了他的价值判断，生活仿佛在一个坟墓里。幸运的是，里基最终清醒过来，他听从了内心深处的召唤，离开了阿格尼丝，选择了斯蒂芬，回归大自然的怀抱，找回了他一直渴望的安全感。

里基的亲子关系和夫妻关系都充满了问题。福斯特通过塑造里基孤独的人生历程，对当时英国社会人际关系失衡，情感疏离的问题表示出担忧和怀疑。里基的人生之旅之所以充满孤独，是因为当时社会人际关系的失衡。通过深入剖析主人公的生活历程，读者可以更好地理解小说所传达的社会主题。一些评论家指出，这个时期的生活被财富的争夺，功利主义和工业化城市中出现的丑陋现象所污染，那些对道德标准敏感的人对此感到悲观和绝望。

第三节　基于文化的女性群像抒写

福斯特是一位精于描绘人物性格和情感的作家。他的作品不仅探讨了个人的内心世界，也在更大的范围上反映了文化冲突。这些冲突常常以人物的行为以及他们的内心挣扎的形式显现出来。特别是女性角色，她们常常被置于文化冲突的核心，以此展现她们的复杂性和多元性，并对此进行了深入的社会和文化反思。

一、福斯特作品中的文化冲突背景

福斯特的作品充满了对人性、情感以及文化冲突的深刻洞察。作为一名精于描绘个体内心世界的作家，福斯特在探索社会问题上的敏感性和深度同样引人注目。在他的许多作品中，文化冲突是一条贯穿始终的主题线索，而知识分子文化与工商文化之间的冲突、南欧文化与英国文化之间的冲突、殖民地文化与宗主国之间的冲突、西方文化与东方文化之间的冲突，都是以上提及的文化冲突。

（一）东方文化与西方文化的冲突

在福斯特的《印度之行》末章中，他深入描绘了阿齐兹与菲尔丁的友谊由于各种“因素”而无法延续。然而，福斯特对于“联结”在英国人与印度人之间无法建立的实质解读不止于种族差异和文化习俗的对立，更深层的原因在于思维模式的差异。尽管那时的英国社会仍然受着传统文化的束缚，但其接受高等教育的年轻知识分子已经开始展现出强烈的现代思维特质。相对之下，印度受殖民统治影响，文化进步步伐相对较慢。此外，两者之间的殖民与被殖民的不平等关系，进一步激化了这种冲突。

随着印度知识阶层对西方现代思想的深入理解，越来越多的青年人开始认识到英印关系的必须变革。自 19 世纪晚期开始，印度的解放和独立思潮愈发高涨。这一切超出了英国殖民统治者的预料和掌控，被压迫者的反抗远超其预期。虽然在《印度之行》中并未直接描绘文明与文明间的激烈碰撞，但可以看出，西方文明涵盖了英国的传统和现代文化，而印度文明和伊斯兰文明则包含了印度的传统文化。这样的根本差异使得两种文明的冲突几乎无法避免。

福斯特描述的英属印度殖民地，包括了今天的印度、巴基斯坦、孟加拉国和尼泊尔等地。印度文明在这片广阔的土地上广泛分布，几千年的历史演变中，印度文明也深受其他文明的影响，各种文化和信仰在这里与各族人民共同繁衍生息，并且代代相传。虽然印度各民族之间存在着文化和信仰的冲突，但当时的英国作为世界大国，英印之间的矛盾和冲突更为尖锐，这也进一步加剧了印度地区的复杂性。在西方文明的冲击下，印度地区的多元文化和信仰在战争中交融、融合，最终导致了英属印度殖民地的分裂，形成了今日的国家构成。

作为一位受过西方现代思想教育的作家，福斯特并不认为英国在印度的殖民统治必然会长存。他预期英印之间的冲突注定会爆发，因此在小说结尾设下了阿齐兹与菲尔丁友谊的伏笔。尽管他未能精确预见后来的英印局势，也无法找出解决当下社会矛盾的最佳策略。在小说中，福斯特通过塑造人物关系，寻找有效沟通和共存的可能，这也是他提倡的跨族裔的“联结”观。作品伊始，作者对英国与印度之间的“联结”持乐观态度，希望两个国家和民族可以通过交流和理解达到文化的共存。然而，作品的结局揭示了“联结”的失败，英印之间的天然鸿沟无法填平，冲突亦不可避免。因此，英国与印度的抗争并非仅仅是思想、文化和政治的对抗，也涉及生命和尊严的抗争。尽管小说尽量回避了这些严肃的政治议题，但事实是英印双方确实存在基于不同政治立场的对抗。如阿德拉，尽管她对印度的态度不同于传统英国殖民统治者的冷漠和无情，对生活和婚姻有自己的理解，但她的双重性格和矛盾性显而易见。她对印度人有礼，不鄙视他们，然而在自认为被侵犯时，她却无端指责无辜的阿齐兹。这反映了她的自我意识觉醒，也表明尽管她对印度人友善，但心中依旧存在隔阂。阿德拉在真相大白后，并未主动向阿齐兹道歉，这是一种居高临下的姿态。阿德拉和阿齐兹象征着两种文化，在这两种文化碰撞时，英国文化毫不犹豫地诋毁印度文化。人与人之间可能因一丝善意而平等交往，但两种不同的民族文化需要长久的时间进行磨合。然而，当时的英印社会环境并不具备这样的条件。如预期的那样，印度人进行了强烈反抗。即使阿德拉最后撤销了对阿齐兹的指控，这也无法平息当地人的愤怒。当地的印度人甚至威胁马哈默德·阿里律师要发动一场骚乱，以对英国殖民者和对阿齐兹审判的法庭进行报复。

在这种对抗中，小说中人物关系发生了显著的转变。年轻的印度医生阿齐兹由亲英立场转为坚定的反英。他对菲尔丁的信任也几乎耗尽，两人的友谊变得濒临破裂。菲尔丁先生因此感到失望，离开印度返回英国。早于他离开的还有莫尔夫人，她与阿齐兹的友情也在印度人民的反抗中断裂。小说中的印度教智者古德布尔教授的稳定超过他人，但他的心态也发生了微妙的改变，最终促使他的离开。这反映了福斯特对人性和宽容信念的幻灭，以及对人类“联结”未来的深深失落。小说确实揭示了殖民者与被殖民者之间的利益冲突，这是由印度和英国两种不同的信仰和生活方式的巨大差异引起的。

（二）宗主国文化与殖民地文化的冲突

福斯特以英国殖民者与印度殖民地居民之间的对立世界为背景，创作了小说《印度之行》，此书被解读为第一次世界大战前后的英印状况的批判性审视。英国与印度殖民地居民之间的关系，以及英国人在印度的生活是福斯特在小说中主要描述的内容，其中，由于心态、传统、宗教与环境等因素造成的殖民地与宗主国之间的跨文化障碍，则是作者思想传达的重点，基于此，进而对两个不同民族之间存在的巨大深渊展开深入探讨。

英国殖民者和印度人民之间的统治与被统治的关系，体现了宗主国与殖民地文化的冲突。以市长特顿和法官罗尼为代表的大部分在印度的英国官员，承担着他们认为的“神圣的”使命——统治印度人，他们是典型的殖民者。这些殖民者拒绝与印度人民进行真正的交往，他们只是大不列颠帝国的一枚棋子，他们唯命是从，发号施令。他们坚持欧洲中心主义的观念，认为印度人懒散、奇怪且具有威胁性。他们只知道征服和利用印度，但他们在印度是根基不稳，边缘化与孤独的，由于他们在进行文化输入与思想灌输时采取的是强制性的手段，因此作为印度人通常难以接受与理解，因此进行了大规模的抵制与反抗活动，英国人作为殖民者只能被困在一个被本土文化与印度本地人包围的小范围内活动，也就是在他们自己的俱乐部里自娱自乐。

在小说《印度之行》中，福斯特从多个角度，全面地探讨了英印之间的文化障碍，融合了他之前作品的各个角度，使这部小说具有了福斯特作品主题的总结性特征。从文化角度出发，一个封闭且独立的文化圈与文化区域通常用马拉巴山洞来象征。从文化隔离与文化差异的自然形成角度出发，一道“文化之墙”是对洞穴的最佳诠释，在促使本土文化完整性与独立性得到保护的同时，也将自身与其他文化的互动与交流隔绝在外。从整体上看，造成文化差异现象的因素有很多。

可以说，英国与印度两个民族之间的侵略者与被压迫者，统治者与被统治者之间关系的出现，是由于国家、民族之间的不平等以及欧洲中心主义的固化观念等因素造成的。而两个民族之间建立联系的最大阻碍，便是英国人基于经济上的领先地位与军事上的绝对优势而习惯性地在处理与印度相关的事务时的一种预设偏见，并且总是会摆出的一种高高在上的姿态。在小说《印度之行》中，英国人永远都会表现出一种对印度文化的不屑一顾，并且始终具有一种与生俱来的优越感。可以说，英国殖民文化用来抵挡本土文化的防线，就是他们自己俱乐部的墙垣。英国殖民者有着属于他们自己的文化行为规范，凡是违背这些行为规范的人都会被视为异端。

而两个民族之间的文化差异过大则是另外一个原因。从宏观角度上看，西方与东方两大体系均属于前现代文明。纵观世界文明史不难发现，在前现代文明中，作为两大各自独立的文明模式，二者都有着属于自身的发展逻辑与进程，而这一现象的出现主要是因为科技发展水平与地理因素的差异造成的。但是，即便如此，二者还是在历史的发展过程中彼此影响，进步的过程中不可避免地出现冲突和摩擦，特别是在近现代，东方与西方之间的冲突日益加剧，导致各种误解层出不穷，而这些都是伴随着地理大发现与西方殖民政策的实施而产生的。

约翰·纽鲍尔曾指出，这种文化误读的常见形式是“把他种文化内的多样性降低简化为同一种孤立的特质，以一代全地把那种文化的特征之一视为它的总体性”[①]。故此，东西方民族文化差异以及军事、经济、政治等各方面差距等因素，都是促使英国人对印度人充满民族歧视的主要原

① 乐黛云，张辉．文化传递与文学形象 [M]. 北京：北京大学出版社，1999：118.

因，客观上促使双方无法平心静气地坐下来进行理性的谈话。当然，造成英国与印度文化冲突的另外一个原因，是传统印度文化的封闭性所引起的文化隔阂，可以说，作为本土文化的坚守者，印度本地人原本就对外来文化尤为排斥，难免会有一些难以化解的误会产生。故此，要想进行有效的文化交流，其前提条件就是需要建立在相互尊重与彼此平等的基础之上，而殖民行为本身就带有强烈的侵略性，无论它是政治的、经济的，明显的或隐性的，都代表了单方面对其他国家或民族的秩序“强加”与“暴力”征服，故此，殖民地与宗主国之间的矛盾文化冲突是不可调和的。

（三）英国文化与南欧文化的冲突

在早期的福斯特小说中，“他者”是英国在进行文化对比时进行的一个特殊设置，以此揭示了英国中产阶级（包括知识分子）的冷淡虚伪和对真实感情的掩饰。他的第一部小说《天使不敢涉足的地方》是一部对社会习俗的讽刺性的悲喜剧，将充满活力的意大利生活与阴郁沉重的英国社会间的鲜明对比进行了揭示。在该部作品中，福斯特以英国和意大利作为背景，将两种完全对立的生活观念与生活方式，以及两个截然不同的世界，通过象征性的手法进行了描绘。其中，意大利以蒙特利亚诺小镇为代表，通过对当地居民诚实、奔放、自由的生活方式的描写，将小镇的生机勃勃与美丽凸显出来；英国则以索斯顿郊区为代表，将中产阶级虚荣的生活方式充分地展现出来。福斯特在展示两种文化对人性影响的差异时，借助了不同人物形象的塑造以及二者之间在思想性格上的差异比较，最终使其呈现在大众面前。

在小说《天使不敢涉足的地方》中，福斯特将英国严格、不平等的道德规范与充满活力、自由的意大利文化气氛对比，揭露了英国以势利为特色的道德规范对人生本质的反向影响。虽然在《看得见风景的房间》这部作品中，情节冲突的主要人物都是英国人，但场景却部分设置在意大利，英国文化与意大利文化的对比仍然是小说的重要框架。小说描绘了英国女子露西与美国青年乔治的恋情，但由于社会偏见，她与英国青年塞西尔订婚，经过一系列曲折，才与乔治结为连理。福斯特在《看得见风景的房间》中，将意大利视为对英国中产阶级社会规范的一种检验工具。在小说的下半部分，即发生在英国的故事中，意大利成为可以看到美好生活的窗户。所以，在这部小说中，意大利不仅是地理上的一个概念，更是代表了一种观念与文化，与英国中产阶级文化形成鲜明对比。前者赋予人真诚、活力、青春和希望，而后者则束缚和压抑人的个性和情感，使人变得虚伪和冷淡。通过主角露西在意大利游历前后的生活转变，小说深刻地阐述了这一观点。

从福斯特的《天使不敢涉足的地方》和《看得见风景的房间》中可以看到，福斯特将意大利文化作为一个参照物，因此这两部作品被誉为“意大利小说”。这两本书利用阳光照耀的意大利文化作为一个镜子，揭示在压抑的英国文化中成长的英国人的心理和精神变化，反映了英意文化的对比和矛盾。福斯特像一位医生一样，探索并讨论这种“疾病”的根源和治疗方法。

贵族精神和绅士风度是英国文化的一个重要特色，并不只存在于上层社会，甚至社会底层也对此深感敬仰。这种追求上层的精神强化了英国社会生活中的等级制度，“在伦敦的公共场合，人们很少与旁人交谈，唯恐稍不注意，与地位较自己为低的人交谈而失去自己的身份。”[①] 在跨文化交流的场合，这种有着强烈的阶级观念的行为模式可能会体现为对“他者”文化的偏见和排斥，成为文化交流障碍的深层原因之一。

英国的贵族精神、绅士风度和由此形成的行为规范在维持英国社会制度中起着重要的作用，它是统治方法的一部分，因此，违反这些规则就意味着要受到惩罚。英国人甚至把这种规则强加给意大利人：意大利的青

① 钱乘旦，陈晓律．在传统与变革之间英国文化模式溯源 [M]. 杭州：浙江人民出版社，1991 : 368.

年马车夫在英国游客面前亲吻女孩的行为遭到了惩罚，其中的一位英国牧师坚决地将这对恋人分开。习俗的力量是强大的，它能驱动大群的愚昧人，他们无视情感和理智，只是盲目地追随时尚口号，前往他们的命运所在。

英国的公学教育是导致英意文化冲突的一个主要因素。尽管英国的中产阶级坚固、稳重、完整、能干，但却缺乏想象力，行为虚伪。正是这些特性阻碍了个性的全面发展，损害了社交的真诚和和谐，并在国际交往中使英国人歧视其他民族或使其他民族误解英国人。福斯特认为，导致英国人具有这些特质的重要因素在于英国的公学制度。福斯特指出，英国公学制度培养的人具有“发育完全的体态、发达的智力，但情感发育不足”①。这种情感发育不足是指“英国人不是不会表达情感，而是不敢表达情感”②。这种看似高雅的品质，实际上是精神疲惫、感情枯燥的体现。公学制度压抑个性，使人的自然欲望和热情得不到满足和释放，创造力也被抑制。人们在严格的规定中按照固定的模式思考和行动，使整个英国显得毫无活力。因此，与阳光明媚、色彩丰富的意大利极其热情、直率的人民相比，英国阴暗、沉闷的气息和价值观念形成鲜明对比。

（四）工商文化与知识分子文化的冲突

福斯特对于现代条件下个人与社会整体的完整性和幸福感十分关注。他注意到现代生活过于追求身体的舒适，却忽略了人的精神世界；宁静的乡村生活被吵闹的机器和工厂所取代，人们的生活和传统遭到了侵袭。

在小说《霍德华庄园》中，福斯特对霍华德庄园为背景，对伦敦现代社会进行了生动描绘，其中充满了戏剧性和诗意的描绘，刻画了英国上流社会的伪善面孔。小说通过对威尔科克斯家族（代表工商业阶层）和施

① 福斯特．福斯特散文选 [M]. 李辉，译．天津：百花文艺出版社，1994：5.

② 福斯特．福斯特散文选 [M]. 李辉，译．天津：百花文艺出版社，1994：7.

莱格尔姐妹（代表知识分子阶层）的矛盾描绘，呈现出了文化人与商业人之间的复杂关系，以及知识分子的优雅文化与世俗的工商业文化之间的冲突。福斯特认为，英国社会的现代化进程深深地影响了知识分子与商业人士之间的关系。福斯特对现代社会的忧虑被明确表达出来。随着工业化的深入，福斯特感到一些无法被替代的东西已经被毁灭了，英国的一部分已经消失了，好像炸弹落在了地上。他对这种破坏感到痛心，因为这个传统生活的消失，没有什么可以在精神世界中作出补偿。

福斯特生活在一个机械化的时代，他深知科学和机械对人的影响。虽然他承认工业化为人类提供了物质的舒适，也为人类从繁重的体力劳动中解脱出来，寻求精神提升创造了条件，但福斯特对此持保留态度。因为他看到现代世界中的一些优良品质已经丧失，他痛恨工业化对自然的侵蚀和对人的精神家园的掠夺。英国的土地在工业化的脚步下几乎消失殆尽，随之而去的是人的精神世界和生活的传统。福斯特认为，精神和肉体是不可分割的，它们构成了统一的整体。而自然的消失必然会导致人性的缺失。随着更多的人离开他们依赖生存的土地，他们田园般的生活被破坏，被商业化的生活，充满欺诈和贪婪，所取代。

在这里，福斯特谴责的不是科学对物质生活的规划，而是科学对人的精神生活的忽视。福斯特认为，科学可以解释人，却不能理解人，因此不能给人带来心灵的智慧和幸福。所以，福斯特认为现代英国人处于不完整的状态，他们的体魄和头脑发育完全，但他们的心灵却未得到充分的发育。而这种现代主义的进程是无法阻止的，工业文明创造物质财富的同时，却剥夺了人的精神归宿，呈现出物质生产与精神创造的分离和冲突，工商文化与人文文化的矛盾和分离。

二、文化对女性形象的塑造与影响

文化对福斯特作品中女性形象的塑造与影响显而易见。他通过女性形象反映出社会的矛盾冲突，表现出对文化、传统和现代价值观的深刻理解和关注。他的女性形象不仅是被塑造的对象，也是塑造自身和社会的主体。这种塑造使福斯特的作品具有了深刻的社会和文化意义。

从《霍华德庄园》中对施莱格尔姐妹的描绘，到《看得见风景的房间》中对露西的形象塑造，福斯特都深入地展示了文化对女性形象的塑造和影响。具体来说，他描绘的女性形象既受到社会文化背景的制约，同时也反映了其个人对待文化、传统与现代价值观的深刻理解和关注。

福斯特对女性角色的刻画具有显著的时代特征。在他的作品中，女性形象的塑造与社会文化背景密切相关。在《霍华德庄园中》中，施莱格尔姐妹，即玛格丽特和海伦，就是福斯特笔下的典型知识分子形象。她们两位女主角在小说中分别扮演了教育者和反叛者的角色，反映出英国在工业革命时期知识分子的困惑和迷茫。玛格丽特作为一个理智、教育且有独立思考能力的女性，是典型的知识分子形象，她象征着在面临社会矛盾和个人冲突时的理智选择。而海伦，作为一个激进、敏感且富有激情的女性，代表着反抗和改变的力量，她是对工业革命下的社会不公的控诉。她们都体现了文化对女性形象的塑造，其中包含了福斯特对于社会文化环境下个体的理解和批判。

福斯特在作品中通过对女性角色的刻画，反映出了他对文化、传统和现代价值观的理解。在《看得见风景的房间》中，露西就是这样一个形象。她是一个被英国传统道德观念束缚的女性，但她又有着对自由和真爱的向往，这个矛盾的形象充满了对文化、传统和现代价值观的挑战和质疑。她的形象塑造不仅揭示了当时英国社会的性别角色分工，也显示了女性在挣扎中对自我实现的渴望。通过对露西的描绘，福斯特展示了女性在遭受社会和文化压迫的同时，也有着反抗和挣扎的可能。她们不仅仅是被塑造的对象，也是塑造自身和社会的主体。这种塑造也反映了福斯特对女性地位的深入理解和对社会变革的期望。

福斯特的女性形象塑造也体现了他对社会变迁和个人自我认知的深刻反思。在他的作品中，女性形象的塑造反映了社会的矛盾冲突，以及个体在面对这些矛盾时的困惑和挣扎。这种对社会和文化现象的反思，使他的女性形象更具有深度和影响力。

三、文化冲突下女性的不同反应

福斯特在《霍华德庄园》《天使不敢涉足的地方》《印度之行》《看得见风景的房间》等几部长篇小说中，都贯穿了文化主题，他也为处于文化冲突困境中的人们开具出了“联结”的“药方”。女性在这种文化冲突中承担了重要的角色，有些女性努力为跨文化沟通进行不懈努力，而有些顽固保守的女性却为跨文化沟通设置重重障碍。

（一）为跨文化沟通不懈努力的女性

福斯特的作品中的女性角色在追求文化交流方面付出了巨大的努力，她们采取了“联结”的方式去尝试文化之间的对话和融合。

在《看得见风景的房间》中，福斯特通过露西这个英国女性在意大利旅游期间的种种经历，揭示了意大利文化对她的生活产生的深远影响。露西的转变经历揭示了她在尝试克服英国文化的束缚，渐渐接受意大利文化洗礼的过程。比如，贝尔托利尼旅馆的内部装饰模仿着英国式的生活情调，给人一种压抑和窒息的感觉，而旅馆外的意大利世界却充满了新鲜的生活气息和人性的活力。“一间有风景的房间”象征着露西内心世界中英意文化的交融。这个独特的风景不仅是外部世界的召唤，也是内心深处的情感振动。

露西出身于富裕的中产阶级家庭，自小就按照英国社会的标准和规则来塑造自己。然而，短暂的佛罗伦萨之行让这个英国淑女体验到了意大利人的热情奔放和生活的鲜明色彩，这些都是她内心深处渴望的。因此，她选择从冷酷世俗的生活方式中解脱出来，向更真实、更充满活力的生活方式迈进。英国的贵族精神和绅士风度以及由此衍生的行为规范起着维护英国社会制度的作用。露西作为一个女性，她的决定无疑是充满勇气的，因为违背这些规则可能会受到社会的惩罚。然而，她仍然决定跨越英国文化的障碍，接纳意大利的自由文化，这个转变是非常令人敬佩的。

在《霍德华庄园中》中，福斯特生动地描绘了现代文明所面临的一种困境：物质与精神的对立，以及工商业文化与人文文化的冲突。而他试图通过玛格丽特这一角色表达出他对于文化整合的期盼。

小说中，玛格丽特作为人文精神的人物代表，与威尔科克斯——象征工商业力量的人物的联姻成了两种文化试图融合的明显标志。玛格丽特之所以选择与威尔科克斯的工商世界接轨，是因为她深刻意识到，只有无数投身于实业的人在创造物质条件，才能使得她这类文化人站在一个能全面洞见的位置上，而这些从事实业的人们，却只能关注到局部的事物。因此，在玛格丽特的文化世界与威尔科克斯的实业世界之间，明显地存在一道鸿沟。这条鸿沟在玛格丽特的妹妹海伦看来是无法跨越的。这对于玛格丽特而言，意味着对自身原有的生活信仰和精神价值的否定。然而，玛格丽特依然决定迈出联结两个世界的第一步，尽管这并不意味着她与威尔科克斯的结合就能够完全和谐，但这一步是至关重要的，是一种敢于面对严峻现实挑战的表现。这种联结的道路并不是一帆风顺的，玛格丽特和威尔科克斯在许多问题上的分歧就是其中的一个难题。甚至，玛格丽特的行动还引来了妹妹海伦的反对。但是正是威尔科克斯在一些问题上的不负责任、固执和虚伪，让玛格丽特认识到，威尔科克斯在工商业上的“理智”，在道德伦理上却并非如此。这为玛格丽特的联结努力提供了道德上的推动力，因为在她看来，工商业活动使人变得浅薄、狭窄，缺乏想象力和同情心。他需要新的力量去改造他的内心，实现心灵的完整和人格的完善。

与此同时，玛格丽特也意识到工商业活动也可以让人变得更为世故、精明，更加实事求是。这些是她自身所欠缺的。所以，玛格丽特与威尔科克斯的联姻，不仅是文化与实业的融合，更像是一种理想主义的追求，一种试图将不可能变为可能的期待。这并非玛格丽特对知识分子身份的背叛。因为庄园和婴儿在小说中象征着实业与文化理想主义的融合，预示着一种新社会和新人格的产生。这种处理是福斯特作为知识分子对现代文明的深入思考，他在小说中揭示了现代生活的矛盾，即传统与现代的冲突。因此，他主张在当前的社会环境下，应该实现现代力量与传统文化的联结，达到心灵的完善和和谐。

在《印度之行》中，福斯特深入描绘了英国殖民主义文化与印度多元文化之间的碰撞。在这个广袤的土地上，宗教、种族、语言和文化形成了一道彩虹，而一位英国女性试图穿越这道彩虹，寻找真正的印度，尝试搭建理解和友谊的桥梁，实现人与人之间以及文化之间的真诚“联结”。阿黛拉，一个公正而理智的英国女性，带着结婚的期望来到印度。她渴望接触印度人民，了解他们的灵魂。她努力适应这个她所不熟悉的东方国度，以及这里根深蒂固的神秘文化。她期望通过理解和接纳陌生的东西，证明西方的理性原则在东方也能被实践，从而实现不同文化的交融，建立起文化共同体，让她的精神和身体都能在印度找到归属。然而，当她看到英国妇女对本地人的冷落和歧视后，她的善良本性让她感到焦虑。她拒绝接受同胞们试图灌输给她的殖民主义意识：“我绝不应该变成这样一种人。”“我要与我的环境对抗，去避免成为她们一类的人。”[①] 但阿黛拉的心里并未准备好完全接纳和理解异族文化，她无意中受到了同胞对印度人的偏见和不信任的影响。这就是她在马拉巴山洞与印度人同行时误解阿齐兹、将他告上法庭的原因，从而引发了重大的“马拉巴山洞事件”。然而，在诉讼过程中，阿黛拉的良知最终被唤醒。面对英印双方的压力，站在真理和欺骗的交叉口，她鼓起勇气撤回了起诉，纠正了自己的错误，解开了阿齐兹的冤假之名。最终，她也结束了与朗尼的婚约。阿黛拉的大胆行动不仅拯救了阿齐兹和菲尔丁，也拯救了她自己，使她避免了成为英印殖民者的一员，没有成为英印文化交流的阻碍。

这个过程揭示了一个重要的历史事实：当时跨文化交流的困难重重，

① 福斯特．印度之行 [M]. 杨自俭，译．南京：译林出版社，2008：165.

强势民族尊重弱势民族的自尊和平等权利是何等的困难。阿黛拉在英印人民的友谊和文化沟通上所做的努力显得尤为珍贵。作者以此自我批判了他的民族中心主义，福斯特通过他的文字预示了文化相对主义的崛起，并赋予了他的角色“联结”文化的责任。

但是，阿黛拉最初试图通过婚姻来完成文化联结的任务，最后却选择放弃。这并不是与追求文化联结的目标相矛盾，而是反映了作家在坚持联结努力的同时，对如何达成目标的困惑。同时，这也说明了阿黛拉比露西和玛格丽特更成熟，更进步，这反映了作家更深入的思考。

（二）为跨文化沟通设置重重障碍的女性

如果说有些女性通过奋斗和努力搭建起了跨文化沟通的桥梁，那么有一些固执和守旧的女性则形成了跨文化交流的障碍。

在《天使不敢涉足的地方》中，福斯特以英国和意大利两个国度为背景，绘制了两种截然不同的世界观与生活态度：一边是英国，充满压抑与虚假，另一边是意大利，生活丰富且充满活力。其中，赫里顿太太就是阻碍跨文化交流的典型代表。

赫里顿太太维护着一种英国中心主义文化，含有强烈的排他性和保守性。她认同的道德观源自英国的启蒙时代，那是英国人自诩为推进世界历史进程的角色，对待“他者”的态度则是居高临下的仁慈。赫里顿太太的这种态度，表现为一种高尚的荣耀感。在她居住的索斯顿镇，大部分的人都在为保持这种虚荣心而互相较量，而她寡居的儿媳莉莉莉娅就曾经饱尝过这种道德的冷酷，离家出走意大利的原因之一就是为了摆脱这种困扰。然而，赫里顿太太却把这视为对家族的羞辱，于是她采取了各种方法阻止莉莉娅。

当赫里顿太太最初同意莉莉娅去意大利时，她希望莉莉娅能在旅行中改变，更好地适应赫里顿家族的身份。然而，她并没有预料到莉莉娅会在意大利爱上一个名叫吉诺的意大利人。因此，她两次派遣儿子菲利普前往意大利，第一次是阻止莉莉娅的婚姻，第二次是为了接回莉莉娅的孩子。但是，事情并未按照她的预期发展，菲利普的思想发生了深刻的变化，他不仅开始认识到自我，也看到了英国传统文化的缺点。这都是福斯特对于赫里顿太太所代表的英国传统观念的讽刺和批判，同时也是对她的心灵停滞不前的讽刺和批判。

然而，吉诺和莉莉娅的儿子最终夭折了，这使得英意文化的交流因为赫里顿太太这颗充满虚荣、势利、狭隘、冷漠的心而大打折扣。福斯特在语言和情节中都对赫里顿太太进行了有力的批判。

在《印度之行》中，赫里顿太太的形象也在某种程度上得以体现。如果将在印度的英国人分为两个群体的话，那么莫尔夫人、阿黛拉小姐和菲尔丁可以被称为“交往者”，而以市长特顿、法官朗尼为代表的殖民官员则是彻头彻尾的“殖民者”，他们的妻子们也是属于后者的。这些妇女们高傲、冷漠、无知、缺乏同情心，在她们眼里，印度人松懈、懒散、古怪，而且十分危险。她们对印度人没有交往的诚意，也没有基本的礼节。特顿夫人的态度在小说中得到了完美的体现：

“一点不错，你们男人以后要记住这个问题。你们太软弱，太软弱，太软弱了！嗨，不论何时只要他们看见一个英国女人，就应该跪在地上用手从这儿爬到那山洞里去。他们应该受到冷遇，他们应该遭到蔑视，他们应该被碾成粉末，我们在搭桥聚会上和其他方面都表现得太仁慈了。”①

这种由民族优越感、种族意识偏见引发的种族壁垒自然会使英国和英属印度两国长期对立，所以殖民化被认为是自然选择。这样导致的后果是：任何试图与这种民族交往的尝试，都会遭遇连绵不绝的麻烦。这种偏见使来自英国的莫尔夫人和阿黛拉小姐因为与英属印度人的友好交往而遭到同胞的白眼、挖苦和讥讽，被视为“异类”。因此，特顿太太和其他人的这种高高在上的殖民统治态度，导致了印度人对英国人的误解。在印度

① 福斯特．印度之行 [M]. 杨自俭，译．南京：译林出版社，2013：191.

人的眼里，所有的英国人都高傲、自私和虚伪。这种隔膜和陌生感导致的误读的危害极大，它遮蔽了人的视野，使人无法看到在英国人中也有善良的人。因此，特顿太太等人的存在使得福斯特所梦寐以求的“唯有联结”的愿望在她们这里是无法实现的。她们把自己封闭在自己的俱乐部里，而这个俱乐部的墙壁就是阻碍英印文化交流的壁垒。所以，尽管福斯特笔下的女性在文化冲突中的价值取向各异，但显然，福斯特更赞许和期待的是那些不断努力以架起不同文化之间的沟通桥梁的女性，而那些设置了障碍的顽固保守的女性则是福斯特所批判和摒弃的。

第四节 “边缘人”女性形象的刻画

一、福斯特的边缘性思想体现

福斯特的边缘性思想主要体现在其宗教观的边缘性、教育观的边缘性和社会观的边缘性等方面。

（一）宗教观的边缘性

1. 对宗教信仰的质疑

福斯特的早期生活和创作受到了其周边环境和姑姑的影响，对基督教有所信仰。然而在他的成长过程中，他开始对维多利亚时期的宗教观念产生怀疑，并逐渐形成了他的世界观。他认为宗教信仰常常束缚人的思想，压制人性，而他坚信，自由是生命的关键和最宝贵的元素。

在福斯特的创作中，他对宗教信仰的质疑体现得淋漓尽致。在《最漫长的旅程》中，他通过斯蒂芬的角色推翻了传统的摩西式宇宙观，指出《福音书》中的种种矛盾之处。在《印度之行》中，福斯特更为直接地提出，宗教信仰无法把所有的印度人联结在一起，而莫尔夫人所信奉的

“爱”却可以做到。他以此阐述自己对宗教信仰的质疑。

福斯特的短篇小说《安德鲁斯先生》和《莫瑞斯》中，塑造出了一系列质疑宗教信仰的角色。《莫瑞斯》中的德拉姆，虽然原本是虔诚的基督徒，最后却选择了放弃基督教信仰。他的转变受到了柏拉图《斐德罗斯篇》的影响，他坚信人应该根据自己的本性行事，而非遵守固定的行为规则。

在福斯特的作品中，基督教牧师的形象也是他质疑宗教信仰的有力工具。在《看得见风景的房间》中，毕比牧师轻视爱情和婚姻，甚至在露西和塞西尔解约时，他声称单身生活更美好。《莫瑞斯》中的教区长伯雷尼乌斯则是另一个讽刺的形象，他的丑陋外表和讥讽的微笑，暴露了他的虚伪和自私。

福斯特通过对牧师这个角色的丑化描述，以此来反抗宗教对人性的束缚。福斯特更看重的是人心中的真实、自然的感情，以及彼此间的真挚联系，这些在他看来远比虔诚的信奉更为重要。他自诩为个人主义和自由主义的拥护者，在他的著作《文化与自由》中，他坦言自己是一个作家，不论是对于祖国还是朋友，他都坚决捍卫他的个人主义和自由主义信仰。他反对宗教式的神秘信仰，但对于个人，他却是深信不疑。他自称是一个“个人主义兼自由主义者”①。在讨论个人主义和信仰的关系时，福斯特坚信，人们无法摆脱个人主义的影响，因为每个人都是独立的个体，从出生到死亡，都是独自面对。对于他来说，个人就是神的杰作，任何轻视他的观点的行为，他都无法接受。

福斯特在人际关系方面的观点也十分独特，他一方面崇尚人际关系，一方面又对此持有悲观的态度。他认为人们往往难以彼此理解，无法完全展示自我，对此唯一的解决办法就是通过爱与自由的结合。

福斯特认为，追求理想和自由是对抗宗教虚伪标准的基础。在这个

① 福斯特．现代的挑战 [M]. 李向东，译．北京：作家出版社，1998：14.

宗教信仰仍占主流的社会中，福斯特对宗教信仰进行了鲜明的质疑，并提出了爱和自由的价值。他坚信，只有自由和爱的愿望结合在一起，才能创造出新的事物，因此他特别强调用爱来规范自由。

2. 对人类之爱的崇尚

福斯特展现了对终极关怀的深度理解，这种理解使人不甘于在日常生活中沉溺，任何功利的追求都无法满足对终极关怀的内心渴望。福斯特试图通过不断学习和积累知识来追求和欣赏美，追求心中的神圣之爱，他认为生活的最终目标是追求人类之爱。他强调，只有在平等的基础上，人们才能实现真正的跨民族、文化和宗教的交流与融合。虽然福斯特对宗教伦理道德和它的局限性提出了质疑，反对宗教对人性的束缚，但他同时也欣赏宗教精神中的宽恕、仁慈与博爱。

福斯特在他的作品中，尤其是在《印度之行》中高度赞扬了人性之爱：

下面各个神圣的走廊上，人们欢腾雀跃，欢乐的浪潮成了沸腾的盛典。他们的任务就是要尽情表演各种各样的节目，让新降生的爱神快活，模仿爱神跟布林达班牛奶场的顽皮少女所做的游戏，在这些游戏中黄油发挥了巨大的作用。摇篮被拿走的时候，这个邦的一些主要贵族聚集起来进行毫无恶意的嬉闹。他们拿掉自己的头巾，每人在自己前额抹上一块黄油，等着黄油顺着鼻子往下流，一直流到嘴里。黄油进嘴之前，另一个人躲在身后抢夺，抢去一点，接着便吞咽下去。当人们发现爱神的幽默和自己的幽默巧合时，他们都得意地大笑起来。"爱神就是爱！"天上自有乐趣。爱神会要戏弄自己的恶作剧，能把椅子从自己臀部下面抽走，敢把头巾放在火上燃烧，洗澡时还能把自己的衣服偷走。由于他们牺牲了高雅的情趣，对爱神的这种崇拜形式得到了基督教所逃避的东西：包容一切的欢乐。一切物质的东西和一切精神的东西都分享了超度，如果禁止这些恶作剧一样的表演，那这圆就有了缺口。他们吞吃完了那黄油后，又做了一个游戏，碰巧这个不那么粗俗：他们把一个孩子当作讫里什那来爱抚。先把红金两色相间的彩球抛起来，接着让抓住球的人从人群中选出一个孩子，把孩子抱起来，在人群中周游，让人们抚摸。为了表示对爱神的崇敬，人人都来抚摸这可爱的孩子，并且小声对他表示祝福。这孩子被送回父母的怀抱之后，那彩球又抛了起来，而另一个孩子立刻又成了人间的希望。爱神乘此游戏的良机，穿过各个通道到处跳跃，用他那不朽的光辉来照耀着众多的凡人……虽然这个游戏他们玩了很长很长时间，为了避免无聊，他们还是一次又一次地重复着——他们拿出了许多棍棒，一起敲打起来，敲得噼啪作响，好像在进行潘达瓦战争。他们不仅用棍棒敲打，还用棍棒搅动。后来他们用一只网把一个很大的黑色陶罐悬吊在寺庙的顶梁上，陶罐全涂着红色，还用干的无花果树枝缠绕着。一种惊人的游戏现在开始了。人们都跳起来，用棍棒去敲打陶罐，罐子噼噼啪啪作响，很快就破碎了。油腻的米饭和牛奶混作一团，浇洒在人们的脸上。他们一面吃，一面相互往嘴里抹，并且猛然俯下身去在彼此的腿之间寻找落在地毯上的陶罐的碎片。这样，一场非凡的混乱便在人群中蔓延开来，男学生们先前还稍稍维持着秩序，至此他们组成的维持线也溃散了。因为他们自己也要为自己去抢一份爱神的恩赐，走廊上、院子里乱作一团，但气氛亲切。苍蝇也醒了，它们也要分享爱神的恩赐。由于爱神给予此种赠品，再加受惠者仿效爱神，把赠品又给了别人，所以没有争吵，没有怨恨。那“仿效”的行为，那“更替”的活动，继续在整个会场上久久地启迪着人们，依据各人的接受能力，唤醒每个人的心，激发起在其他场合不可能产生的感情。爱神没给人们留下清晰的形象，人们不知道降生的是个银娃，还是个泥塑的村庄，还是条丝绸的头巾，还是一种无形的精神，还是虔诚的决心。可能这一切都降生了下来！可能什么也没降生！也可能一切的降生都是一种象征！然而这依然是这宗教年度的一个主要事件。这事件使人们产生了一些奇怪的念头。戈德博尔教授满脸油脂和灰尘，他再次展现出他那精神的生命力。他又看见了莫尔夫人，形象更加鲜明逼真，周围有各种烦恼稍稍纠缠着她。戈德博尔是婆罗门，莫尔夫人是基督教徒，然而这毫无妨碍，她的出现到底是他记忆的错觉，还是他心灵的感应，这也毫无关系。①

在小说中莫尔夫人被描绘为一个神秘主义色彩的基督教人道主义者，象征着福斯特精神旅程的美好。莫尔夫人的印度之行并非仅仅是观光旅行，她的真正目的是去实践和检验基督教人道主义的理念。她坚信："因为印度也是这个世界的一部分。上帝让我们降生在这个世界上，为的是让我们和睦相处、生活愉快。"② 刚抵达印度时，莫尔夫人感受到了与宇宙的合一，体验到了庄严与单纯的幸福。莫尔夫人强调，解决问题的方式就是友好，更多的友好。使人类友好相待的美好的愿望会让上帝很满意，真诚就会深得上帝的欢心。她相信，上帝让我们出生的目的就是去爱世界上的人，并把这种爱付诸实际行动。然而，印度的生活经验改变了莫尔夫人的看法，使她认为在印度讨论上帝是一种错误。尽管随着年龄的增长，她越来越难以离开上帝，但在印度，她找不到能让她满意的上帝。当她看到印度满目疮痍的殖民活动，她对上帝的呼唤似乎无法产生效果。因此，当她来到被殖民的印度，她尊重印度人的文化和信仰。她在阿齐兹与她相遇的清真寺里，尊重印度的文化和宗教习惯，脱下鞋子进入。阿齐兹看到莫尔夫人对印度文化和宗教的尊重，他们在清真寺的会面象征了两种宗教的融合。这个清真寺的外表就像一个拆掉一面墙的英国教区教堂。阿齐兹觉得莫尔夫人能理解和体谅他人的感情，他真心希望所有的殖民者都能像莫尔夫人一样。

莫尔夫人能够超越英国殖民者的傲慢和偏见，包容并尊重印度的文化和习惯，她能和当地人平等交往。虽然阿齐兹只见过她三次，但他认为她就像一位东方人。在小说的最后，阿齐兹对莫尔夫人的友好印象在很大程度上影响了他在法庭上的决定：

---

① 福斯特．印度之行 [M]. 杨自俭，译．南京：译林出版社，2013：361.

② 福斯特．印度之行 [M]. 杨自俭，译．南京：译林出版社，2013：46.

她的主意能解决一切问题，我绝对相信她。如果她劝我原谅这个姑娘，那我一定原谅。她一定会像你那样劝我，绝对不要做有损我真实名誉的事情。①

这充分展现了莫尔夫人的精神力量，促成了阿德拉、菲尔丁和阿齐兹的和解。

（二）教育观的边缘性

福斯特对英国公学精神和教育的批判，是他边缘性思想的体现。福斯特的边缘性思想源于他的个人经历和对社会的深度观察，表现为对传统、常规、既定规则的质疑和挑战。公学在英国社会中具有重要地位，长久以来被认为是塑造精英、传递核心价值观的重要工具。然而，福斯特对这一制度抱有深深的疑虑。他认为，公学教育强调严格的纪律和集体主义，而这种模式往往压制了学生的个性和独立思考能力。而且，公学教育的封闭性和精英主义倾向，使得学生的视野被限制，他们往往无法理解和接纳与自己不同的人或事物。

福斯特的批判并不仅限于公学制度本身。他对于公学所代表的英国社会价值观也持批判态度。在他看来，英国社会过于重视传统和等级，过分强调君子风度和体育精神，而忽视了个人的情感和思想自由。福斯特认为，这种社会观念压抑了人的自我发展，限制了社会的进步。在福斯特的小说中，公学精神和教育的批判可以看到明显的体现。

在《看得见风景的房间》中，塞西尔的形象无疑是工学学生的象征，他出生在富有的英格兰中产阶级家庭，塞西尔以其优良品德、智慧和广泛的社会关系，被视为理想的配偶候选人。然而，塞西尔是一个自我中心的人，喜欢让周围的人按照他的思维方式行事，作为男性至上社会的代表，塞西尔将露西视作一件艺术品和被保护的对象，想要控制并拥有她。他幻

① 福斯特．印度之行 [M]. 杨自俭，译．南京：译林出版社，2013：249.

想自己是中世纪的骑士，视露西为等待他保护的高贵女性，并与某种景象联系起来。但乔治指出，他却没有给这个风景提供必要的空间和空气。唯一被塞西尔理解的人际关系，是封建社会中的保护者和被保护者的关系，他坚定地站在男权社会的立场上，认为爱情是男性赠予女性的礼物，他并未给予露西独立思考和自由的空间。乔治洞察了塞西尔想要控制露西的真实意图和欲望，认为他喜欢戏弄别人，他生活中最重要的事就是塑造那些有魅力、受人喜欢的淑女，而忽略了他们内心的真实情感。露西无法从塞西尔那里感受到真爱，只觉得自己生活在一个没有欢笑和爱情的世界，是一个充满防备、阻碍和困难的世界。塞西尔完全忽略了露西内心对爱情的追求。甚至在情侣间正常的接吻，塞西尔也必须得到露西的许可。然而，当他和露西接吻时，他害怕有人看到他们，导致他的勇气消失。塞西尔一直认为他对露西的爱情是一种恩赐，是居高临下的。露西感受到了无法言说的委屈，她对爱情的真挚追求被塞西尔的圆滑手法所利用。尽管塞西尔有良好的教养，但他并不理解爱情的真谛，也并未真心爱露西，最后露西果断地选择了来自意大利，能够理解她内心的乔治，并结束了和塞西尔的婚约。

在《最漫长的旅程》中，福斯特对索斯顿公学和彭布罗克先生的描述充满了对公学教育的直接而尖锐的讽刺。福斯特最喜欢的一部作品就是《最漫长的旅程》，因为其中的主角里基就是他的自我映照。里基在剑桥大学、索斯顿公学以及威尔特郡都留下过脚步，而索斯顿公学对他的影响最深刻。虽然索斯顿公学没有伊顿或者温彻斯特那样悠久的历史，这个学校制定了一系列限制学生心灵发展的规定，而且常常对学生进行体罚，这对里基造成了深深的伤害。在索斯顿公学任职的彭布罗克先生是公学教育的独特代表，他“不是一般意义上的愚蠢……而是重要意义上的愚蠢：他整个一生都以蔑视才智为能事。”① 最终，里基选择离开了令人沮丧的索斯

① 福斯特．最漫长的旅程 [M]. 苏福忠，译．上海：上海译文出版社，2016：206.

顿公学和彭布罗克先生，回到了阳光明媚的威尔特郡生活，继续这场漫长的旅程。

《霍华德庄园》中的威尔科克斯是机械化、标志化的象征，他对底层人民、女性和自然的态度充满了蔑视，这是工业化社会的产物。威尔科克斯外表令人信任、勇猛果敢，但他的内心却是孤独的，从儿时起他就忽视了内心的世界，从不为内心的事物烦心。霍华德庄园是威尔科克斯夫人的嫁妆，这是一片乌托邦，象征着人类和自然的和谐共处。但威尔科克斯为了生活的便利，将马厩改建成了车库，拆除了威尔科克斯夫人钟爱的篱笆，甚至计划对整个霍华德庄园进行改造，最后在威尔科克斯夫人的坚决反对下才未能如愿。威尔科克斯夫人去世后，霍华德庄园被遗弃，成为一个乡间的仓库，直到得知威尔科克斯夫人将霍华德庄园赠予玛格丽特时，威尔科克斯先生认为这是侵犯了他的权益，于是出面反对。玛格丽特的妹妹海伦看透了威尔科克斯先生的本质，认为威尔科克斯的家充满了报纸、汽车和高尔夫俱乐部的恐惧和虚空。威尔科克斯先生和玛格丽特结婚时，他处理婚礼的方式和处理威尔科克斯夫人葬礼的方式完全一样，这表明他和他的妻子并没有在感情上真正联结。当威尔科克斯和杰姬的私通关系暴露时，他并没有任何悔过之心，只是反复强调这只是他在英格兰以外、远离女性的地方，出于孤独而产生的关系，他完全不顾这种行为破坏了杰姬的一生。威尔科克斯是英国公学教育孕育出的自私和冷漠的典型代表。

福斯特对公学精神和教育的批判，并不是对公学教育本身的否定，而是对它的单一性和封闭性的否定。他主张的是一种更加包容、多元、开放的教育观念。福斯特认为，真正的教育应该是培养独立思考、宽容接纳、情感丰富、生活充满热情的人。福斯特的边缘性思想和对公学精神和教育的批判，一方面体现了他对传统、常规、既定规则的质疑和挑战，另一方面也体现了他对人性、社会和生活的深刻理解和独到见解。由于历经全球冲突和工业化进程的调整，英国社会在思维模式、信仰以及价值观念等多个层面都已经大不相同，过去英国公立学校所提倡的中产阶级工业社会的理念与准则已经不再适应现今社会的进步需求。福斯特针对英国公立学校教育的问题进行了深入的批判，并努力推动学术领域的改革，提出了一种新型的贵族主义理念。福斯特所推崇的新型贵族主义，其贵族的定义并不仅仅限于社会地位或权力的拥有者，而是那些天生敏锐、关心他人、有勇气的人，他们是精神上的贵族。这些精神贵族不分种族、阶级或时代，他们遍布世界各地，他们代表了人类的传统，象征着永恒的胜利。福斯特坚信，新型贵族主义是人类社会理想的体现和人们的追求，也是有效应对英国公立学校教育问题的有效方法。

（三）社会观的边缘性

福斯特的社会观具有边缘性，这种边缘性表现在他对城市化的反对以及对殖民统治的反对。这种反对态度，是他对人性的深刻理解，对社会问题的敏感观察的结果。他的作品就像一面镜子，反映出社会的真实面貌，让我们看到了城市化和殖民统治对人性的破坏。

1. 反对英国的城市化

福斯特的作品描绘了英国中产阶级与传统乡村英格兰之间的冲突和矛盾，展现了现代文化与反现代化文化之间的对抗。他将城市边缘的生活情景融入小说中，通过一系列主人公的故事来探讨身份认同在社会变迁中的淡化以及民族、种族等身份政治的兴起。

在《天使不敢涉足的地方》中，菲利普·赫里顿一家生活在伦敦近郊的索思顿小镇，吉诺则居住在意大利托斯卡纳城边的蒙特利阿诺小镇。《最漫长的旅程》中的爱略特一家居住在伦敦附近的威尔特郡，《看得见风景的房间》中的霍尼彻奇一家位于苏克塞斯郡威尔德地区的山坡上。而在《霍华德庄园》中，威尔科克斯一家和玛格丽特一家分别居住在伦敦近郊的霍华德庄园和威克汉姆，而巴斯特则居住在伦敦郊区卡梅里亚路的潮湿半地下室中。《莫瑞斯》中的莫瑞斯一家住在伦敦郊区的别墅，德拉姆·克莱夫则居住在离伦敦郊区较远的贵族庄园内。这些角色和他们所处的环境展现了福斯特对乡村生活的热爱。

《霍华德庄园》中的巴斯特是英国自耕农的代表，他是传统城市边缘化的典型形象，在现代资本主义的英国文化中被边缘化，渴望回归英国文化的根基。巴斯特代表了从乡村来到城市的第三代家族，他属于工薪阶层，在波菲里恩火险保险公司工作。与城市中的文化精英和财富阶层不同，巴斯特只能满足基本生活需求，他通过阅读来提升自己，渴望跻身上流社会。然而，他的努力导致了悲剧的结局。他试图与玛格丽特姐妹交往，谈论音乐、诗歌和绘画，表现得像个绅士，却最终导致了他的死亡。《霍华德庄园》中的玛格丽特形象体现了福斯特对工业化和城市化的矛盾态度。她受到德国理想主义者的父亲的影响，拥有丰富的知识和同情心。与之相反，威尔科克斯则表现得狭隘、肤浅并且情感贫乏。他们的婚姻是福斯特深思熟虑的结果，代表了现代知识分子对工业文明的思考。

福斯特对工业文明持有矛盾的态度，他在写作《霍华德庄园》时试图探讨文化人如何在金钱的支配下寻求控制。威尔科克斯和玛格丽特之间存在明显的鸿沟。威尔科克斯始终坚持阶级差距，认为社会只有穷人和富人，二者不能相提并论。在他看来，阶级差距是存在的，过去如此，将来也如此，巴斯特和他们根本不属于同一类人。玛格丽特告诫海伦不要憎恨威尔科克斯，因为她们的任务是追求和谐而不是制造对立。尽管玛格丽特与威尔科克斯的婚姻并不完美和真实，从某种程度上说，她背叛了知识分子的内心，但福斯特展现了他的诚实和责任感。玛格丽特认为正是像威尔科克斯这样的人创造了世界，创造了文明。她代表了阿诺德文化能够使社会和谐的观点，认为她的使命就是联结两者。人类的爱要达到完美，就必须将散文和激情联结起来，只有这样两者才能得到提升。

2. 反对英国在印度的殖民统治

自 20 世纪初，福斯特就逐渐对印度产生了浓厚的兴趣，并反对英国对印度的殖民统治。在1906年，福斯特有幸与印度穆斯林青年沙义德·罗斯·马苏德相识，这使得印度成为福斯特创作的灵感源泉。因此，福斯特开始更深入地关注英国在印度的殖民行为。

1912年，福斯特与他的剑桥朋友们共赴印度，拜访了马苏德。福斯特不仅仅是去观察印度，他更希望理解印度人民。此次印度之旅给福斯特留下了深刻的印象，并激发了他的创作灵感，他开始构思《印度之行》。到了1921年，福斯特再次踏上了印度的土地，担任了印度中部城市海得拉巴的土邦主德沃斯的秘书兼侍从，这让他有机会近距离地了解和接触印度社会。福斯特作为一名英国人，为了在印度王公的领导下工作，他做了一个反殖民主义和反种族主义的声明，这从侧面反映出他的反殖民立场。在印度的生活让福斯特有了更近距离地去理解印度的机会，同时也为他的文学创作提供了丰富的素材。他有了足够的时间去进行文学创作。在近距离观察和考察英国人在印度的行为后，他对英国的殖民主义产生了强烈的反感，并将这种情绪融入了他的《印度之行》中。《印度之行》通过种族、阶级、性别、宗教、文化等象征手法，将各种问题融合在一起，成了福斯特作品中最具现实主义意义的一部。此作品不仅是20世纪的重要文献，也是一部伟大的作品。萨义德强调，在解读文学经典时，要将具体的文本和创作时代背景相结合，透过文本看到作品中的权力因素，解构文化文本与殖民文学隐藏的深层政治霸权。

英国的海外殖民者大多是英国公学培养的“绅士”。他们的行为在某种程度上体现了英国民族心理的价值取向，他们追求高雅的生活，对传统和习惯日益眷恋，却丧失了竞争精神。他们在公开场合为避免与身份较低的人交谈而失去身份，因此很少与他人交流。这使得绅士的价值标准和行为标准产生了冲突，形成了一种两难的境地。

《印度之行》力图揭示殖民者对“白人至上”的种族主义信条。在《印度之行》中，英国殖民者在印度抱着优越感；殖民官员朗尼坚持认为，他与印度人之间的唯一联系是正式的交往。他高傲地自视为来到这里是为了用权力去掌控这个国家。当阿德拉对他提出疑问时，朗尼坚决地回答："我们现在就说到这儿，不要再说了，不管我们是神不是神，这个国家只能接受我们的裁决。"[①] 朗尼并不认为在英式教育下的印度人会有所帮助，他视印度人为不可靠的：

假如有什么骚动，那些有文化的印度人绝不会帮助我们，安抚他们也毫无用处，所以他们无关紧要。你看到的他们大部分人心里想叛乱，一旦叛乱，其余的人就会跟着摇旗呐喊。而种田人—他们和读书人不同。帕坦人，如果你要他们当兵，他们就是好样的，但是不能认为他们就代表了印度。[②]

朗尼一直坚定地认为，英国人来印度的目的是给这个不幸的城市带来正义和和平，是来治理这个国家的，没有必要与印度人交往，还有更重要的事要做。警察局长麦克布赖德先生甚至声称所有印度人都有犯罪的本性。他的妻子玛布莱德同意这一观点，她认为对待印度人的唯一方法就是冷漠，无需礼貌。外科医生凯林德的妻子更是极端地宣称，对待一个印度人最好的方式就是让他去死。在《印度之行》中，欧洲中心主义的思想在每一个英国人心中根深蒂固，大多数英国殖民者都认为印度土著只是英国的附庸，他们的生死都取决于英国人的意愿。几乎所有英国殖民者对待印度人都持有傲慢和冷漠的态度。他们以救世主的姿态来到印度，为了"将来有那么一天高级官员的到访而检验一下她的社交能力"[③]，然而他们却让印度充满了残忍的压迫和无情的掠夺。

英国殖民官的居所也代表着他们的殖民地位。这些寓所坐落在高地上，俯视着印度的街巷、寺庙、市集和印度人的居所，而标志性的火车站则设在另一块高地，除了天空之外，不与印度共享任何东西。每次阿齐兹踏入英国人的寓所，总是会感到一种强烈的沮丧，每一条由英国人命名的

① 福斯特．印度之行 [M]. 杨自俭，译．南京：译林出版社，2013：45.
② 福斯特．印度之行 [M]. 杨自俭，译．南京：译林出版社，2013：35.
③ 福斯特．印度之行 [M]. 杨自俭，译．南京：译林出版社，2013：359.

街道，都以胜利的殖民者为名，就像英国用一个大网将印度围住，使阿齐兹总有种落入网中的感觉。当莫尔夫人友好地邀请阿齐兹去俱乐部时，阿齐兹沮丧地回应，即使作为客人，印度人也不允许进入昌德拉普尔俱乐部。为了缩小英印间的交流鸿沟，殖民官们举行了联谊会，然而结果却是惨淡收场。英国人在联谊会上的表现虚伪且不真诚，他们在活动开始时就退到草坪的另一端，而当联谊会的高潮——网球赛开始时，原本计划的英印混合双打被遗忘得一干二净，整个网球场地完全被英国人独占，联谊会因此以失败告终。这样的结果证实了殖民官特顿先生的预言，即毫无意义的努力只会扩大人们之间的鸿沟，所有的要求都应由上帝指导，人们主动的行为只会是徒劳的。

英印之间的奖惩制度也存在着双重标准。穆罕默德·阿里认为，当印度本地人接受贿赂时，他们会按照他人的要求行事，但也难以避免法律的惩罚，但英国人则只取不给。特顿太太曾接受贿赂，但若无其事，不为他人做任何事，这使阿里断定："所有的英国女人都傲慢无礼，都可以用金钱收买。"

阿齐兹敢于挑战英印之间的界限，因此面临了种种考验。菲尔丁是福斯特塑造的英印联系的理想人物，他能平等对待印度人。阿齐兹认为菲尔丁是他最好的朋友，是个很有教养的人，阿齐兹体验到了菲尔丁的友谊，并破例向他展示了已故妻子的照片。在小说的结尾，阿齐兹痛苦地呼喊：必须击败英国佬，只有当英国殖民者离开印度，英印人之间才可能有真正的友谊。而现在他们不能成为朋友，大地、寺庙、大湖、飞鸟、宾馆等所有的一切都预示着他们不能成为朋友。最后，阿齐兹表达了他的理念：印度教、伊斯兰教、锡克教和所有的宗教应该联合起来，把所有的外国人赶出去，印度应该成为一个独立的国家！

文化身份比民族文化身份更为宽泛，它是特定文化所独有的，同时也是某一民族与生俱来的一系列特征。《印度之行》中，文化身份被理解为社会身份系统中区别于政治、经济定位的文化意识形态定位，它背后隐含着政治、经济关系，这种民族特性在印度找到了合适的土壤。

殖民文学是欧洲的统治者们创作的，反映了他们的殖民主导角色和活动，其内涵充满了欧洲文化、理性主义以及帝国正当性的概念。在西方人笔下的东方描绘中，东方人常被塑造成堕落的象征，需要西方的救赎。西方统治者坚信，白人是优越的人种，世界的领导权和管理权应属于他们。在福斯特的《印度之行》中，他通过阿德拉的话语表达了这样一个观念：自然法则使得深肤色的人种常常向浅肤色的人种投射崇拜之情。对于西方人来说，打破欧洲中心论和西方文化优越主义的思维模式非常困难。

在《印度之行》中，印度始终被置于西方的视线之下。只有从英国人位于高处的建筑物俯瞰，昌德拉普尔这座城市才会展现其热带的美丽风光，这反映出英国人的高高在上的优越感。当被殖民的东方被写入西方的游记、小说、报道和现场观察时，就开始受到西方的监视和控制，因为西方人认为东方人缺乏力量、自我意识、思考和统治的能力。

小说中，福斯特通过莫尔夫人的口揭露了一个深藏的真理，那就是如果大英帝国的殖民者们能真心实意地悔改，而不是表面上的虚情假意，哪怕是一丝真诚的悔改，殖民者就会变得与众不同，大英帝国也将成为一个焕然一新的国家。

西方文化霸权的推动力量在于利用殖民扩张获取经济和政治的优势地位，从而塑造白人种族优越的神话，并由区域性的扩张向全球性的霸权转变。而福斯特作为维多利亚时代的代表作家，在国内问题上总是与英国保持一致，表明他与这种力量同步。但由于自身的限制，福斯特无法从源头看清英国殖民统治的本质，他的创作总是无意间符合统治者的观点，将殖民统治的问题仅归咎于英国的公学教育以及殖民者心灵的萎缩。福斯特反对英国对印度的殖民统治，但他的目的并非推动印度的独立，而是寻找一个更好的帝国统治方式，其中依然饱含强烈的欧洲中心主义思想。

二、福斯特作品中“边缘人”女性形象概括

（一）《天使不敢涉足的地方》中的蠢人

《天使》这本小说的名字饱含讽刺意味。书名取自蒲柏的一句诗，诗的原句为“天使不敢涉足的地方，蠢人们却闯进来了”。谁是蠢人？天使不敢涉足的地方是哪里？“蠢人”是指那些傲慢自大、自以为是的英国人。在书中，尤指以赫里顿夫人为代表的那些自命不凡的英国中产阶级。

要说最愚蠢的人当属哈丽雅特，她恪守索斯顿当地礼教传统，一直过着自命清高、麻木不仁的生活。她始终围绕着索斯顿的观念生活，在整个故事发展中几乎没有变化。她拒绝任何真诚与自然的情感，是一位难以改变的人，意大利之行也对其没有任何影响，倒更衬托出其心胸狭隘。她代表着英国文化中顽固不变的一类人。偷孩子的愚蠢决定正是她做出的。

身为一家之长的赫里顿太太身上也充满了“蠢人”特征。莉丽娅出身较低，饱受婆婆赫里顿太太诟病。莉丽娅性格活泼好动，与赫里顿家的阴郁沉闷形成鲜明的对比。她在许多方面都令赫里顿太太不满，比如她不善于料理家务，生活总是濒于危机。而且溺爱孩子，允许她戴戒指，还常常用一些奇怪的理由，帮女儿请假不去上学。她甚至还练习骑自行车，让保守的婆婆头疼不已。

哈丽雅特、赫里顿太太这样的顽固不化者，是无可救药的；同样不可拯救的还有《看得见风景的房间》中的露西母亲、塞西尔等人，他们已经把僵化的传统礼教内化为自己的人生信条，不但主宰着自己，也试图干涉他人。只有主观上愿意接受新观念、思想上持有开放心态，且不断成长的人才能被拯救。准确来说，是愿意自救者人才能救之。而莉丽娅则是在两种文化无法交融的裂缝中挣扎，强行把自己移植到了意大利。对英国来说她是背弃者，对意大利来说她是外来者。她没了归处，也没了去处。她生活在陌生的房子里，出门是陌生的街巷、陌生的语言。在这个世界里，

她的社会地位比最普通的人还要灰暗。后悔的过程是潜移默化的，她在后悔里开始反思自己的婚姻，追究她痛苦的根源。

莉莉娅逃离了英国，前往看似生机蓬勃的意大利，却不知道意大利社会运行的底层逻辑仍是男权制、父权制。吉诺在这场婚姻里十分享受，他洋洋自得地告诉朋友："男人就是得结婚，只有结了婚才能发现人生的快乐和潜在价值啊"。几乎所有下嫁的婚姻中，既得利益者都是男性，而女性则是被剥削的供血者。莉丽娅是带资下嫁，她拥有前任丈夫的遗产，吉诺的吃喝玩乐都是她在买单。但是吉诺几乎一天到晚不在家，拿着她的钱花天酒地，到处旅游，她却只能待在空空的房间内孤独终日。即使在没有经济后顾之忧的情况下，她也非常不快乐了。她在主动落入深井后想再爬出来，非常困难。她逐渐发现了丈夫内心深处许多野蛮的东西，看清他是个冷酷无情、一无是处、虚伪、放荡的自大狂，容易被激怒。而他愤怒的时候，她毫无办法。爱情似乎逐渐退位，莉丽娅慢慢看清了吉诺是为了钱才跟她结婚的。更糟糕的是她发现了他的不忠，那是压倒骆驼的最后一根稻草，她崩溃了，但因为没了退路，只能忍气吞声地活着，麻木自己，强颜欢笑。她经常哭泣，变得苍老、憔悴。

莉丽娅悲剧的根源是什么？莉丽娅错在哪里了呢？当初她厌倦了英国沉闷压抑的生活，遇见年轻欢乐的吉诺时决定要和他结婚有什么不可以呢？然而，她昏了头脑，陶醉于叛逆的刺激，完全忘记了常识，社会地位的悬殊让她没有意识到真实生活的样子。她所做的只不过是从一个窠臼跳到了另一个窠臼里。下嫁的唯一原因也就是爱情了，但能下嫁的人最终在枯竭的爱情里会认识到一切都归咎于自己的智力迟钝，选错了人。"跟漫长的人生比起来，短暂的爱情只是一件小事"。一句"她在分娩时死去了"，平淡的语气传递出地动山摇的力量，她怎么能就这样香消玉殒呢？生命未免过于脆弱，命运太过残忍，冷漠。

保持清醒的头脑，是女性突破压抑的生活，向上、向好寻求更好的生活方式的先决条件。否则，只会一时冲动，以逃离为目的，至于逃往到哪里则毫无规划，难免陷入新的困境中。这里莉丽娅的经历反映了福斯特对拯救英国“发育不良的心”尚未有良好药方的迷茫，但他已经清楚地知道了完全依赖于他者文化的外力是不可行的。

意大利对莉丽娅的吸引力，竟成了夺去她生命的可怕力量。在她绝望的时候，曾经尝试过向英国的婆家求救，但是吉诺让邮局的朋友拦截了她的信。两个世界的联系被截断了，她再也没有能回到从前。下嫁再想挽回是需要极大的勇气和智慧的，但莉丽娅没有这种智慧。一切从她对毫无建树的吉诺产生恋爱脑的时候就都错了，错误的代价甚至巨大到需要付出生命。她在到达意大利的第一天晚上，看见吉诺以很特别的姿势坐在一堵墙上，便爱上了他，而事实上吉诺只是整天无所事事，百无聊赖，经常坐在墙上发呆而已。她没头没脑地把对一个地方的整体印象，迁移到吉诺个体身上，给他加上了意大利的滤镜。整个过程像一部可怕的无脑剧，里面没有一个人是无辜的。对一个人不加了解和考察，就直接托付终身，实在过于轻率。

福斯特的每一本书都在描写女性建立自信，寻找自我的过程，有些角色成功找到了自我，有些失败了。《天使》中，莉丽娅的自我突破之路则是从自信到卑微到崩溃。在日渐失控的婚姻中想要重新找回自我，试图在夫妻关系中能更坚定地表达自我。她把自己完全和英国切割之后，在没有安全退路的情况下，孤注一掷地堵上了后半生。她不会想到择偶的关键在“选择”，她没有选择，而是靠的偶然遇见。她迷失在毫无秩序的家庭和陌生可怕的意大利，不知道怎么能才好。她的自信已日渐消失，举目四望她已没有了退路，也没了前行的方向。陷在一个陌生的国度，陌生的城市，陌生的房间里，她几乎忘记了自己本来的样子。

当一个文明程度高的人来到民风彪悍落后的地方，被吞噬的概率很大，因为降智容易，进化却是缓慢困难的。她没有了消遣，生活指望在吉诺一个人身上，她的人生取决于吉诺如何对她，完全被拿捏。吉诺对她是精神上的控制和冷待，而她能唯一占上风的就是她有钱，但有钱却只能让别人去花，她连花钱的快乐也没有了。她被无形的铁链锁住了，心理上被剪断了双翅。她甚至不曾计划过离开。厌倦而不离开，就那样消耗着自己的精神和身体，站在原地痛苦、纠结、愤怒、伤心，日趋枯萎。当她放弃挣扎，内心的火苗熄灭，不再哭泣，她不再恨吉诺，就像她从来没有爱过他那样，只剩下冷漠。所谓的为爱情奔赴，只是一时的兴奋激动罢了。她的任性、固执只是头脑迟钝而已。

莉莉娅原本是想来意大利找寻自由，却最终因“水土不服”而被意大利抛弃，由此，一个生活于男权社会之下，游走在两种文化之间，却又不能融入任何一方的“边缘人”形象被刻画得栩栩如生。

（二）《看得见风景的房间》中的露西

《看得见风景的房间》中的露西是一位出生在英国中产阶级的淑女，她的故乡是伦敦附近的小镇。在佛罗伦萨的旅行过程中，她遇到了乔治这位英国青年，对他产生了深深的情感。当两人在英国再次相遇时，露西无法掩饰对他的情感。最终，她决定打破传统的桎梏，拒绝了原先的婚约，选择了与乔治在一起。这个故事最终在美满幸福的大团圆结尾，成了福斯特笔下少有的快乐结局的小说。露西作为福斯特小说中刻画最生动、最成功的女性角色，给读者留下了深刻印象。在英国社会中，中产阶级被认为是英格兰民族的脊梁。帝国主义殖民扩张的主要驱动力并非数量庞大的劳动阶级，而是中产阶级。尽管中产阶级在社会地位上居于主导地位，他们仍然是大英帝国真正的代表者。露西就是来自这样一个中产阶级家庭，这个家庭在英国各领域均有广泛的影响力，对大英帝国的建设和运营作出了巨大贡献。

即使在主流中也有边缘，同样，在边缘中也有主流。两者相互包含，互为存在。露西就是这种中心和边缘交错的矛盾体，她作为女性在男性为主导的中产阶级中处于边缘地位。尽管露西接受了男权社会的教育，尝试成为一个优雅的中产阶级女性，但这种认同并非自愿，而是被动接受。中产阶级男权中心对露西的规训并未达成预期的效果，她的内心充满了困惑和痛苦：

是不赞同她自己，还是不赞同毕比先生，不赞同风角这时髦圈子，抑或不赞同顿桥进的狭小天地，她不能确定，她试同确定不赞同的是什么东西，可是像往常一样，她又弄错了。①

露西无法完全融入她所属的阶级和文化，但又不清楚应该如何寻找自己的道路。当她看见毕比牧师出现在公寓时，无法控制自己的情绪大声叫出声：

噢，噢！原来是毕比先生！噢，真是太好了！噢，夏绿蒂，我们一定在这里住，房间再差也没有关系。噢！②

作为一个中产阶级之家出身的淑女，露西竟然在公共场合大声叫喊，这种行为违反了男权社会为女性设定的规则和礼节，因此被男权社会所不接受。尽管露西出身于中产阶级家庭，但她的行为却并不符合一个淑女的优雅举止，从而成为社会的“边缘人”。

露西需要面对的两种人分别是她的未婚夫塞西尔，他象征着爱德华时代的男权制度，以及露西的母亲霍尼彻奇太太和巴特利特小姐，他们是男权社会的产物，完全根据那个时代为他们设定的规则来生活。他们按照男权社会的理想女性模型来生活，就像是没有思想，没有个性，没有自由的僵尸。他们隐藏在虚伪的外壳下，内心却是陈旧和腐败的。如果以中产阶级男权中心思想为界线，那么在《看得见风景的房间》中，露西被划分为线外的人，她一直是被“监视”的对象。男权意识形态机制以各种方式对露西进行持续的监视。这种男权意识形态甚至通过一个女性对另一个女性的保护间接达到其目的。

露西必须面对巴特利特小姐这位被中产阶级父权思想灌输并受其伤

① 福斯特．看得见风景的房间 [M]. 巫漪云，译．上海：上海译文出版社，2016：11.

② 福斯特．看得见风景的房间 [M]. 巫漪云，译．上海：上海译文出版社，2016：6.

害的老处女的监视。她被这种腐朽的思想吞噬，然后继续吞噬他人。在旅行中，她无微不至地“保护”露西。她阻止露西与爱默生父子交谈，更不用说接受他们将房间转让给露西和她的好意。在巴特利特小姐眼中，爱默生父子一出场就被定性为“无教养的游客”“粗鲁的人”“不被认可的人”[①]。当乔治第一次热烈地亲吻露西时，这位好心的表姐及时出现了：

“露西！露西！露西！”巴特利特小姐打破了林间万物的寂静，她的棕色的身影站立在景色前面。[②]

露西还需要面对未婚夫塞西尔这位中世纪骑士的“保护”：

他一向以为女人应该受他领导，虽然并不知道把他们领到哪里去，还有，女人应该受他保护，虽然也不知道要保护她们免受什么伤害。[③]

可这位中世纪的骑士却无法给予露西真诚、自然的爱恋，行动上也显得胆小、懦弱。中产阶级男性的文雅风度束缚了他的思想和肉体，并最终破坏了他们的婚约。

面对这样的双重压迫和所谓的保护，露西最终选择了处在“边缘人”地位的乔治·爱默生作为她终生的伴侣。她选择了与乔治一起自我流放到意大利，因为他们深知他们的联合触犯了整个中产阶级，包括这个阶级的婚姻观和道德观。

（三）《印度之行》中的莫尔夫人和奎斯蒂德小姐

在《印度之行》中，也可以看到中产阶级女性边缘人的形象，即过半百的莫尔夫人和年轻的奎斯蒂德小姐。她们从一开始就被置于文化的外围，因为她们来到印度的目的，除了表面上的原因，如探望在印度执政的朗尼，还有一个隐藏的目标，那就是深入理解这个神秘的国家。她们不赞同英国人在印度的行事方式，准确地说，她们不赞同英国在印度的殖民统

① 福斯特．看得见风景的房间 [M]. 巫漪云，译．上海：上海译文出版社，2016：5，6，8.
② 福斯特．看得见风景的房间 [M]. 巫漪云，译．上海：上海译文出版社，2016：82.
③ 福斯特．看得见风景的房间 [M]. 巫漪云，译．上海：上海译文出版社，2016：178.

治。这可以从莫尔夫人与她的儿子朗尼的两次争论中看出。朗尼不允许母亲再讨论与印度和印度人有关的事物。莫尔夫人和朗尼的两次争论都以失败告终，因为莫尔夫人是带着神的爱来看待印度，而朗尼只是一个“仆人”，没有自己的思想，他只是英国在印度殖民统治的一个权力中介。莫尔夫人和阿德拉小姐无法认同英帝国的殖民文化，但也不能融入这个神秘的国度。阿德拉因为“水土不服”产生了临时的精神分裂，而莫尔夫人则在这两种文化的冲突中步向毁灭。

三、父权压制下“边缘人”女性的特征

福斯特作品中的“边缘人”女性在父权压制下显示出了强烈的焦虑感和反叛性，这两种特征为她们的角色塑造增加了深度和复杂性，同时也揭示了父权社会对女性的压迫和女性对自由和独立的渴望。这些女性角色的挣扎和抗争，揭示了福斯特对社会不公和女性权利问题的深刻关注，也使得他的作品具有了深远的社会和文化意义。

（一）焦虑感

19 世纪末和 20 世纪初，随着英国社会的工业化进程加速，阶级分化剧烈。这导致许多中产阶级失去了他们曾经的优越地位，产生了一种失去方向和失败的感觉，陷入了社会的忧郁之中。这种病态趋势的恶化让他们无法自我调整和恢复。福斯特身为中产阶级的一员，对这种情况深感担忧和焦虑。他的焦虑不仅来自中产阶级知识分子自身的困扰，也关乎大英帝国的处境和未来命运以及英国和其印度殖民地之间的复杂关系。这些焦虑在他的作品中显现为边缘人物的困扰和挣扎，特别是女性在某种程度上体现的焦虑情绪。福斯特创作中的这种焦虑表现为对空间的担忧，对自我身份的怀疑以及对精神状态的忧虑。大多数“边缘人”角色都在作品的一开始就被投入了这种焦虑的深渊，他们在深渊中挣扎，充满痛苦和困惑。福斯特的大多数作品中都有一种晦暗或者黑暗的情境，这种情境往往源于他

笔下人物绝望、空洞的内心世界。福斯特作为一个心理描写的大师，他善于将观察的眼光投入人物的内心深处，揭示出他们孤独和空虚的生存状态。

1. 由空间引发的焦虑

空间是权力运作的一种方式，而公众则承担了空间权力的影响，通过知识的塑造，他们变成了权力空间化的载体。在福斯特的作品中，空间元素十分显著，比如“房间”“山洞”“风景”等词汇频繁出现。尤其在《看得见风景的房间》中，“房间”一词被赋予了特殊的含义，成了权力的代表。在房间内的人都处于统治阶级的“监视”之下，行为和思想受到限制。长期处在这样的环境中，人们容易产生一种焦虑感，即空间焦虑。

在《看得见风景的房间》中，露西和她的表姐巴特利特来到意大利的贝尔托尼公寓时，她们发现房东太太并没有为她们准备好能看到风景的房间。巴特利特小姐只关注了房间的问题，而露西关注的却是更大的环境。她发现房东太太说的是伦敦的方言，周围都是英国人，装饰品也都是英国特色。通过露西的眼睛，福斯特描绘了大英帝国的无所不在，贝尔托尼公寓就是大英帝国权力的象征。这让期待在意大利体验异国风情的露西感到失望。她本想从压抑的环境中逃离，来到充满活力的意大利，却发现这里仍充满了英国的压抑气氛。这个大空间，就是大英帝国权力的象征，女王用她的目光监视着公寓里的每一个人，给人们带来了压力。露西与这个代表权力的环境显得格格不入，环境与内心的冲突让她感到焦虑。

2. 对自我认同的焦虑

在面对空间压力时，“边缘人”会主动对抗陌生的空间、地点和景观，以反抗那些陌生空间的压迫。她们挑战了新的空间，突破了原有的空间权限，承受了道德规训的压力，其中涉及一个自我认同的问题。为了追求安全感，“边缘人”总是需要在空间中辨别和确定自己的位置。

《看得见风景的房间》中的露西在面对两种生活方式、两种文化传统时，产生了选择困惑和焦虑。她的焦虑体现在对乔治·爱默生父子的看法，是选择与塞西尔结婚还是和爱默生追求自由，是服从中产阶级男权规训还是反抗它。“吻”成了露西焦虑的焦点，有乔治对露西的吻，也有塞西尔对露西的吻。乔治第一次吻露西是在露西和其他人一起观光山景时，露西找了借口逃离了中产阶级淑女令人感到乏味和窒息的谈话氛围，却在一片台地中遇上了乔治。乔治在露西未防备的情况下亲吻了她，这一吻让露西的心灵开始震动，露西感到“天空是金色的，大地全是蓝色的，就在那一刹那，他看上去像小说里的人物”[①]。

然而，露西此刻不知道这是对还是错，当她向夏绿蒂寻求帮助时，并没有得到满意的答案。此时的露西感到自己无助，她的内心有一种想法在慢慢滋长，“我不想变得浑浑噩噩，我要很快成长起来。”[②] 回到英国后，没有了意大利的环境，露西又回到了以前的生活状态中，不得不压制内心的欲望，按照父母的意愿，与门当户对的塞西尔订婚，并强迫自己爱上塞西尔。然而在某个深夜，她梦到了乔治亲吻她的场景，这是露西潜意识里真实意愿的体现。显然，露西内心的天平是倾向于乔治的，乔治那具有男子气概的体魄和举止深深吸引着露西。而在梦中惊醒正是露西对性的压抑，这种压抑是中产阶级男权压制的集中表现。

《天使不敢涉足的地方》中的莉莉娅与露西类似，也有着强烈的焦虑感。然而，莉莉娅面临的是双重的压迫 --- 来自英国中产阶级男权思想和意大利男权思想的压制。莉莉娅的焦虑源于她对自身生存困境的深刻理解。在赫里顿家庭，更准确地说，在英国中产阶级的大背景下，她被完全视为一个玩偶，不能有自我思考，不能有越轨行为，甚至不能有和自己亲近的异性朋友。当她在意大利旅行后与年轻人吉诺结婚并定居在意大利

① 福斯特．看得见风景的房间 [M]. 巫漪云，译．上海：上海译文出版社，2016：87.

② 福斯特．看得见风景的房间 [M]. 巫漪云，译．上海：上海译文出版社，2016：88.

后，当她前任丈夫的弟弟菲利普·赫里顿来到意大利"解救"她时，她毫不犹豫地抨击了赫里顿家庭。

莉莉娅的焦虑源于强烈的自卑感，她急需自由，急需找到一个属于自己的地方，摆脱被人操控，被人忽视，没有自我的处境。所以，意大利为她提供了一个机会，她以为在意大利能找到自尊、自由、自我，她以为充满原始生命力的吉诺能将她救出苦海。然而，谁又能知道，与吉诺的联合又把莉莉娅推向了另一个父权压制的中心，即意大利男权社会。她无法适应意大利的文化，莉莉娅的焦虑源于文化冲击。

（二）反叛性

在福斯特的作品中，"边缘人"女性的反叛主要体现在两个方面：一是文化身份的反抗，二是对传统道德的挑战。这些反叛充满了紧张和痛楚，充满了矛盾。不论是对抗英国中产阶级的男权主义思想，还是对殖民帝国的压迫，中产阶级的边缘女性以及印度的殖民地女性都展现出了强烈的反叛精神和坚韧的生命力。然而，这种反叛其实是对男性中心主义的挑战，是对欧洲中心主义的否定，是一种具有破坏性的反抗。尽管这是来自"边缘"的声音，但她们实际上正在向满口道义却实际上虚伪、装腔作势的英国体面阶级宣战，为边缘化群体发声。

1. 对文化身份的反抗

福斯特的"边缘人"女性是一批精神流浪者，她们大多具有一定的文化修养，作为"他者"，她们最终都会以对强势阶级所设定的文化身份的反叛的方式表达自我，以此回归到真实的自我。

在《看得见风景的房间》中，露西是一位挑战英国中产阶级男权文化的女性。由于对做中产阶级传统淑女的不满，她拒绝了与门当户对的塞西尔的婚姻，而选择了出身于下层阶级、充满原始魅力的乔治，并与他私奔到意大利。她在顺从与反叛的拉扯中坚守反叛的立场，挣扎着发出"我要成长”的声音。虽然她经历了激烈的思想斗争，但最终还是背离了自己所属的中产阶级女性的文化身份。

而殖民地女性的反抗则是对印度深闺文化体系的挑战，阿齐兹的妻子就是最具代表性的例子：

她那真挚而深沉的爱情征服了他；忠诚远比顺从更珍贵，她的忠诚把他战胜了；她努力激励自己，积极反对深闺制度，她认为她们这代若摆脱不了这种制度的束缚，下一代仍会遭受折磨。[①]

2. 对传统道德的反叛

在福斯特的创作中，他主要从人文主义的角度出发，对英国资产阶级的虚伪道德观进行了批判。他期望通过改变资产阶级的道德观念来实现社会的改造，主张用更贴近自然状态的人来替代被假道德所束缚的人。他的重点在于谴责英国人的傲慢和偏见，倡导人与人之间的平等和真诚的交往。

在以意大利为背景的《天使不敢涉足的地方》和《看得见风景的房间》这两部作品中，作者通过对爱情的描绘，歌颂了冲破世俗偏见和传统道德束缚，勇敢追寻真诚情感世界的行为。他认为真正的爱情和婚姻应当基于双方的情感相通，将两个无感情的人强行放在一起是不道德的。爱情、婚姻的自由与平等在于男女双方对各自个性的尊重，允许对方自由发展个性。弗洛姆在《爱的艺术》中指出：“在爱中萌生了这样的二律背反：相爱的双方合二为一，但仍为两体。”[②] 在《看得见风景的房间》中，露西与乔治的爱情就是建立在互相欣赏、互相尊重的基础上。乔治带给露西爱与被爱的感觉：

这种想要统治女人的欲望—是根深蒂固的，而男人和女人必须站在

① 福斯特．印度之行 [M]. 杨自俭，译．南京：译林出版社，2013：57.

② 弗罗姆．爱的艺术 [M]. 陈维纲，译．成都：四川人民出版社，1986：24.

一起与之搏斗，才能进入伊甸乐园。可是我（乔治）是真心爱你—我的爱肯定比他（塞西尔）高明。[①]

而在塞西尔那里，露西只感觉到被保护，这并不是她所想要的。露西渴望呼吸新鲜的自由空气，逃离中产阶级的陈腐社会氛围，而这些在乔治那里才能得到。因此，露西最后选择了与充满原始男性魅力的乔治在一起，找到了她的真爱。

在《天使不敢涉足的地方》中，福斯特通过描绘莉莉娅与意大利青年吉诺的婚姻，批判了资产阶级道德对人性的束缚。作为失去丈夫的儿媳，莉莉娅被禁止与其他男性交往，并被软禁在一间房间内，被迫学习前夫家庭的习俗。福斯特认为这种做法是对人性的压制和束缚，是不能接受的。因此，莉莉娅在旅行途中坚定地选择与吉诺结婚，抛弃了英国的一切，包括她与前夫的孩子。尽管最后莉莉娅因难产而去世，但她通过自己的行动展示了自己逃离束缚的决心。

四、“边缘人”女性的寻求之路

（一）在自然中寻求精神家园

工业时代的到来使人们面临空前的生态危机，人们开始对西方工业文明进行反省。福斯特认为是工业化和现代科技的飞速发展、机械化的生活使人们远离了自然。作为一名具有济世之心的知识分子，福斯特面对现实的压抑处境，不断寻求探索，希望为那些精神上漂泊的“边缘人”寻找到属于自己的精神家园，在自然中找到逃避现实社会的世外桃源。在福斯特的作品中，经常会出现对“伊甸园”“乡村”“大自然”等的描写，表达了他对大自然的向往热爱之情。在《看得见风景的房间》中，福斯特对意大利的自然原始风光和慵懒恬静的生活进行了细致描写：

① 福斯特．看得见风景的房间[M]. 巫漪云，译．上海：上海译文出版社，2016：203.

男人们有地抡着铁锹，有的端着筛子，在河边的沙滩上干活，下面就是河，河面上有条小船，船上人也在忙碌，吃不透他们在干什么。一辆电车在窗下疾驰而过。车内除了一位游客外，并无他人；但是平台，上却挤满了意大利人，他们都宁愿站立。好几个小孩试图吊在后面，售票员在他们脸上啐唾沫，不过没有什么恶意，只是要他们松手便了。[①]

在福斯特的作品中，自然常常被塑造为一个精神庇护所，自然不仅仅是一个物理的空间，更是一个精神的庇护所，它能为她们提供一种安静的避风港，让她们可以远离社会的纷扰和压力，以一种更真实、更自由的方式去生活和表达自我。

自然在福斯特的作品中起到的是一种解放的作用。在20世纪初的英国社会，女性的生活和行为常常受到各种社会规范和性别期待的限制。她们的行为、想法和感情都被期望符合一种预设的模式，这无疑对她们的自我实现造成了很大的阻碍。然而，在自然中，这些女性角色找到了一种可以摆脱这些束缚的可能性。在自然的怀抱中，她们可以自由地探索自我，表达真实的情感，甚至尝试一种与社会预设角色完全不同的生活方式。她们在自然中找到了自我，找到了生活的真谛，也找到了自我实现的可能性。

在福斯特的许多作品中，自然不仅仅是一个实体，它还被赋予了深厚的象征意义，对于那些处于边缘位置的女性角色，自然有时会成为她们在精神上找到慰藉的地方。在当时的社会背景下，女性的地位被严重压制，她们的身份和角色受到了严重的限制。在这样的环境下，福斯特作品中的女性角色常常感到迷茫和无助，她们的内心深处充满了困惑和痛苦。这种痛苦来自生活的压力，来自她们对真实自我的追求，来自她们对自由和平等的渴望。然而，这些女性角色在生活中找不到出路，她们无法找到自己的位置，无法找到自我实现的可能性。在这种情况下，自然成了她们

① 福斯特．看得见风景的房间[M]. 巫漪云，译．上海：上海译文出版社，2016：17.

心灵的避风港，成了她们找到心灵慰藉的地方。自然的宁静和谐让她们暂时忘记生活的痛苦和困惑，让她们在心灵深处找到了一种安慰和平静。在自然中，她们可以放松自我，可以释放压抑的情感，可以找到生活的希望和勇气。自然的美丽和宁静对于福斯特的女性角色来说，不仅仅是一种视觉的享受，更是一种精神的慰藉。在自然的怀抱中，她们可以看到生命的美好，可以感受到生活的魅力，可以找到自我实现的可能性。这种在自然中的心灵慰藉，其实是一种深深的自我寻找和自我实现的过程。

福斯特的作品中，自然常常被描绘为一种力量，一种无穷的、庄严的、包容万象的存在。它不仅仅是生命的摇篮，也是思想的发源地，是灵魂的栖息地。对于那些被社会边缘化的女性角色来说，自然不仅是她们的庇护所，也是她们的启示者和导师。自然启示她们看到了生命的可能性。在自然中，万物并存，繁荣共生，显示出无尽的多样性和包容性。这为福斯特的女性角色们展示了生活的多样性和广阔性，启发她们看到自己的生命也可以有无尽的可能性，也可以独立且丰富。自然还使她们感受到了生活的真实和原始。在当时的社会环境中，女性被强加了许多社会和性别的期待和压力，这使她们的生活变得虚假和压抑。然而，在自然中，一切都是如此的真实和原始，没有伪装，没有欺骗。这使她们看到了生活的本质，也使她们认识到自己的真实感受和欲望。

福斯特的女性角色在自然中寻找精神家园，这实际上也反映了福斯特自身对于人与自然关系的深刻反思。他看到了现代社会对于自然的剥削和破坏，也看到了人类自我和社会的异化和疏离。因此，他通过他的作品，呼唤人们重新审视我们与自然的关系，呼唤人们回归自然，寻找生活的真实和自我实现的可能性。

（二）在艺术中寻求自我

福斯特小说对于“边缘人”女性的刻画重点关注其寻求自我实现的过程。寻求自我实现即是人们遵循内心的愿望和情感，不断地完善自我，以达到实现人生价值的目标。坚定地追寻自我实现是人类的本能，是推动社会生活的力量，也是人类社会存在和发展的条件和基础。在边缘人的生活世界里，社会作为一个强大的外在力量，打击人的自我本性，阻碍人的自我发展，因此寻求自我成为紧迫的问题。如何寻求自我，以何种方式寻求自我，都成为必须解答的问题。怎样寻求自我，就成为一个需要解决的问题。

在那个最初的原点，诗歌、艺术曾经就是存在与生存，就是人的生活本身，就是生长、繁息、创造、自娱、憧憬、祈盼，就是吹拂在天地神人之间的和风，就是灌注在自然万物之中的灵气。就是黑格尔所说的那种“绝对使命”“最高存在”。人们曾经与诗歌、艺术一道成长发育，靠诗歌、艺术栖居于天地自然之中而不是凌驾于天地自然之上或对峙于天地自然之外。①

诗歌、音乐、小说、绘画、书法、雕塑等等，这些都是人类精神世界的森林，它们象征着人类的生机与活力，是精神生长发育的源泉，是对日常平庸生活的超越，是引导人们走向崇高心灵的光辉。英国中产阶级对于文学艺术的态度是漠不关心。男性没有时间去关注，而女性又不愿单独投入艺术活动。他们对艺术的无知是举世闻名的，而他们也不遗余力地表现出这种无知，这就是英国公学的风气。这种无知的风气在此地更为严重，比英国还要严重。因此，福斯特笔下的“边缘人”女性常常通过音乐、诗歌等艺术形式中寻求自我。

在《看得见风景的房间》中，音乐能带给露西无尽的愉悦和自由：

且说露西发现日常生活是着实乱糟糟的，但一打开钢琴，就进入了一个比较扎实的世界。这时她不再百依百顺，也不屈尊俯就；不再是个叛逆者，也不是个奴隶。音乐王国不是这人世间的王国；它愿意接受那些被教养、智能与文化所同样摒弃的人。凡人开始弹钢琴，一下子便毫不费力

① 鲁枢元．生态文艺学 [M]. 西安：陕西人民教育出版社，2000：23.

地升上太空，而我们则抬头望着，对他竟能这样从我们身边逃脱惊讶不止，心想只消他把他脑中的幻象用人的语言表达出来，并且把他的种种经验转化为人的行动，我们将如何崇拜他并爱戴他啊。也许他做不到；他当然没有这样做，或者极难得这样做。露西就从没这样做过。

她不是一位光彩夺目的演奏家；她弹的速奏段子根本不像一串串珠子般圆润，而她弹出的正确音符也不比像她那种年龄和地位的人所应弹出的更多。她也不是一位热情奔放的小姐，在一个夏日的傍晚打开了窗子，演奏悲悲切切的曲调。演奏中有的是热情，不过这份热情很难加以归类；它介于爱与恨与嫉妒之间，溶化在形象化的演奏风格的所有内涵之中。而且只是凭她是伟大的这一点来看她才是带有悲剧性的，因为她喜欢表现胜利这一方面。至于这是什么胜利、对什么取得胜利—那是日常生活中的语言不足以告诉我们的了。不过贝多芬有几支奏鸣曲是写得很悲怆的，这是没人能否认的，然而它们可以由演奏者来决定表现胜利还是绝望，而露西决定它们该表现胜利。①

露西对音乐的热爱超过了常人的理解，因为只有在音乐中，她才能尽情地表达现实生活中不敢表露的情感，音乐能唤起她内心深处被压抑的激情，只有在音乐中她才能找到真正的自我。露西弹钢琴，并不是按照曲目的原意去弹，而是随着自己的性子，自由表达自己的情感，寻求自我。

音乐欣赏让露西进入了一个充满自由，与压迫和束缚的现实完全不同的世界。在那里，她以不太娴熟的技巧释放了她的激情——介于“爱与恨与嫉妒”② 之间的激情：对自由的渴望，对束缚的反感，以及对那些拥有自由却给她带来束缚的男人的嫉妒。在这样的时刻，她的潜意识毫不费力地升向天空，得以自由地舒展，那一刻，他们都是自由的，露西赢得了

① 福斯特．看得见风景的房间 [M]. 巫漪云，译．上海：上海译文出版社，2016 : 37.

② 福斯特．看得见风景的房间 [M]. 巫漪云，译．上海：上海译文出版社，2016 : 40.

“日常生活中的语言不足以告诉我们的”[1] 胜利。在另一个世界里，她战胜了自我，实现了自我的完善，这个过程也满足了她对艺术鉴赏的需求。

遗憾的是，这一切仍然只是存在于露西的无意识中，并未进入她的意识：

只消他把他脑中的幻象用人的语言表达出来，并且把他的种种经验转化为人的行动，我们将如何崇拜他并爱戴他啊。也许他做不到；他当然没有这样做，或者极难得这样做。露西就从没这样做过。[2]

尽管音乐有着不可言说的魔力，欣赏音乐可以满足很多需求，但这些需求的满足仍然只停留在欣赏音乐的瞬间，并没有扩展到露西的整个生活中，因此还不足以使露西的无意识向意识转化，不足以促使她的女性自我意识觉醒。音乐的存在只是能使露西内心深处的无意识火苗不被内外压力熄灭，等待机会爆发出火焰。可以借用毕比牧师的话说：总有一天，“她心头的水密舱会被水冲破，于是音乐和生活将会结合在一起。”[3]

在不同时期，露西选择了不同作曲家的音乐进行演奏，这恰好反映了露西的需求，她需要通过不同的音乐来调和自己，以摆脱困境。同时，这也体现了音乐欣赏的创造性，露西在演奏作曲家的音乐的同时，也在进行共鸣的创作。那时，音乐就是她的表达内心苦闷的语言，她用不同的乐曲作为宣泄自己不同情绪的语言。因此，我们可以从这些不同的音乐中窥见她的不同心情。最初，露西喜欢贝多芬，因为贝多芬的一些奏鸣曲强烈、悲伤、象征胜利。那时，露西的女性意识还完全是处于本能的无意识阶段，她还未意识到她热爱演奏是因为能够沉浸在音乐的世界中，她的对音乐无意识的喜欢暂时打破了外界对自己的束缚，暂时得以自由。她只是简单地沉浸在音乐的世界中，仅凭音乐中感到的胜利就获得了片刻的满足。

① 福斯特．看得见风景的房间 [M]．巫漪云，译．上海：上海译文出版社，2016：39.

② 福斯特．看得见风景的房间 [M]．巫漪云，译．上海：上海译文出版社，2016：40.

③ 福斯特．看得见风景的房间 [M]．巫漪云，译．上海：上海译文出版社，2016：125.

然而，在访问意大利和结识艾默森父子后，露西的潜意识逐渐被唤醒，纯粹的音乐世界里的自由已经无法满足她的期望。舒曼的音乐开始频繁出现在她的演奏中，因为它“如泣如诉”“具有一种徒劳无功的魔力”“乐曲戛然中断；断了又续，续了又断，从摇篮走到坟墓并非一次完成的。那种不完整的情绪的悲哀一往往就是人生的悲哀。”[①] 此时的露西已经意识到自己是与男性平等的个体，而不仅仅是一件属于某个人的艺术品或一道风景，但却又无法摆脱自己“风景”的命运，向往完整的人生但无法得到，舒曼含泪诉说的曲调完美地反映了她的心境。这也使她首次真正地拒绝了塞西尔的命令，放弃贝多芬，坚持演奏舒曼。当乔治再次出现在她的生命中，再次打乱了她原本平静的生活，她无法再假装没有事情发生地去和塞西尔结婚，她变得焦躁，弹奏起并不适合钢琴演奏且自己也不熟练的格鲁克的音乐。

她最后决定与塞西尔解除婚约，心情依然没有平静下来，解除婚约使她与旧的礼教束缚彻底割裂，但仍然没有得到她真正追求的男女之间平等的爱情。暂时仍心无所归，她的音乐时而热情而温暖、充满青春生命力，时而如泣如诉、充满悲哀，但最后总还是会回归到莫扎特的奏鸣曲。在露西迷茫但坚定的曲调中，我们看到了希望。

总的来说，音乐在露西的女性自我意识觉醒过程中发挥了关键作用。音乐的欣赏满足了露西的协调、自我观察和自我美化的需求，帮助她内心得到平衡，疏解心中郁闷，也在音乐的力量中更好地了解自己，完善自我。

（三）通过“联结”到达彼岸

福斯特对“边缘人”女性的生存窘境提出了一种独特的解决方案。虽然走向自然和在文艺中寻找精神支撑都是至关重要的，但这些理念或

---

① 福斯特．看得见风景的房间 [M]. 巫漪云，译．上海：上海译文出版社，2016：129.

许更接近乌托邦理想，难以完全实现。毕竟人类是社会的一部分，没有社会，人的本质就无法完全展现。因此，尽管回归自然和在文艺中寻找真理有一定的疗效，但这并不能从根本上解决问题。为了更有效地帮助“边缘人”女性走出困境，福斯特提出了一种引人深思的观念，即“只有联结”。这个观念来源于福斯特的长篇小说《霍华德庄园》的扉页。这句话也受到了许多研究福斯特的学者的关注。福斯特深深地意识到，工业社会的快速发展造成了人与人之间的疏离，他希望通过“联结”的理念为这个冷漠的世界注入暖意和新鲜血液。因此，“联结”成了福斯特一生的追求和梦想。

福斯特提出的联结观念是为了找寻一种补救工业文明、贫富差距、信仰丧失等带来的隔离现象的方法，尝试寻找一条通向理想化一致世界的路径，即使现实世界充满了分歧。福斯特的小说中的“爱”，正是这个联结观的具体表现形式。对于福斯特来说，生活的重要意义在于看到人们因为“爱”而联结。因此，为了和睦相处，建立友情，“爱”是必不可少的。这种建立在“爱”的基础上的联结是一种消除道德禁忌、中产阶级假斯文、社会陋习和偏见的联结。这种爱不仅仅是狭义上的恋爱，而是一种更广义的爱，即大爱。“爱”是生命的源泉，它克服了生命的分离焦虑，在两性的结合中，生命体验到自我的存在，体验到融合的和谐，因此，爱的体验是人生意义的重要方面。

《天使不敢涉足的地方》中的莉莉娅为了寻找真爱，离开了赫斯顿家族和英国，与意大利青年吉诺联结起来。在《看得见风景的房间》中，露西的成长过程以风景为主线，在意大利人文风景的启发下，在新旧思想之间的力量角逐以及爱默生父子的先验主义思想等的推动下，她的自我意识被唤醒。她重新审视自己的内心，解除了与塞西尔的婚约，携手乔治返回意大利重温昔日的美丽风景。《印度之行》则是福斯特从更高的角度思考社会和人生，这里的“爱”不是狭义的男女之爱，而是广义的人类之爱。莫尔夫人对印度人民平等的基督之爱，菲尔丁对印度人民的关心与同情的爱，都给边缘人带来了光明和希望。而阿德拉，正是对自身无爱的婚约的反思，造成了她的性心理错乱和精神错乱。最后，她通过诚实的美德帮助阿齐兹平反，与其他英国殖民者划清了界限，献身于人类之爱。

第四章　傲慢偏狭的女性群像分析

第一节　福斯特作品中傲慢偏狭的女性形象概括

傲慢和偏狭的女性形象在福斯特的作品中出现，代表着传统和保守的一面，她们在作品中扮演着重要的角色。福斯特通过对作品中傲慢偏狭的女性角色的刻画，讽刺了她们的虚伪做作和麻木不仁，进而对传统社会风俗进行了讽刺。具体来说这类女性的代表人物有《看得见风景的方面》中的霍尼丘奇太太、《印度之行》中的特顿太太们以及《天使不敢涉足的地方》中的赫里顿太太和她的女儿哈里特等。

一、《看得见风景的房间》中的霍尼丘奇太太

霍尼丘奇太太是一个典型的维多利亚时期的英国中产阶级女性。她尊重和遵守传统的社会和道德规范，强调秩序和等级，对于任何与她的观念不符的事物都抱有不容忍和轻蔑的态度。霍尼丘奇太太的傲慢主要表现在她对自己地位的过度自负和对他人的无视，她认为自己的生活方式和价值观是最高的，对于其他的生活方式和观念都持有轻蔑的态度。这种傲慢也在她的言谈举止中得到体现，她经常以一种高傲和刻薄的方式对待他人，尤其是那些不符合她的标准或者不在她的社会等级之内的人。

霍尼丘奇太太的偏狭主要表现在她对于社会规范的盲目坚守和对新

观念的排斥。在《看得见风景的房间》中，在霍尼丘奇太太的形象生动地展示了英国上流社会对于“门当户对”的婚姻观。虽然她在露西的婚姻选择上试图展现出前卫和自由的态度，然而，她那深植于内心的对金钱和地位的追求，却显露出她真实的中产阶级立场。在露西的两个求婚者塞西尔和乔治之间，霍尼丘奇太太的喜好显然偏向塞西尔。这并非源于塞西尔的人格魅力，而是出于他的社会地位和经济实力。尽管乔治具有深厚的内在品质，但他的普通社会身份使他在霍尼丘奇太太眼中相形见绌。反观塞西尔，虽然他个性上的缺点明显，但他的社会地位、财富以及与各方的紧密联系，让霍尼丘奇太太视他为理想的配偶。霍尼丘奇太太希望通过露西与塞西尔的联姻，将自己的家庭提升到更高的社会层次，进而获取更多的财富和权力。在她的眼中，露西不再是一个独立的个体，而是一个可以用来实现她对财富和地位欲望的工具。作为家庭的主导者，霍尼丘奇太太的决定具有强制性，露西无法违逆。

霍尼丘奇太太对露西进行严格的管控，让她的形象和行为符合中产阶级的婚配要求。无论是禁止露西穿染有咖啡渍的裙子，还是反对露西的独立追求，这些都是霍尼丘奇太太在为了符合社会规范而对露西进行的改造。通过这些细节，可以看到霍尼丘奇太太是如何将自己的中产阶级观念强加给露西的。她坚决反对露西和乔治的恋情，因为乔治在社会等级上低于露西，这对于霍尼丘奇太太来说是不可接受的。她的偏狭也表现在她对新观念和变化的抵触，她认为社会应该保持稳定，任何新的和与传统不符的观念都应该被排斥。

霍尼丘奇太太的这种傲慢和偏狭主要源于19世纪末到20世纪初英国社会的环境。当时的英国社会正在从传统走向现代，但许多人，尤其是中产阶级，对于这种变化感到恐惧和不安。他们坚守传统的道德和社会规范，抵制任何新的和不符合他们观念的事物。霍尼丘奇太太就是这种情况的代表，她的傲慢和偏狭正是这种社会环境的产物。在心理层面，霍尼丘奇太太的傲慢和偏狭也反映了她对自我价值的过度自负和对他人的忽视。

她认为自己的地位和价值观是最高的，其他人都应该服从她。这种自我中心的心态导致了她对他人的轻蔑和无视，对新观念的排斥和恐惧。

二、《印度之行》中的特顿太太们

在小说《印度之行》中，“特顿太太”一词是对英属印度殖民地官员妻子的通称。她们将自己紧紧地包裹在英国国旗之下，与印度当地人维持着明确的界限，同时，她们在各个生活领域都强调自己的优越地位。

在殖民地生活中，特顿太太们与印度人民的生活状态形成鲜明对比。印度人在肮脏混乱的环境中生活，而她们却拥有优美的居所。印度人在破败的院落里赶苍蝇，她们却在豪华的俱乐部里闲适地聊天、打牌。这些对比使特顿太太们在地位上显得更为优越，也加深了她们的优越感。作为白人，特顿太太们认为自己在印度人面前是优越的种族。作为殖民官僚的妻子，她们在被殖民者面前有着高高在上的地位。她们思想里“赤裸裸的殖民意识通过话语权和文化渗透得以实现，她便是如日中天的英帝国形象，将印度进行无情践踏，肆意诋毁，用尽各种方法和手段将印度人民玩弄于股掌之中”①。

在英国人内部，特顿太太们也严格按照英国的荣誉行事。她们对任何违反这种荣誉的行为都表现出强烈的反感，这在她们对莫尔太太和阿黛拉的态度中表现得淋漓尽致。她们认为莫尔太太和阿黛拉“降低”了身份，主动与“低等”的印度人交往，这与英国殖民者的身份格格不入。她们忽视了“日不落帝国”的荣誉，也破坏了英国对印度的管理秩序。在特顿太太们看来，莫尔太太和阿黛拉在英国国旗下犯了大错。

《印度之行》中的特顿太太们，代表了英国殖民者的高傲与自大，她们身上的傲慢和偏狭是福斯特对英国殖民统治下的社会现象的生动描绘。

① 徐晓旭．殖民意识解读——《印度之行》中女性人物形象分析 [J]. 名作欣赏，2017，（9）：28-29.

在她们的行为中，我们可以看到殖民者的冷漠和无视，可以看到殖民者对被殖民者的蔑视和欺压。福斯特通过特顿太太们的形象，展现了殖民主义的残酷和压迫，同时也揭示了殖民者对被殖民者的文化和人性的无视。在特顿太太们身上，我们看到的不仅仅是个人的傲慢和偏狭，更是整个英国殖民统治的反人道和无情。

三、《天使不敢涉足的地方》中的赫里顿太太

福斯特在他的作品中指出，英国人的个性是有所欠缺的："有糟糕的外表——自我满足、无同情心、冷漠。"[①]。这些特质，特别是在中产阶级人物中，被尤其明显地表现出来。中产阶级家庭的主导者往往表现出精神世界的匮乏，对下层人民的轻蔑，强烈的虚荣心以及狭隘的偏见。

在《天使不敢涉足的地方》中，赫里顿太太享受着她的阶级地位给她带来的满足感。她富有、自大、专制、乏味，这些特质使她成了上流社会的代表性人物。生活在底层的莉莉娅通过一场婚姻实现了阶层的飞跃，然而这场婚姻却把她困在了由物质组成的牢笼里。为了避免儿媳莉莉娅为她这个中产阶级家庭丢脸，赫里顿太太发起了一系列的"救援计划"三次派菲利普前往意大利，阻止她再次结婚，只是因为害怕这场和一个意大利牙医的儿子的婚姻会为赫里顿家族带来耻辱，这样的行为完全揭示了她的自负和虚荣。

在赫里顿太太的性格中，最明显的就是她的骄傲。她不能忍受别人看起来比她更慈善，她对别人的仁慈和蔼然表现出一种高傲的偏见。在她试图"拯救"莉莉娅的儿子的行为中，我们可以看出她的行为并非出于真心，而是为了保持自己的公众形象，她的行为更像是一种傲慢和虚荣的表现。她对莉莉娅的"拯救"计划，以及对莉莉娅的二次婚姻的阻止，不仅揭示了她的傲慢和偏见，也揭示了她对于自我形象的过分关注。她在维护

① 福斯特．福斯特散文选 [M]. 李辉，译．天津：百花文艺出版社，1994：15.

自己的名誉和地位的同时，也忽视了他人的感受和需要，这样的行为和态度使得赫里顿太太成了福斯特作品中傲慢偏狭的女性形象的典型代表。

第二节　傲慢偏狭女性形象的社会背景和个人影响因素

福斯特作品中傲慢偏狭的女性形象是福斯特对他所处社会的深刻反映和批判。这些形象揭示了福斯特对性别平等的追求，对上层社会的批判以及对社会阶级矛盾的反映。

一、社会背景

福斯特生活和创作的时期，正处于维多利亚时代和爱德华时代，英国社会正经历着巨大的变革。随着工业化的推进和资本主义的发展，社会阶级矛盾日益尖锐，女性地位的变化和性别观念的转变也在深刻影响着社会的各个层面。

深入探究英国的女性历史可以发现，在古代，甚至直到十九世纪末，女性的地位非常低下，她们主要被视为生育者，必须服从丈夫的命令。已婚的女性无法离婚或带着孩子离开，更别提获得对家庭财产的控制权了。在家中，男性支配一切。即使在女王统治下的维多利亚时代，女性的地位仍然被限制。这一点可以从当时的服饰看出。维多利亚时代的人们十分重视服饰，尤其是女性的衣着，类型繁多：早礼服、晚礼服，户外服、短斗篷、各式外套，各种质地和风格的头巾、女帽，甚至是绣着各种动物图案的手套，再到各种披肩。追求艺术和美感优于舒适和便利，决定了女性服装的风格。然而，这些华丽的装扮往往需要牺牲健康、舒适和方便性。尤其值得一提的是 19 世纪 50 年代的流行服饰：用铁丝制作的衬裙，使裙子呈现出宽松的效果。这些看似华丽的服饰在物质和社会层面上体现了女性牺牲的健康、舒适和行动的自由。这种牺牲揭示了维多利亚时代的一个重大社会问题：女性没有行动和生活的自由，她们必须服从那些充满束缚的社会礼仪。

此外，维多利亚时代男性对女性的看法进一步反映了女性在社会中的无尊严地位。男性通常视女性为次等人，甚至让女性相信这是事实。当时的社会宣扬男性是行动者、创造者和发明者，而女性则仅是用来欣赏、展示、赞美。社会对维多利亚时代的女性的期望就是，她们应该满足于男性的低位，而且应当崇拜男性。由于这些观念的束缚，女性的地位相对较低，即使身为贵妇人，她们的生活也可能极度空虚。在经济繁荣的中产阶级家庭中，管家、保姆和家庭教师分别负责家务和教育孩子。理想的夫人不应因为忙碌的家务而皱巴裙子，也不应为了教育孩子而劳心劳力。她们出门工作是不可思议的事情，而反抗则更是不可能的事情。她们的唯一职责就是成为一件装饰品，穿着得体，放在合适的位置，一切处于被动的地位。正是在这种社会背景下，

然而，这种被动和附属的地位并不是永恒的。女性为她们的权利进行了一系列的斗争，如争取财产权，实现生育控制，消除压迫性的衣物，建立了她们自己的学校和报纸。到 19 世纪末，女性已经进入大学，这在 19 世纪 50 年代是无法想象的。虽然女性在这场运动中的行为可能看起来过于激进，甚至可能被视为欠缺理智，但我们必须理解，她们砸破玻璃窗户、进行游行和请愿，这些不只是政治辩论的一部分，更是女性解放的象征。这代表了女性长期以来被压抑的情绪终于得以释放。她们已经受够了作为维多利亚时代老式夫人的角色，受够了像金丝笼里的小鸟一样被困，受够了在充满装饰品的客厅里穿着紧身束胸的主妇的角色。激进的女权运动是对这种束缚的反叛，她们希望能够走出鸟笼，自由翱翔，希望能够走出客厅，更积极地融入社会，她们希望能够成为自己，她们希望社会能够承认她们自身的价值。这种激进的行动成为一种自我表达、一种解放的象征，一种展示自我新面貌、自我价值和自我力量的方式。

作家福斯特笔下的傲慢偏狭的女性正是受到英国传统观念束缚的典型代表，也是当时社会环境的产物。一方面，这种女性形象是对当时社会对女性的压迫和束缚的反映，是女性为了保护自己在社会中的地位和权利以及为了对抗社会对她们的期望和压力，而形成的一种自我保护的策略。另一方面，这种女性形象也反映了当时社会对女性的刻板印象和歧视。这种傲慢和偏狭的女性形象，既反映了当时社会对女性的刻板期待，也揭示了女性在这样的社会环境下，如何通过调整自己的行为和态度，以应对和抵抗这些期待和压力。因此，这种女性形象可以被看作是维多利亚和爱德华时代特殊社会背景下的产物。

二、福斯特的个人影响因素

福斯特的个人经历、观点等也对他作品中的女性形象产生了重要影响。福斯特对性别和性别角色有着独特的认识，他的作品反映了他对性别平等和自由爱情的追求。同时，福斯特的个人生活经历也让他对上层社会的虚伪和偏狭有了深刻的理解，这在他的作品中也得到了体现。

（一）对性别平等的追求

福斯特在他的作品中描绘的傲慢偏狭的女性形象，是他对社会性别不平等现象的深刻批判，同时也是他对性别平等的坚定追求的体现。他的作品揭示了性别不平等的恶果，呼吁人们关注性别平等，对抗性别不平等，从而实现一个更公正、更平等的社会。

傲慢偏狭的女性形象是福斯特的一种创作策略，他通过这种方式展示了社会对女性的不公平待遇，使人们看到社会对女性的固有期望和压力，以及这些期望和压力对女性生活和心理的影响。他揭示了女性在当时社会的低下地位以及她们在这种地位下的自我保护策略，这种策略既是她们的防御机制，也是她们对社会压力的抵抗。傲慢偏狭的女性形象是她们对社会压力的一种反应，是她们为了保护自己和维持生存的必要手段。然而，福斯特并未满足于仅仅描绘和揭示这种现象，他的创作目标更加深远。他希望通过他的作品引发人们对性别不平等现象的反思，唤醒人们对性别平等的追求。他的作品揭示了性别不平等的恶果，展示了这种不平等对女性的伤害，他希望通过这种方式激发读者对性别平等的关注和追求。

在福斯特的作品中，傲慢偏狭的女性形象是他对社会性别不平等现象的批判，他希望通过这种批判揭示性别不平等的不公正，引发人们对性别平等的追求。他希望人们能够看到性别不平等对女性的伤害，从而产生对性别平等的追求。他的作品旨在唤醒人们的性别平等意识，推动社会对性别平等的关注和追求。

（二）对上层社会的批判

在福斯特的作品中，傲慢和偏狭的女性形象不仅揭示了性别不平等的现象，同时也是他对上层社会的批判。对于福斯特来说，傲慢、偏狭并不仅仅是个别女性的性格特征，而是他所生活的那个时代上层社会的缩影。

在维多利亚时代和爱德华时代的英国，社会阶层分明，上层社会的人掌握着巨大的财富和权力，他们享受着各种特权。然而与此同时，他们的思想和行为却常常是傲慢和偏狭的。他们看不到自己的特权和优势，也无视底层社会的困难和痛苦。这种傲慢和偏狭不仅反映在他们对底层社会的冷漠和忽视，更体现在他们对女性的压迫和歧视。

福斯特通过他的作品对这种傲慢和偏狭进行了深刻的批判。他作品中的女性形象，既是性别不平等的牺牲品，也是上层社会的批判对象。这些傲慢和偏狭的女性形象，虽然身居上流社会，享受着各种物质上的便利和舒适，但她们的思想和行为却被自己的社会地位和性别角色所束缚。她们虽然有财富和地位，但她们无法获得真正的自由和平等，她们被迫扮演社会规定的角色，成为上层社会的装饰品和象征。

福斯特的作品通过描绘傲慢偏狭的女性形象，向我们展示了上层社会的虚伪和无情。这些女性形象，她们的傲慢和偏狭，都是上层社会的病症和疾病的体现。她们的傲慢是对下层社会的蔑视和忽视，他们的偏狭是对女性权利的侵犯和压迫。福斯特的作品揭示了这种疾病，对这种疾病进行了深刻的批判，他希望通过他的作品，唤醒社会对这种问题的关注，推动社会改革，实现真正的性别平等和社会公正。

第五章　觉醒成长的女性群像分析

第一节　福斯特作品中觉醒成长的女性想象概括

在英国传统社会观念中，女性常常被期望表现出“沉默不语”的优雅特质。福斯特的小说描绘了一群从小在英国主流文化熏陶下塑造的深受英国中产阶级道德约束的女性形象。她们完全符合男权社会对女性的期待，被视作中产阶级社会雕琢的“艺术品”，甚至被当作参照物用来规定其他女性应有的行为。然而，接受了现代社会各种新观念和女权主义思潮的影响，她们逐渐觉醒，开始自我审视和审视社会规范。她们内心有成长的困扰，在实现自我与服从社会权威的矛盾中痛苦挣扎，为自我觉醒与继续屈服的两难而矛盾，为抗争与妥协的选择而挣扎。她们的觉醒之路，虽然曲折且漫长，但每一步都充满了决心与希望。

一、“发育不良”的女性

《天使不敢涉足的地方》的卡洛琳、《看得见风景的房间》的夏绿蒂，以及《印度之行》的阿黛拉都是与各自家庭关系密切的女性。她们生活在中产阶级的道德规范之下，从小就开始各种训诫教育，行为优雅、举止得体，守护着自己和家庭的尊严与荣誉。她们成了英国社会对女性期望的完美体现。然而，在她们的顺从中，她们逐渐失去了对自我意识的追求，从而成为社会规范的“残缺之物”。她们被转化为标杆，用以指导并约束那些偏离主流价值观的女性。

在《天使不敢涉足的地方》中，赫里顿太太坦诚地表示：“无论是谁，只要和卡洛琳·阿博特一起生活三个月，都会有所提升。”[①] 她带莉莉娅去意大利，是想以自身的行为来规范莉莉娅的叛逆行为。她已经内化了各种礼教规则，主动做起了英国主流文化在意大利的守护者，肩负保护英国文化不被破坏的重任，时时监视着莉莉娅，阻止她过多的社交，也干涉她教育自己的女儿。

在《看得见风景的房间》中，夏绿蒂陪同表妹露西去意大利旅行，她不仅是旅伴，更是将自己定位为露西的保护者。她以陪伴的名义时刻监视露西，以防止露西因失误而破坏家庭的声誉。她和其他成年女性一样，也曾对自由拥有过种种憧憬，但社会礼教渐渐地、毫无声息地把她们变成了男权的捍卫者。她们向年轻女性灌输传统礼教，教育她们严格遵从社会习俗和传统礼教，这无疑使得英国社会裹足不前。她想让露西拥有一次快乐的旅行，结果却因为她的缘故，露西和乔治只得暂时分开。

而《印度之行》中的阿黛拉，与卡洛琳和夏绿蒂不同，她更像是殖民主义在印度的观察者。阿黛拉是一位接受了英国传统文化教育的中产阶级女性，来到印度查看未婚夫罗尼的工作状况。罗尼是一名殖民官员，她与他的联姻也意味着与殖民主义以及在殖民主义统治下的印度的结合。阿黛拉通过与印度人的交往来理解印度，但这也使她成了英国殖民者的一面镜子，他们通过观察印度人与阿黛拉的互动来评估殖民统治的状态。阿黛拉在马拉巴尔石洞里的事件，使印度人的低贱形象更加坚固，从而引发了英印之间的冲突。

这些女性角色拥有男性社会对女性设定的美好品质，却缺少了对自我、他人以及社会的深入理解和正确看待。但是随着故事的推进，她们身

① 福斯特．天使不敢涉足的地方[M]．薛力敏，译．北京：中国文联出版公司，1988：6.

上那些被物化、被抽象化的标准和工具的本质逐渐显现出来。她们是“母性”意志的守护者，约束其他女性，监视其他种族，同时又令人同情。年轻一代的女性则更有觉察心和独立性，他们能坚持内心的想法，得以成长和完善自己。

二、精神上的救赎

随着时代的发展，新的思想逐渐被接受，越来越多的年轻女性意识到母亲一辈价值观的束缚所在，这些原本“发育不全”的女性开始积极寻求自我价值的实现。然而，她们还缺乏直接对抗社会制度的能力，只能通过内心的痛苦转变来寻找自我价值的回归，实现精神上的救赎。

（一）内心的转变

这些最初被描绘为“家庭天使”的女性，在经历了深刻的思想冲突之后，从传统的道德约束和陈腐的社会习惯中解脱出来，实现了思想与灵魂的自由。《天使不敢涉足的地方》中的卡洛琳鼓励莉丽娅追求爱情，莉丽娅死后她很自责，自己也有了很大的变化。在她心里意大利蒙特里娅诺已经成为一个邪恶的魔城，在那些高塔下面没有一个人能够幸福、纯洁地成长。她积极想促成把莉丽娅在意大利生下的男孩儿接到英国。她是一个积极插手别人事情的人，但她平时又不是个热情的人，她做慈善，平淡地当成任务一样做慈善。似乎是生活实在无聊，该死的责任感促使她做很多琐碎的无私。卡洛琳的行动力没有女主角那么强，最后在女主角的影响下有了很大变化。

卡洛琳敏感、心细如发、单身，和父亲住在一起，生活平淡。她认为莉丽娅的努力是可以理解的，也支持她。同时也觉得莉丽娅没有选好对象，也没有能力御夫。卡洛琳在自己的生活上没有改变的动力，她的能量只局限在推动他人上。莉丽娅的死她有着间接责任，因此非常自责、后悔。她是一位头脑发热的人，一直不停地想插手别人的人生。有了一次教训还不收手，还要继续干涉别人。虽然变化缓慢，但她还是在探索自己，有改变的动力和成长趋势。

莉丽娅死后，意大利蒙泰里阿诺在卡洛琳眼中变成了“罪恶之城”。她决不能让一个具有英国血统的孩子留在那里。在她看来，“谋求孩子的幸福”不是“自尊或感情上的事情”，而是她的“神圣职责”。她直接坐上火车来到了意大利，然而，当她真实地看到孩子的时候，她的想法发生了变化。“拯救这个婴儿，使他免受不良影响，这是她的责任。她现在仍然想尽到这个责任。但是，她那种怡然自得的美德意识已经消失殆尽。”

看到吉诺对儿子浓烈地表达父爱，卡洛琳意识到孩子不再只是一个词语，而是一个真实的存在。她开始明白，将孩子带回英国并不是一个明智的抉择。在英国，这个孩子可能会被培养成一个绅士，但是没有人能像吉诺那样疼爱他，他的心永远得不到充分的发展。虽然会举止彬彬有礼，但是内心冷漠。发育不良的心正是福斯特所要表达的重点，他的几部作品均以此为中心展开。

《看得见风景的房间》中，夏罗蒂小姐是作为露西的监护人陪同她去意大利旅行的。生活中，她灌输给露西灌的男权社会的淑女准则，行动中也让露西要规行矩步，不能逾越雷池半步。但其实她的“关心”却让露西有“一种被包在大雾里的感觉”。身处美丽风景中的乔治和露西第一次亲吻的美好却被夏罗蒂小姐的出现打破了，“生活中片刻的宁静被夏罗蒂小姐打破了。”但是她自己却深感庆幸，因为她觉得自己及时阻止了乔治对露西的“欺负”。虽然她的初衷是为了让露西安全和开心，然而她的做法给露西带来的只是“一幅完整的画，那是个没有欢乐的也没有爱的世界。”她甚至认为未婚男女接吻将被人指指点点。30年前，夏罗蒂的爱情也被流言蜚语所伤，使其缩进自我保护的坚硬外壳，从此独身一人，谨小慎微。

社会强塑于她的谦卑和服从角色使她失去了原初的、积极的自我力量，放弃了追求精神自由。露西对夏罗蒂小姐陈腐的思想倍感生厌。然而夏罗蒂虽然两度拆散了露西与乔治的爱情，她最终却成全了这对恋人。要是仔细观察的话，我们会发现夏罗蒂并非自始至终坚持她的顽固立场。后来在表面上她依然故我，可是在内心里她却软下来了，实际上她逐渐同情这对情人的遭遇。因此当她看见爱默生先生坐在伊格先生的房间时她没有声张，给她俩一个修好的机会。夏罗蒂小姐的心灵也由此实现了转化。

《印度之行》中，阿黛拉在印度这个特殊的环境中，虽然是殖民者，但作为女性依然被男性统治。在“马拉巴尔事件”中，尽管她意识到了自己的错误，但却因为男权的束缚而无法公开真相。马拉巴尔石洞的“回声”打破了性别、种族和殖民主义的思想壁垒，对阿黛拉的思想和道德产生了深远影响。在“回声”的冲击下，她从习惯于接受男性权威和殖民理念的迷茫中苏醒过来，开始重新审视自我和他人，以及英印关系。她勇敢地承认了自己的误解，解除了对阿齐兹的误会，也看清了中产阶级殖民者的虚伪和傲慢。在回声消失后，她大胆地接受了自我，跨越了性别和种族的障碍，寻找到了根植于人类本质的东西。阿黛拉返回英国，开始了新的独立生活，不再依赖婚姻或男性，成了一位独立而坚韧的女性。阿黛拉的生活从此不再是被动地接受，而是积极地审视，她成了一个真正的人。

（二）选择回归

这些女性经历了生活中所遭遇的痛苦，看到了母亲一辈的生活状态，坚定地顺从自己的内心。在《印度之行》中，阿黛拉在自我意识觉醒之后选择放弃婚姻回英国；而在《天使不敢涉足的地方》中，经历了精神重塑的卡洛琳最后选择回到父亲身边，回到教区，回到夜校。

人的诞生是赤裸裸的、原始的，由此，所有生命在本质上是相通的。福斯特利用深邃的马拉巴尔石洞暗示这个初始的、空洞的世界，而同一单调的回声则揭示了所有事物在本质上的一致。然而，社会生产力的发展加速了劳动分工的细化，进而引发了以性别、经济和种族差异为基础的社会政治变化。这些观念通过家庭传承和学校教育的形式不断繁衍，在人类集体的心灵深处扎下根来。这些经历过彷徨的女性最后选择了“回归”，在表面上，她们选择回到最初离开的地点和社会环境，实际上，她们选择摆脱所有的狭隘偏见，回归到最初赤裸的状态，回归到超越表象的本质联系之中。借着一双能看透世事的眼睛，卡洛琳看到了英国文化对意大利文化的压迫，看到了赫里顿家族对吉诺和孩子的不善意交易；夏绿蒂看到了中产阶级对低阶层的欺压，看到了英国文化对真实感情的恐惧和排斥；阿黛拉看到了“日不落帝国”英国对印度的虚伪和无情，看到了自己狭隘的价值观在宇宙生命面前的崩解。在真诚的人性面前，英国中产阶级虚假和麻木的价值观崩溃了。她们的内心发生了转变，意识到了女性生存的艰难。

她们意识到了女性生存的困难，但长期以来父母及社会的规训已经磨损了她们的行动力和意志力，对自由和独立的向往更多只能通过精神上的解放来实现。而那些直接向社会权威挑战的女权主义者，则将自己的想法付诸行动，通过实际行动实现自己的追求。

三、觉醒成长

福斯特笔下的这类女性虽然一开始都有一颗“发育不良的心”，但经过自我觉醒和成长之后，她们完成了心灵的改变，开启了积极健康的人生。

《天使不敢涉足的地方》中的卡洛琳身为英国传统社会的受害者，她内心反对被压迫的传统生活，但自己却被迫在严苛的道德规范下过着沉闷、封闭和毫无生气的日子。她的生活仿佛被无形的链条束缚，她的心灵也如同生活在一个窒息的牢笼中，无法挣脱。

卡洛琳曾听从赫里顿太太作为“使者”前往意大利干预莉丽亚的婚姻，这是一次改变她命运的旅程。原本，她只是按部就班地完成任务，然而，意大利充满生机的文化气氛对她产生了深刻的影响，让她的内心开始悟出新的理解，她的“发育不良的心”得到了疗愈。吉诺的孩子一开始在卡洛琳眼中并不是一个人，而是她要捍卫的信念的象征。但当她看到吉诺照顾婴儿时的那份爱意和温柔，她被深深地触动，第一次真切地感到这个孩子是一个肉身，充满了生命力。这个孩子的存在，让她对生命有了新的认识，她开始重新审视自己的人生。

最后，卡洛琳在自然和爱的呼唤下爱上了吉诺，这是她人生的转折点。她挣脱了赫里顿太太所代表的虚假的中产阶级道德规范的束缚，决定追求属于自己的生活。她的内心，经过这一系列的觉醒和冲击，从“发育不良的心”变成了一颗独立、强大的心。她不再是那个被社会道德规范束缚的女性，而是一个敢于追求自由和爱情的女性。

这个过程，是卡洛琳的心灵历程，也是她成长的历程。她的故事，告诉我们，人生并不是一成不变的，人们有权利去追求自己真正想要的生活。无论出身如何，无论曾经经历了什么，都不能阻止人们去追求自由和爱。卡洛琳就是这样一位勇敢的女性，她的故事，充满了对人性的深刻理解和对生活的独特洞察，使人们得以在她的成长和觉醒中看到自己的影子，得以在她的挣扎和痛苦中找到共鸣，在她的勇气和坚持中找到力量。

《看得见风景的房间》中的露西和夏绿蒂同样也经历了人生观和价值观的转变。露西是一位被传统礼教和社会规范所束缚的女性，她的生活被各种既定规则和预设框架所包围。这些规则和框架，使她感到压抑和束缚，但内心渴望超脱、渴望自由。最初她不敢挑战那些既定的道德规范，也不敢直接面对自己的感情和生活的热流，只能选择逃避。然而，一次意大利之旅改变了一切。

意大利这个充满自然和真实的地方，对露西产生了深远的影响。它让她看清了未婚夫塞西尔的虚伪和自负，更重要的是，它促动了她的心灵，让她的心灵开始成熟，让她开始勇敢面对自己的感情和生活的热流。在那里，她第一次体验到了真正的自由和爱情，体验到了真实的生活。这种体验，让她最后决定打破那些束缚自己的传统道德价值，勇敢追求自己心中的爱和自由。

夏绿蒂作为露西的保护者，一同前往意大利。她一直是英国中产阶级价值观的坚定维护者，一直约束露西，提醒露西遵守社会道德规则。在露西和乔治的感情越来越深时，夏绿蒂始终坚决干涉。虽然她的初衷是保护露西，但她过时的思想却使露西感到窒息，她的保护成了露西追求自由生活和爱情的阻碍。

然而，即使是这样一个坚决维护中产阶级腐朽道德的人，最后也逐渐成长、改变了。当她看到爱默生先生坐在伊格的房间时，她并没有揭露，反而提供给爱默生先生和露西一个和解的机会。她的这个决定，说明了她个人观念的转变，也象征着英国中产阶级女性价值观的转变。虽然她曾经阻止过露西和乔治的感情，但最后露西能够冲破内外束缚，能与心爱的人在一起，这在很大程度上也得益于夏绿蒂的支持和理解。在这个过程中夏绿蒂的心灵也得到了深刻的转化。

第二节　新旧力量冲突下的女性困惑与觉醒

1901 年，维多利亚女王驾崩，标志着英国资本主义的稳定兴盛阶段的落幕。维多利亚时代的结束揭示了英国社会逐步进入衰退的趋势，女王的离世进一步加快了这个过程。曾经隐匿在社会繁荣背后的人性矛盾和思想问题开始浮出水面。尽管英国在外表上看似充满活力，内部却充满了衰落的危机，因此，社会改革的需要愈发明显。进入新世纪，维多利亚时代的传统观念和信仰受到了质疑，许多人将其视为僵化的阶级结构和虚假的公共道德观。“体面无法掩盖虚伪，文化生活笼罩在朦胧的浪漫主义的迷雾中。”[①] 同时，人们对基于传统文化产生的相关思想和文化开始怀疑。他们对正义、文明是否真实，是否具有价值，是否适合每个人，是否适应时代发展开始反思。

① 侯维瑞．英国文学通史插图本 [M]. 上海：上海外语教育出版社，1999：20.

当维多利亚时代慢慢走向终结，人们不仅对英国社会观念保持怀疑，对英国社会传统的信仰观念也产生了深深的疑问。在某种程度上，宗教价值观与世俗价值观共生并相互影响。福音派教义体现了宗教的价值观，他们坚信基督以自身的牺牲救赎了人类，实现了精神的重生。在特定的社会环境中，社会变迁对塑造人的心理特性起着关键的影响。爱德华时代的社会观念、文化体系和生活习俗都受到了强烈的冲击。日益凸显的情绪冷漠和道德虚无主义不仅揭示了英国人所引以为傲的人文传统的衰退，也为英国人的现实生活和精神世界带来了不安和危机感。

新旧力量的冲突使女性处在思想以及社会变革的时代，也给了她们得以成长的机会，一方面她们受到传统礼教规范的束缚，但另一方面她们比母亲一辈多了自我觉知的机会，女性自我意识得以有所萌发，对自由和解放有更深的追求，逐渐由困惑走向觉醒。

《看得见风景的房间》的主人公露西从小就在一个充满男权主义的二元对立社会中生活。在这个社会中，女性并未被视为与男性平等的人，而是被视为男性视野中的物化存在，他们在男人的眼里就像书籍、桌椅一样，都是可以随意支配和使用的物品。在这样的环境中成长的露西，亲身体验到了这种观念的影响，女性的自我意识被严重压制。她的日常生活实际上就在一个由男权主义者建造的牢笼中，她从未真正接触过自然，因此也就无法形成人类最基本的个人意识。如卡勒所言：

传统哲学的一个二元对立命题中，除了森严的等级高低，绝无两个对象的和平共处，一个单项在价值、逻辑等等方面统治着另一个单项，高居发号施令的地位。解构这个对立命题归根到底，便是在一特定时机，把它的等级秩序颠倒过来。①

这时，露西迫切需要的就是一个特定的机会，可以带她离开这个“牢笼”。她需要一个自由的天地让她尽情奔跑，需要一口清新的空气让

① 卡勒．论解构知识分子图书馆 [M]. 陆扬，译．北京：中国社会科学出版社，1998 : 72.

她呼吸。福斯特为她选择了美丽的意大利。毫无疑问，这与作者曾经访问意大利有直接关系。正因为作者亲自到过意大利，真正感受到了意大利的清新气息，以及与英国阴郁、保守的不同，才使他毫不犹豫地选择了意大利这个地方。露西在意大利认识了同样来自英国的游客，滋生了爱情，学习意大利的奔放自由，冲破英国的传统道德规范，同时不放弃英国的主流生活方式，收获幸福婚姻。在意大利，露西第一次作为一个独立的个体，不依赖任何人，面对风景、面对历史遗迹、面对爱情，甚至面对死亡。

福斯特在文章的开始就将人物置身于意大利，然而这个小旅馆——贝尔托利尼公寓却充斥着浓重的英国风情。意大利的美景被房间视野阻挡，房东夫人口音带着伦敦味道，餐桌上一字排开的都是英国人，墙上悬挂着逝世的维多利亚女王和桂冠诗人的照片，甚至还有英国教会的通知。露西无法抑制内心的失望。在遥远的意大利，却充满了熟悉的英国氛围。此刻，露西所期望的，是真实感受到异国的气息，她急切地寻找一间可以欣赏到美景的房间。

当她最终得到了一间可以“看得见风景的房间”，一早醒来，她感到无比欣慰：

在佛罗伦萨一觉醒来，睁眼看到的是一间光线充足的空荡荡的房间，红瓷砖地虽然并不清洁，但是看上去相当干净；彩色天花板上画着粉红色的鹰头狮身双翅怪兽和蓝色的双翅小天使在一大簇黄色小提琴与低音管之中戏耍。同样愉快的是用手猛然推开窗户，让窗子开得大大的，搭上钩子，由于第一次不太熟悉，手指被轧了一下；探身出去迎面都是阳光，前面山峦起伏，树木苍翠，煞是好看，还有大理石砌成的教堂；窗下不远处就是阿诺河，水流拍击路边的堤岸，发出淙淙声响。[①]

摆脱了英国那乏味、压抑的环境，一切都显得新奇而宜人，红色瓷

① 福斯特．看得见风景的房间 [M]. 巫漪云，译．上海：上海译文出版社，2016：19.

砖虽然不够干净，却显得特别耀眼。这里的色彩都让人愉悦：红色、粉色、蓝色、黄色。无论是怪兽还是天使，都扇动着翅膀，而露西，这个与绘画中任何形象都不同的人，也似乎拥有了自由的翅膀。她的无意识在自由的气息中逐渐觉醒。但我们都知道，这不会那么容易，由于第一次不太熟悉，手指被轧了一下，即暗示了露西女性自我意识的觉醒需要她本人经历一些痛苦，付出一些代价。“柏修斯与朱迪思，海格立斯与瑟斯纳尔德他们都有所作为，也尝过艰辛，他们虽然是神，但都是历尽苦难以后，而不是以前成神的。”[①] 这似乎预示着，露西追寻自我身份的路，也会充满困难和挫折。

福斯特选择音乐作为露西释放并展示无意识的渠道，这是她形成自我意识的关键时刻。而福斯特再次将艺术引入作为表达手段——特别是意大利的雕塑、绘画和建筑。露西首次对艺术的独立欣赏出现在圣母广场，那里活生生的陶瓷雕塑让她感到震惊：

闪闪发亮的四肢从人们施舍的衣服里伸展出来，雪白强壮的手臂高高举向苍穹。露西认为她从来没有看到过这样美丽的景象。[②]

这是露西首次以一个“人”的视角欣赏艺术品，她已经不再等待男人引导，而是独立地把这件艺术品纳入自己的视野。然而，她的这种欣赏被拉维希小姐的尖叫声打断，使她回到了过去的状态，仍然需要他人或旅游指南的引导。她对于哪些是乔托的壁画或哪块墓石被罗斯金先生赞誉为美，一无所知。她忘记了，作为一个独立的个体，她有能力欣赏美，无需考虑壁画的作者或墓石的推崇者。只要她自己认为它美，那么它就是世界上最美丽的景象。

幸好，拉维希小姐离开后，留给露西独自品味的空间。她开始购买艺术画片，因为只有在欣赏艺术时，她才能深深地感觉到自己作为一个独

① 福斯特．看得见风景的房间 [M]. 巫漪云，译．上海：上海译文出版社，2016：125.
② 福斯特．看得见风景的房间 [M]. 巫漪云，译．上海：上海译文出版社，2016：25.

立的“人”而存在。然而，尽管她开始感到自我觉醒，尽管她已经开始意识到自己的不满，并希望探索更多的东西，但距离真正的自由还有很长的路要走。

露西在广场上遭遇的血案将她真正地置于自然之中。这是她首次作为一个独立的个体见证死亡。了解了自然的残酷和危险后，她对自身也有了更深刻的理解。她不仅是一个与自然不同的、能够欣赏艺术、拥有追求、充满希望的活生生的人，也是一个与永恒自然不同的生命短暂、会老会死的人。

露西的个体意识经历了彻底的觉醒，她已经理解到自己是一个独立的人，与那些男人无异。她曾经熟悉的世界已经被分崩离析，但在那些瓦砾之间，她发现了佛罗伦萨这座充满魔力的城市。她感受到了佛罗伦萨独特的美丽，一种有可能唤起美好或邪恶的热情的力量，一种能够让这种热情迅速绽放的魔力。这个拥有魔力的城市，已经成功地撼动了她内心深处的世界，此时，她心中的水槽已经无法压制她内心的激流，它们已经找到了出口，并且已经蓄势待发，冲破束缚的日子就在眼前。

《霍华德庄园》中玛格丽特和《印度之行》阿黛拉同样经历了困惑和觉醒的过程。《霍华德庄园》中，19 世纪工业革命时代的社会大环境对玛格丽特产生了很大的影响，她习得了对男性的顺从和温顺，但是她本人的人格特质仍然令人钦佩。令读者尤其深感触动的是她对丈夫亨利·威尔克斯的包容和忍耐。她有足够的勇气直面社会现实，不退缩、不畏惧，有两个词语可以概括她的性格：忍耐和热忱。在玛格丽特与亨利相遇后，他们之间产生了相互吸引的情愫，感情逐渐升温。在与亨利深入交往后，玛格丽特确信他是一个值得付出爱情的人。值得一提的是，她这样的想法并不是一时的情绪冲动，而是受到理智驱想要担当起拯救这个心灵空洞的男人的责任。亨利并不能算是她的理想伴侣，但玛格丽特还是决定与他结婚。这是中产阶级与上层中产阶级的联姻，反映了玛格丽特希望在精神和物质上建立各阶层平等和谐的愿望。这一点也体现了福斯特小说的“联结”主题。玛格丽特试图感化亨利，让他在精神上得到满足，成了小说的一个主要情节线。

尽管玛格丽特本人具有激情和热情，但她并没有盲目地用热情去感化他。相反，她想通过女性特有的敏锐洞察力和直觉，判断自己应该何时以及如何去顺从或反抗亨利。她的这种反抗也并不是针对当时父权制下的男性权威的抗议。在她的认知中，她所做的一切都是为了亨利，是她心中无私慷慨的爱。玛格丽特展现出了她坚韧不屈、自律宽容、善于理解他人的品格，这与亨利的自私、肤浅、麻木和庸俗形成鲜明对比。玛格丽特致力于通过爱和同情达成目的，帮助亨利寻找内心的平静，只是这个过程比她预计的要复杂得多。尽管不得不一次次的妥协，她仍然希望通过自己的宽容与爱情感动亨利，把他变成一个真正的人。但由于亨利本人已经是一个成功的商人，这项任务变得尤为困难。因此，经过无尽的挑战，她在改变亨利的内在世界与对外界生活的过程中，意志力和耐心也受到了考验。随着交往的进一步加深，这种转变对于玛格丽特来说变得越来越迫切。

自从他们二人确定恋爱关系之后，在这段关系中最为关键的便是玛格丽特对亨利的忍耐。对于玛格丽特而言，发现亨利曾在欧尼登的不堪往事是对她耐心的严峻考验。当她发现亨利曾经的情人竟然是伦纳德的妻子杰奇时，曾一度难以接受这个事实，但是经过她的再三考虑之后，最终选择了原谅亨利，在这个过程中，她也发现自己起初一直都在为自己打造一个理想化的完美恋人，然而现实生活中根本就不存在毫无瑕疵的人，因此她最终决定将亨利塑造成一个真实的人。

在福斯特看来，当时的阶级差异导致了人与人之间的不同。身为中产阶级的人永远都是一种高高在上的姿态。对于中产阶级来说，他们有着自己的社交圈、朋友圈，在日常生活中经常一同结伴游玩，就连谈婚论嫁也会在同一圈层内进行对象的选择。在小说《霍华德庄园》中，中产阶级内部的矛盾是玛格丽特姐妹要面临的问题。该部作品中，在社会底层苦苦挣扎的贫穷白领代表人物是巴斯特，商界上层的富有工厂主中的新贵代表人物是亨利，而中产阶级精英中坚定的知识分子代表人物则是玛格丽特姐妹。这一对姐妹花从小就生长在坐落于伦敦的威克汉姆宫内，它是家庭文化与尊严的象征。他们普遍过着一种文明与舒适的生活，平日里的活动比较多，包括音乐会、舞会以及其他典型的中产阶级活动等。除此之外，她们在日常要求自己要学会关爱他人，要做一个正直、善良与谦虚的人，然而，事实上威尔科克斯家族却是一个彻彻底底的商人家族，人们认为这对姐妹的计划与观点都是毫无意义且自以为是的。在他们眼中金钱才是最为重要的，他们生活在情感与物质之间，这种生活绝对无法容忍紧急状况的存在。而玛格丽特虽然坚定且理智，希望和人们建立良好的关系，但又不能否认金钱的重要性。

玛格丽特非常明白金钱对于他们的重要意义，这也是促成她与亨利会面的关键因素之一。作品中，金钱成为阶级存在差异的原动力，缺乏资金的低阶层永远难以跨越阶层跻身于中产阶级，与此同时，还要面临着随时而来的各种威胁。此外，在文中，玛格丽特虽然坚韧而理智，但亨利本质上是一个男权主义的拥护者。故此，一旦玛丽特决定与亨利结婚，那么她势必要在生活中作出一些妥协。即便在他人眼中，他们的婚姻是如此幸福美满，然而亨利在面对婚姻时的态度，却仍带有商人的理念。亨利对玛格丽特的求婚过程，他未经思考，匆忙地举动，就是他父权主义思想的体现。当他以往的经历被揭示出来时，玛格丽一定会对他的过往展开一系列的调查，并为了了解他的过去而去找杰奇，这便是亨利在经历被揭示后的第一个反应。他认为那只是一个小错误，对此玛格丽特不应该感到意外。然而，即使玛格丽特对亨利明确表示对他的过去既往不咎，但是他仍然坚信类似于玛格丽特这样女性，是不可能对这一行为彻底原谅，她们从根本上无法理解，任何男性在面对诱惑时，大多都会犯下不可饶恕的错误。即便是这次危机过去很久之后，他也从未感到过后悔。但是，对于海伦的怀孕行为，他却无法原谅，并认为这是有损家族声誉的羞耻行为。

结婚之后，玛格丽特慢慢地放弃了自己的工作，而选择安心做起了家庭主妇，负责照顾亨利的衣食起居。从某种角度上看，玛格丽特便是这个家庭的一个重要“标志”，促使亨利的男权主义思想得到了极大的满足。但是，反观亨利却从未表现出对玛格丽特做出牺牲的感激之情，可以说是江山易改本性难移。例如，他们在度蜜月期间，亨利曾对玛格丽特这样说：“多么现实的小女人，读什么呢？”在这里，亨利用“它”来代替“她”，将其内心根深蒂固的男权思想暴露无遗。在亨利的观念中，女性就是男性的附属品。若是在蜜月期间，玛格丽特不将自己富有个性的一面展现出来，总是向其妥协的话，那么她将来所要面对的就不仅仅是失去妹妹海伦那么简单了，同时还包括她自己。即便她最终选择向亨利妥协，亨利也不会表现出对她的一丝感激之情，因为在亨利的思想观念中，服从男人就是女人应尽的职责。

在福斯特的小说中，女性人物大多出自中产阶级家庭，她们的家族往往有着较强的经济实力，但是从客观上看，她们并非是一个独立的个体。她们有时也会感到很压抑和绝望，对于她们的反抗行为，家族往往选择视而不见。但是，在福斯特小说中的女主人公，往往与其他女性有所不同，她们不会向命运低头，而选择对自我价值的欲望进行不停地探索，而最终，她们也确实能够通过多种多样的途径，实现了自我救赎。与霍华德庄园的前主人露西一样，玛克丽特也深深地热爱着这片土地与大自然，并将庄园视为自己的心灵家园，有着难以忘怀的美好记忆。她们之间有着深深的吸引力。玛格丽特从露西那里理解了何为庄园，它存在的意义与价值所在，然而通过玛格丽特的婚姻，让我们看到了刻在亨利骨子里的男权主义思想。当小说即将结束的时候，亨利设法抓住了和男人私奔的海伦，这使得玛格丽特尤为恼火。她难以理解与接受的是，他为了掩盖他对底层人民的冷酷与蔑视，选择利用他已故的妻子与现有的社会地位作为自己不良行为的挡箭牌，可以说，是对本阶级道德的一种忠诚，且带有一定的盲目性。这些都令玛格丽特感到无比失望。故事的结尾处写道，亨利的儿子因犯罪被判入狱，亨利一时难以接受这个事实，而彻底崩溃。玛格丽特将其带回庄园，希望他能够在那里安心的疗愈，然而最终亨利还是选择了离开，将庄园留给了玛格丽特。经过一系列的曲折，玛格丽特终于可以在这个灰暗的世界中找到一片净土，从而使自己的心灵获得安宁。对她而言，庄园具有多重意义，既是她自身价值得以体现的媒介，也是自我身份的标志，更是她心灵的栖息地，也可以理解为家。带着对庄园的无比热爱，玛格丽特与妹妹海伦最终选择继续在这里生活，从男人的控制中彻底解脱出来，实现了个体的独立与觉醒。

《印度之行》中的阿黛拉小姐，身处宏大的异国环境和殖民冲突之中，她的婚姻观念和自我觉醒的过程被深入地探究。阿黛拉小姐来自英国的中产阶级家庭，父母的婚姻非常幸福，她受到正统教育，并拥有人文主义思想。她在美丽的英国湖区与罗尼相爱。然而，她并非传统意义上的女性，她有独立的思考精神，严肃看待人生，不仅仅把婚姻当作解决生活问题的方式。

马拉巴山洞事件让阿黛拉小姐开始深入自我探索。事件之前，她对婚姻抱有不切实际的幻想，然而洞穴事件让她意识到自己的自我存在，她开始疑虑婚姻的合理性，最终鼓起勇气承认自己对阿齐兹的误解，撤销了对他的指控，从而避免了成为男性或殖民者的奴隶，确立了自己作为独立个体的地位。

阿黛拉小姐的自我觉醒是她自身成长的重要部分，这对于福斯特这样的男性作家来说是一个重要的突破。男性不再是拯救女性的英雄，而女性的救世主只能是她自己。尽管她在后续的生活中依然面临困境，但她有能力承受压力和误解，有能力根据自己的思想去创造一种与过去截然不同的未来。她已经不再是被剥夺了生存自由和人类命运的女性，而是一个独立的、完全属于自己的“人”。

第六章　新女性群像分析

第一节　福斯特作品中新女性形象概括

在福斯特的作品中，可以看到一种新女性形象逐渐浮出水面。这些新女性并不完全符合维多利亚时期对女性的传统期待，她们是独立的、有思想的，她们有着自己的追求。她们直面现实，挑战社会对性别的固有看法，寻求个人的自由和自我实现。

一、《霍华德庄园》中的玛格丽特

《霍华德庄园》的女主人公玛格丽特以新知识女性的身份，突破了传统的女性形象的沿袭，承担了传统与现代、文化与文明，以及不同阶层之间的联结职责，这也是福斯特对改变英国社会思想状况的期待，将女性视为解决社会矛盾的全新突破口。

（一）传统与现代的联结者

《霍华德庄园》中的女主人公和传统女性形象不同，呈现出对传统与现代文明的混合接纳的全新女性形象，玛格丽特尊崇传统，对自然有深厚的爱，并愿意继承威尔科克斯夫人的“精神家园”。同时，她并没有局限于中产阶级传统女性“家庭天使”的形象，而是保持了独立思考的能力，她乐意接纳新兴的工业文明，融合了传统思想与现代文明。这种人物形象设定展示了福斯特对于新型知识女性传承文化并与时俱进的期望。

在该小说中，霍华德庄园这个地方是最能展示“传统”的象征意义的元素。小说以此命名，并将它作为重要的背景，这里是故事的开始，也是故事的结束。在 20 世纪初，英国作家们经常将房子用作一种象征，隐喻着特定的形象。在作品中，霍华德庄园不仅仅是一栋普通的房子，它代表着中产阶级的道德和精神文化，沿袭了自然和传统的生活方式，拥有与继承这座庄园代表着接纳英国的传统文化，表现出作者的价值观。

霍华德庄园是露丝·威尔科克斯的嫁妆，也是霍华德庄园的真正主人。从女性主义的视角看，露丝是男性文学中的典型女性“天使”形象，她温和平静而缺少个性。福斯特以男性作家的笔触写出了对女性的关照：“美貌、忠贞与温驯，是父权文化机制为了解除对自身的威胁而给异己群体强加的规定性。”[①] 露丝就是这样一类人，她完全属于过去和传统，屈从于威尔科克斯先生的男权，很难适应离开霍华德庄园被困在伦敦城市生活的生活。只有对女性具有善意和关爱的作家才能看见女性的生存状态，福斯特就是这样一位具有女性主义视角的作家。在露丝去世后，她的遗体被送回乡间的老宅。露丝作为英格兰传统与过去的象征，她的离去传达出作者对于保守传统的否定。

玛格丽特代表着中产阶级知识分子，她受过良好的教育，拥有丰富的文化修养，且高度重视人际关系。玛格丽特的出身和教育让她有资格继承英格兰的传统文化。起初，她就对霍华德庄园的价值有深刻的认识，认为房子也是具有性灵和生命的，这体现了她对传统的尊重和认同，为她后来继承该庄园提供了铺垫。随后，玛格丽特的生活逐渐靠近霍华德庄园，这过程中的一系列“巧合”表明她与前任主人的相似性。这些看似偶然的

① 杨莉馨．父权文化对女性的期待—试论西方文学中的“家庭天使”[J]. 外国文学研究，1996（2）：80-82.

细节实则是福斯特刻意设置的，他希望玛格丽特能成为新的主人，让霍华德庄园的传统得以延续。

玛格丽特嫁给了威尔科克斯先生，继承了露丝·威尔科克斯的名号，成为新的庄园主人，而且她的到来赋予了庄园新的生命力，使传统得以延续。此外，施莱格尔姐妹从伦敦带来许多家具和书籍，为霍华德庄园注入了全球化的元素，赋予了传统新的意义。

玛格丽特身上有着热爱自然、维护传统的女性特质，还有愿意接受工业文明的现代理性，两者达成了统一，展现出新女性形象的力量。玛格丽特回到霍华德庄园意味着对传统的继承，而她作为知识女性对新兴工业的接受则表现出对理性的肯定。小说中，玛格丽特代表着精神文化，而威尔科克斯先生和他的儿子则是物质文明的象征。阿诺德认为，文化是指人类精神层面的生活，而文明是指人类的物质生活。通过描写玛格丽特接受威尔科克斯的求婚这件事，福斯特表达了他希望通过新女性实现精神文化与物质文明的融合。

（二）精神文化与物质文明的联结者

阿诺德认为文化是人类精神层面的生活，文明指的是人类的物质生活，它是外在的东西而不似文化内在于人的心灵，它是机械的东西而不似文化展示人类的心路历程。[①]《霍华德庄园》中的玛格丽特代表着来自伦敦的精神文化，而威尔克斯和他的儿子则代表着物质文明。福斯特设定玛格丽特接受威尔科克斯的求婚虽然看起来不太合理，实际上是在寓言一种希望，那就是通过新时代的女性来实现精神与物质文明的有机融合。

女主人公玛格丽特从小就在书香门第长大，父亲博学多才被称为乡间的康德，是一位有着理想主义的学者。受父亲和新时代思想的影响，玛格丽特具有开放心态和强烈的好奇心，她积极参与上流社会的文化活动，

① 朱立元．当代西方文艺理论增补版 [M]. 上海：华东师范大学出版社，2005：434.

接触不同的人群，精神世界与时俱进，思想丰富、独立，是一位典型的20世纪初新女性。她不盲从，对爱情和婚姻有自己独特的理解，对家庭生活有自己的想法。由于祖先留下的财富，她有经济上的独立地位，可以客观地看待金钱与精神的关系。总的来说，玛格丽特和她的妹妹是阿诺德倡导的美好和光明的传播者，是文化形象的化身。男主人公威尔科克斯先生拥有卓越的经济头脑，在他的引导下，家族的橡胶业务在短短几年内盈利翻倍。然而，作为一个商人，他对周围的人和事物显得冷漠、不关心。在福斯特的笔下，威尔科克斯家族被塑造为工业文明的代表，成为阿诺德理论的批评目标。

在作者的创作构思中，威尔科克斯作为物质财富的拥有者接受了精神文明的影响，玛格丽特则作为精神丰富的人接受了物质财富，二者互为影响。玛格丽特似一座桥梁，联结了精神文化与物质文明。和妹妹海伦不同，姐姐玛格丽特个性更显稳重，接纳性、包容性强。她理解并接受金钱具有必要性的真相，并积极认可亨利在财富创造过程中的个人价值，认为正是基于威尔科克斯们过去几千年在英国的努力，他们的生活才有可能超越原始的粗粝状态，进入现代文明。同时，玛格丽特相信威尔科克斯并非无可救药，只是需要唤醒他心中的潜在力量，用自己的爱来帮助他成长为一个更好的人。她作为家庭中的一员，努力调和着两种思维方式，并发挥了重要作用。在一定程度上她代表着女性在家庭中地位的提升，女性不仅仅是被边缘化和沉默的状态，她们有自己特有的品质和能力。

玛格丽特和威尔科克斯的婚姻本质上呈现了精神文化与物质文明的融合。玛格丽特作为一位新时代知识女性，有能力理智地看待文化与物质的关系，并将它们有机地结合在一起。通过玛格丽特这个人物形象，福斯特试图传达的信息是："他追求的不是不同价值观、不同阶层之间的冲突，而是和解、包容和相互的交流和影响"。他认为物质和精神相融共存，人们才能得到真正的舒适生活和基于其上的精神成长。

（三）不同阶层的联结者

福斯特的《霍华德庄园》描绘了来自不同社会阶层的三个家庭，他们之间产生的接触和纠葛，这包括代表精神文化的玛格丽特姐妹、代表工业发展和商业利益的威尔科克斯先生，以及代表底层劳动人民的职员巴斯特。他们的社会地位迥异、家庭出身不同、教育程度不等，经济实力悬殊等因素决定了他们之间在深度接触中必然会产生紧张与冲突，形成了复杂的矛盾关系。商人亨利威尔科克斯位于这个社会等级的顶层，玛格丽特姐妹处于中产阶级，巴斯特则来自社会阶层的最底端。三个家庭之间的冲突和交流代表着各阶层中产阶级内部物质主义与理想主义、传统观念与自由倾向之间的对立。作者通过玛格丽特这个新知识女性来调和不同阶层之间的冲突，试图实现阶层的融合。

在这部小说中，社会阶层的划分已经不再是维多利亚时代按照传统的贵族头衔和平民，而是根据物质和精神两个方面来划定。威尔科克斯家族是富裕中产阶级的代表，他们的生意规模庞大，一片繁荣。亨利威尔科克斯是一位精明的商人，他对社会改良和文化艺术并不感兴趣。他们家族的生活完全沉溺在物质欲望之中，缺乏精神文化的滋养。小职员巴斯特则来自底层，通过自己的努力触摸到了中产阶级的边缘地带。他通过大量读书和音乐赏析提升自己的文化素养，期望提升自己的社会地位。然而，他对文化的追求并没有能够帮助他突破阶层障碍，反而丢掉了宝贵的生命。玛格丽特姐妹家庭背景是中产阶级，她们有遗产作为经济支撑，能够享受舒适且富有文化气息的生活方式，是知识分子的代表。她们有精力、有能力关注社会改革，关注人们的内心和精神生活。作为生态女权主义者，她们注意到其他被排斥在权力话语之外、处于边缘地位的弱势群体。她们试图用女性的美德来消解社会阶层间的矛盾。在对待巴斯特的问题上，玛格丽特姐妹认可并赞赏他对艺术的追求，并尽力提供条件帮助他改善生活。虽然这条物质与精神的联结之路充满了艰难，但作者最终还是通过玛格丽特，将霍华德庄园交给了巴斯特的孩子。这表达了作者的期望，试图让不同阶层的人们最终能融合成一个大家庭，用新的精神思想继承代表着自然和传统的霍华德庄园。

玛格丽特作为新知识女性的代表，尽管外表平凡，但她却有深厚的知识，广阔的视野，独立的思考。她担负起联结者的任务，将传统与现代、精神文化与物质文明、不同阶层之间的关系融合起来。福斯特通过玛格丽特这个新女性形象，传达出对父权制的反思以及对新女性地位和作用的新的审视。

二、《看得见风景的房间》中的露西

《看得见风景的房间》中女主人公露西是一个矛盾的结合体，小说伊始，露西只是一个普通的英国中产阶级女孩。她有着正统的行为举止，循规蹈矩，对自己的内在自我毫无感知。然而，意大利之行让她接触到了新文化以及新的生活景象。虽然饱受两种不同文化带来的心灵折磨，但她对自己的存在价值开启了探索之旅。这也是当时普通英国公民在经历的一个过程。“看得见风景的房间”既是外在世界风景的呼唤，又是内心觉知的心灵成长。露西是一个拥有自己独特思考方式的女性，她渴望从社会的束缚中解脱出来，追求自由，追求精神世界的充实。露西在作品中所表现出的独立性和求真性，体现了福斯特对于新女性形象的深入刻画。露西敢于挑战社会规范，敢于追求自己的幸福。她不愿被困在传统的角色定位中，她反抗任何形式的束缚，追求个体的自由和解放。露西的形象以其大胆和创新的特性，成功地诠释了福斯特对于新女性的理解。

在作品中，露西生活的英国，新思想已经在普及，但总体上还是一个典型的男权社会，它的二元对立特点无处不在。在当时的英国，男性主导的文化对女性的偏见仍然十分坚固，这种偏见就像一张无所不在的网，捆绑着人们的思想和行为。在这种社会环境下，露西被那些坚定的男权主义者包围和禁锢，而她对此并无自知之明。这些男权主义者，包括文中提到的她的未婚夫塞西尔、牧师毕比先生，还有她的表姐巴特利特小姐，都是她日常生活中的亲近之人。露西在他们的监视和控制之下，逐渐习惯于顺从男权社会对女性的规定和期待。久而久之，她满足于自己作为附属品的地位，逐渐失去了女性自我意识。在现实社会中，露西无法避免受到这种环境的影响，强大的男权思想让人无处可逃。

露西的未婚夫塞西尔先生举止文雅，待人礼貌周到。他出身比较富裕的家庭，社会地位比露西稍高，是大家心中理想的丈夫。然而，他却过分遵守过时的社会规则，保持着上流社会的傲慢和尊严，因此无法理解露西的渴望和需求。在福斯特的描述下，他像一座哥特式雕像，既不理解真爱，也并不是真正地爱露西，他只是把露西看作一件可以拥有的艺术品，而非一个有真实感情的人。他把自己看作是露西的保护者，是情感关系中的上位者，带着男性的优越感，并不能理解露西所追求的交流和平等。当露西向他表达自己的观点时，他不是欣赏和认可，相反，他认为露西的优点应该在于她的妩媚，而不是她的认知理论。福斯特幽默巧妙地揭示了塞西尔身上的僵化，他在林间想亲吻露西，但是由于不能抛弃“绅士风度”而止步。

相对于塞西尔的谨慎小心，乔治却毫不避讳地展示自己的感情。他两次偷吻了露西，露西在乔治的行为中看到了塞西尔身上所不具备的阳光和果敢。这两次突如其来的吻，让露西产生了新鲜的感觉，并在她的内心留下了深深的印迹。这些改变推动了她最终与塞西尔解除婚约，告别这段没有感情基础和精神默契的恋情。

塞西尔对待露西的方式可以被视为一种“爱”的压迫，尽管他表面上优雅、有教养，但内心仍坚守着男权社会对女性的压迫和束缚。他对待露西，不是把她作为一个独立的个体，而是一个需要被保护和控制的对象。与此相反，乔治对露西的态度却是开放和真挚的，他对露西的感情表达直接而率真，这种天性的解放对露西产生了深刻的影响，激发了她的反抗精神。虽然露西的成长环境易于使她屈从于男权社会的压迫，但她在意大利和希腊的所见所闻给了她勇气，她并没有像母亲与姐姐那样顺从地被男权社会所压迫。她展示了一种反叛精神，这种精神在她的行为中有所显现，特别是在她与塞西尔的恋情中。她最终拒绝了塞西尔的求婚，这反映了她的内心并不平静，她希望通过自己的选择来对抗男权社会的压迫。

音乐是表现露西性格特征的另一个工具。在不同的时期，露西选择了不同的作曲家的音乐来演奏，这从侧面反映了她的内心变化。最初，露西喜欢贝多芬的音乐，这反映了她对于自由和胜利的渴望。然而，在结识艾默森父子后，她开始演奏舒曼的音乐，这反映了她开始认识到自己作为女性的独立性，并开始挣扎摆脱男权社会的束缚。最后，她选择了莫扎特的音乐，这反映了她的心境已经开始平静，她开始接受和欣赏自己的选择，并愿意面对未来。

意大利，这个文艺复兴的发源地，使露西体验到了一个全新的、个人自由的生活方式。这是一个经历了文艺复兴洗礼后的社会，人们从宗教的束缚和禁欲主义的枷锁中解放出来，人性得到了真正的觉醒。意大利是一个强调个人独立和人性尊严的国家，在那里露西看到了意大利人丰富多彩、充满人间烟火气的生活方式，相比之下，英国中产阶级的礼教规训则是鲜明的对比。在意大利的旅程中，露西的内心得到了释放，她的人性和情感得到了满足，这个充满魔力的国度彻底撼动了她内心深处的世界观，她的自我意识逐渐得到了全面的觉醒。

托马斯·福斯特还写道："年轻人物接受年长人物的法宝时，同时也拥有了年长者的力量。无论是爸爸的外套，师父的刀剑，老师的钢笔，还是妈妈的帽子，皆是如此。"[①] 如此说来，露西接受房间的行为犹如接受年长者的法宝，同时也拥有了年长者的力量。她意识到了自己具备思考的能力和接受新思想的可能，这为她后来能接受更加开放的思想奠定了基础。

① 福斯特，托马斯．如何阅读一本文学书 [M]. 王爱燕，译．海口：南海出版公司，2016：270.

她接受的不仅仅是一个房间，而是一种批判思考的能力，她有了觉知的意识，开始质疑代表着英国礼教的表姐。爱默生父子思想开明、热情助人，他们的行为方式可能被男权社会视为粗鲁和无礼，但他们始终保持着自我，没有被男权主义的思想所毒害。他们的坦率、真诚和活力，与露西的本性相合，使她有了平等交往的机会。他们的存在，从不同的角度和方式为露西提供了指导，帮助她更深刻地理解了社会和自我，最终获得了和塞西尔退婚转而奔向乔治拥抱新生活的勇气。

虽然《看得见风景的房间》表面上是在讲述露西的恋爱故事，但实际上，福斯特通过露西的成长和觉醒，对女性地位和命运进行了深刻的探讨。在爱情的感召和对爱情的渴望的驱动下，露西从一个无知少女变成了一个拥有自我意识的独立女性，她成功地突破了社会的束缚，走出了迷惘，最终获得了自我意识的全面觉醒。露西对于自我的认知，她对于传统的挑战，以及她对于自由的追求，都展现出新女性的特质。她通过自己的行动，证明了新女性不再是社会的附庸，而是独立的、有思想的个体。这种个体的自由，不仅仅是物质层面的，更重要的是精神层面的。露西的形象，是福斯特对新女性的完美刻画，她以自己的行动，呼唤着新时代的到来，向世界宣告新女性的觉醒。

三、《印度之行》中的阿黛拉

在《印度之行》中，福斯特创造的阿黛拉·奎斯特是一个具有独立精神和自我追求的女性形象，她的形象对于破解男权霸权社会的压迫与束缚、实现女性的独立自我意识具有重要意义。

阿黛拉是英国女性的代表，但她的性格特征并不符合当时的女性规范。她独立、自主、勇敢且敢于追求自我，这种性格特征在男权主义社会中是边缘的，甚至是叛逆的。尽管社会舆论和环境都对她施加压力，试图让她符合传统女性的角色，但她始终坚守自我，勇于追求自由和独立，这种精神是新女性形象的主要特征在《印度之行》的洞穴事件之前，阿黛拉是一个尚未被世俗影响的纯真少女。她天真、轻信、任性且对婚姻充满着幻想。她的生活充满了对自由的渴望和对未知世界的好奇。然而，正是这种强烈的好奇心，导致了阿黛拉的悲剧。西方文化中有很多悲剧是由女性的好奇心引发的灾难，比如打开灾祸和瘟疫魔盒的潘多拉、诱导亚当吃禁果的夏娃。阿黛拉好奇的目光焦点是外部世界："我们就连这个世界的另一半都还没看到呢；这正是我们抱怨的原因。"[①] 阿黛拉想去看看真实的印度。然而，她的好奇心最终让她发现了自己无法承受的真相。

在法庭上，阿黛拉最初害怕说出真相，她感到被迫要说出别人期待她说的话。然而，当她站起来回答问题，听到自己的声音时，她不再感到害怕。一个新的、未知的感觉像神奇的盔甲一样保护着她。当她鼓起勇气，镇定自若地承认自己的错误时，她宣告了自己的独立，确认了自我存在。

阿黛拉鼓起勇气撤回了自己对阿齐兹的指控，不仅挽救了阿齐兹和菲尔丁两人，也救赎了自己。她解除了和罗尼的婚约，避免了成为男性附庸的传统女性命运，也停止了扮演英印殖民者的角色，从而真正地做回了一个独立的个体。福斯特以女性的婚姻作为喻体或类比，比喻英国人的思想成长所需要突破的一个个障碍，正如女性对传统婚姻束缚的突破。

成长并不是一蹴而就的，而是迂回曲折、在一次次的反复中完成。尽管阿黛拉表现得并没有足够强大，但她敢于面对和承认女性内心深处的脆弱和缺陷，能够承受来自各方的压力和误解，根据自己的内心渴望去创造一个与过去的传统完全不同的未来。她已经不再是那个被剥夺了生存自由和命运呼声的"女人"形象。她不但摆脱了莫尔太太的悲观思想的影响，也不再受罗尼的控制。她在大胆袒露自己的过程中完成了对自己的理解和认知。

---

① 福斯特．印度之行[M]．杨自俭，译．南京：译林出版社，2013：26.

在菲尔丁的住所中，阿黛拉深度地分析了自己失败的原因。她有勇气面对自己，坦率地承认自己的虚荣和惰性，意识到自己在社会中扮演的角色只是一个无所事事的多余人。她决定回国，寻找一份工作，实现经济独立，用自己的金钱开始新的生活。她说她不再需要爱情，已经从一个依赖他人、缺乏个性的女孩变成了一个独立自尊、自强不息的人，她的身心是统一的。

在回国的途中，她独立面对旅途的孤独和艰辛。当面对仆人的敲诈时，她毫不畏惧，坚决争取自己的权益。回国后，她继承了莫尔夫人的爱心，帮助他人，独立生活。她回到英国之后首先去寻找了莫尔夫人的其他孩子，并像母亲一样关心他们，例如帮助斯黛拉建立一个家庭，资助拉尔夫去印度旅游。从某种程度上说，她承担了莫尔太太的任务，可以被视作是莫尔夫人的复活。另一方面，她找了一份工作，独立自强地生活，她超越了莫尔夫人。她在男性面前非常自信，不受惯例和传统束缚。她选择独身，这也是一种摆脱男权社会强加于女性的性别角色束缚。

重新审视阿黛拉的转变，我们可以看到，她最初是一个清纯的少女形象。她天真无邪，好奇心强，对生活充满了期待和对自由的向往。但是，好奇心让她发现了一些自己无法接受的真相；而她对婚姻充满了不切实际的幻想，并为此付出了高昂的代价。在她与罗尼的相处中，她期待罗尼能向她求婚，而她则可以像公主那样高傲以显示自己的教养和身份。但是，深受英国公学影响的罗尼却无法满足她的虚荣心。潜意识中，阿黛拉不断地追求贵族式的生活，但她很快发现，罗尼的家庭和他的职业根本无法给她提供这样的生活。他的价值观和她的期望有着无法调和的冲突。这就是她的失败的源头。

在法庭上，她表现得勇敢，但是她的心中仍然充满了不安。她知道自己做错了什么，但是她的自尊心和虚荣心不允许她承认。她感到害怕，因为她知道自己正在失去的不仅仅是她的声誉，也是她的未来。她担心自己会变成一个被人瞧不起的、无法为自己赚钱的、毫无价值的女人。

然而，她的转变来得令人惊讶。在菲尔丁的家中，她开始反思自己的行为和态度。她不再寻求罗尼或者任何人的认可，而是决定依靠自己，独立地面对生活的困难。她不再追求虚荣，而是选择以自己的方式活出自我，实现自我价值。

这就是阿黛拉的转变，她从一个依赖他人、毫无个性的女孩，成长为一个自立自尊、自强不息的女人。她明白了自己真正的价值，并且有了改变自己命运的勇气。她不再需要别人的帮助，她能够独立地生活，能够自己养活自己，能够为自己的行为负责。她明白了自己的责任，并且准备好承担这个责任。这就是她的转变，这就是她的成长。

阿黛拉的爱情观也是她自我追求的一部分。她对爱情的理解是自由、平等和尊重，这与当时社会普遍的男尊女卑的观念相悖。她并不满足于成为男性的附属品或陪衬，她希望在爱情中也能实现自我，这种追求在当时的社会环境中是前卫的。阿黛拉的爱情观不仅对男权社会构成了挑战，也展示了新女性的独立自我意识。阿黛拉的爱情观是她自我追求的重要表现。在传统的男权社会中，女性常常被视为男性的附属品，需要在男性的保护和照顾下生活。然而，阿黛拉对此有着深刻的反思和挑战。她的爱情观强调自由、平等和尊重，这无疑是对传统男尊女卑观念的冲击和瓦解。

阿黛拉在爱情中寻求自由，不仅是指在身体上的自由，更重要的是在精神上的自由。她不希望自己的生活被另一人所左右，不希望自己的想法和感情被他人所束缚。这种追求自由的精神在当时的社会中极为罕见，因为大多数女性都被认为应该在男性的照顾下生活。阿黛拉的这种自由主义的爱情观无疑给男权社会带来了强烈的冲击。平等也是阿黛拉爱情观的核心。在阿黛拉看来，爱情关系中的双方应该是平等的，无论是在物质上，还是在精神上。她反对一方对另一方的支配和压迫，坚持每个人都应该有自己的独立性和自主性。她在实践中积极挑战那些试图剥夺女性权利，使女性成为男性附属品的社会规范。尊重是阿黛拉的另一项重要观念。她认为在爱情关系中，双方都应该尊重对方的选择和决定，无论这些决定是否符合自己的期望。她反对任何形式的暴力和压迫，主张通过沟通和理解来解决问题。

阿黛拉的这些观念都表现出她强烈的自我追求。她不希望自己仅仅成为一个符合社会期待的传统女性，而是希望在爱情中也能实现自我。这种追求不仅展现了新女性的独立自我意识，也对男权社会构成了挑战。在这样的社会环境下，阿黛拉的形象具有深远的意义。她的故事鼓励和启示着那些渴望自由和独立的女性，使她们有勇气挑战传统的性别角色，追求自我实现。阿黛拉的形象以及她的爱情观无疑为新女性的出现铺平了道路，为女性的解放和自我实现提供了新的可能性。

《印度之行》这部作品的结尾是开放式的，对于阿黛拉未来的生活并没有给出明确的答案。然而，阿黛拉·奎斯特小姐的人物形象展现出新女性的期望和理想：那就是摆脱一切阻碍女性实现真我、束缚女性自由发展的传统观念和束缚，特别是女性的虚荣心和对他人的过度依赖，而是秉持自尊、自信、自主的生活方式，去实现个人的自我价值和生活目标。福斯特对于新女性的期望在阿黛拉·奎斯特小姐身上得到了淋漓尽致的体现。她勇敢地面对生活的困难，独立地解决问题，无需依赖他人。她不再寻求男性的保护或者依赖他人的帮助，而是选择独立自强，按照自己的方式生活，实现自我价值。她摆脱了虚荣心的束缚，不再为他人的眼光和评价所左右，只按照自己的内心去行事。奎斯特小姐也摆脱了对他人的过度依赖，她不再期待他人的理解和接纳，而是选择依靠自己的力量去生活。她面对困难时，总是坚持自己的立场，不轻易妥协，也不轻易放弃。她凭借自己的力量，走出了困境，实现了自我救赎。这样的奎斯特小姐，无疑是新女性的象征，她代表了新时代女性的独立、自强和自主。她的故事，给所有女性树立了榜样，提醒所有的女性，我们有权利按照自己的方式去生活，有权利去追求自己的幸福，有权利去实现自己的价值。

第二节　新女性自我价值的寻求

在19世纪的大部分时间里，女性的地位在很大程度上被男性主导的社会和文化所限制。然而，随着19世纪末和20世纪初的社会变革，女性开始寻求改变，希望挑战并重新定义她们在社会中的地位和角色。这一变革的结果就是新女性的诞生，她们挑战了传统的性别角色和社会期待，追求个性的发展和自我价值的实现。福斯特的小说正是在这种背景下形成的，他通过向内观望的视角叙事，成功地深入新女性的内心世界，揭示了她们在追求自我价值过程中的焦虑和挣扎。

新女性代表着对女性在社会、家庭和职业中角色的重新定义。新女性的定义并非单一的，她们可以是事业有成的职业女性，也可以是致力于改善社会状况的社会活动家，或者是追求精神满足和个性发展的文化工作者。然而，尽管她们的追求和目标各不相同，但新女性的核心特征却是一致的，那就是她们都强调个性的独立性和自主性。这种对独立性和自主性的追求既包括在经济和职业上的独立，也包括在思想和精神上的自由。过去，女性在社会中的位置是相对边缘化的，往往仅被视为男性的附属或家庭的看护者。然而，新女性的崛起挑战了这种观念，她们追求独立的自我价值，希望在经济、社会和文化中扮演更积极、更重要的角色。在《看得见风景的房间》中，露西的角色反映出新女性的内心世界和她们的追求。同样，《霍华德庄园》的玛格丽特以及《印度之行》的阿黛拉也呈现出新女性在社会变革中的挣扎和追求。这些角色都挑战了传统的女性形象，她们不再被束缚在家庭和男性的期待中，而是追求自我价值的实现，如何在社会期待和个人价值观之间找到平衡。

新女性的崛起是一种社会和文化的反映，她们在追求自我价值的过程中，经历了种种挣扎和冲突。然而，正是通过这些挣扎和冲突，她们找到了自我，定义了自我，也塑造了自我。新女性的追求并非一帆风顺，她们在寻求个性独立和自主的同时，必须面对社会对她们角色的期待和压力。这些期待和压力无疑加重了新女性的内心挣扎，使得她们在追求自我价值的过程中面临更大的挑战。他的作品中的女性角色，虽然面临挑战，但她们仍然坚持追求自我价值，无畏前进。这种坚韧，正是新女性的一种象征，也是她们对自我价值追求的坚定信念的体现。通过福斯特的小说，我们可以更深入地理解新女性的内心世界，她们的挣扎，以及她们的坚韧。

在《看得见风景的房间》这部小说中，福斯特以露西为代表，向我们展示了新女性在追求自我价值过程中的独特内心世界。露西的性格和冲突成为福斯特探讨新女性自我价值的载体，她的成长历程和内心世界揭示了新女性的挣扎和追求。露西聪明，有独立思考的能力，不愿接受社会对她的期待和束缚。然而，作为一个在维多利亚时代生活的女性，她不可避免地面临着性别角色和社会期待的压力。露西的内心世界充满了矛盾和冲突，她既希望保持个性的独立，又不得不面对来自社会的压力。在露西的心理描绘中，可以看到新女性的内心挣扎。露西渴望自由，希望摆脱传统性别角色的束缚，但她又害怕冒险，担心失去稳定的生活。这种内心的矛盾使得露西在追求自我价值的过程中，时常感到迷茫和焦虑。然而，尽管露西面临挑战，她仍然坚持追求自我价值。在小说的最后，露西终于决定放弃安全感，冒险去追求她的真实自我。这种勇气和决心，正是新女性的一种象征，也是她们对自我价值追求的坚定信念的体现。露西的内心世界也揭示了新女性的一种可能性。虽然露西在追求自我价值的过程中面临挑战，但她的故事告诉我们，只要有决心，新女性就有可能实现自我价值的追求。

《霍华德庄园》通过塑造主角玛格丽特的形象，进一步展示了新女性的内心世界和自我价值的追求。玛格丽特是一个有教养，有见识的中产阶级女性，也是一个典型的新女性形象。玛格丽特在小说中的表现揭示了新女性在传统和现代之间挣扎，试图寻找自我价值和个人幸福的道路。玛格丽特的性格和信仰也反映出新女性的内心世界，她们渴望自由，追求平等，勇于挑战传统性别角色。

首先，通过玛格丽特在社会和家庭中的角色，揭示了新女性面临的挑战。她是家庭的主要决策者，同时也是家庭的精神支柱。这种角色让她不得不面对许多压力，例如兼顾工作和家庭，处理家庭和社会的关系等。这些挑战，代表了新女性在追求自我价值时，必须面对的现实挑战。玛格丽特在追求个人幸福和自我价值的过程中，经常感到迷茫和困惑。她既渴望自由，又担心失去家庭和社会的支持。玛格丽特的这种内心挣扎，代表了新女性在追求自我价值时，必须面对的内心挣扎。尽管面临许多挑战和困惑，玛格丽特最终还是选择了追求自我价值。她坚持自己的信仰，勇敢地挑战传统的性别角色。她的选择，代表了新女性的决心和勇气，也体现了新女性对自我价值追求的坚定信念。

《印度之行》是福斯特以殖民主义背景为笔墨，对人性、文化和社会阶级进行探讨的一部作品。在这部小说中，阿黛拉的形象成为新女性自我价值寻求的代表。尽管她在性别、种族和社会压力之间遭受挣扎，但她对自我理解和真实性的追求从未停止过，这种精神强调了新女性的决心和勇气。

阿黛拉作为一名英国女性，所展现出的对印度的迷恋和困惑揭示了新女性对自我认知和个人自由的追求。她的冒险精神和对未知的好奇心显示出新女性不再满足于被动接受社会对她们的定义和期望，而是积极地寻求个人自由和自我实现。然而，阿黛拉的这种追求并非没有挫折。在小说中，她在尝试理解和接纳印度文化的过程中，经历了种种困惑和冲突。尤其是她在洞穴事件中的经历，使她深深地感到自我身份和价值的困惑。这种困惑和挫折，反映出新女性在追求自我价值时，必须面对的内心挣扎和社会压力。然而，尽管阿黛拉面临着如此多的挑战，她依然坚定地追求自我。在小说的最后，阿黛拉拒绝了两个男人的求婚，选择了独立的生活，这体现了她对自我价值的坚定信念和追求。她的选择，代表了新女性的决心和勇气。

通过以上探讨，可以看到福斯特小说中的新女性——露西、玛格丽特和阿黛拉的内心世界充满了复杂的情绪和矛盾的想法，她们在追求自我价值的过程中，无不经历了种种挣扎和焦虑。然而，尽管她们面临着来自社会、文化和自我内心的各种挑战，她们仍然坚持追求自我，这正是新女性的精神所在。

福斯特的小说，无论是在《看得见风景的房间》《霍华德庄园》还是《印度之行》中，都深深地描绘了这些新女性在寻求自我价值过程中的心路历程。他的文字深入她们的内心世界，展示了她们在追求自由、独立和自我实现中的种种焦虑和挣扎，同时也揭示了她们的决心和勇气。看到新女性的追求不仅仅是对物质生活的改善，更是对精神生活的向往。这是一种内在的、精神的需求，是对人格完整、心灵自由的追求。尽管社会环境、传统观念和性别角色的束缚使她们的追求变得艰难困苦，但她们依然在尝试，依然在寻找，这就是新女性的决心。福斯特通过他的小说，表达新女性面对困难和挑战时的勇气。尽管她们经历了许多失败和挫折，但她们从未放弃过对自我价值的追求。她们不断地自我反思，不断地挑战自我，不断地追求自我价值的实现，这就是新女性的勇气。新女性的自我价值追求并不是孤立的、个体的。她们的追求是与社会、文化、历史紧密相连的。她们不仅要挑战自我，还要挑战社会的偏见和限制，挑战传统的性别角色，这就是新女性的智慧。

第七章　福斯特作品中的女性群像刻画的意义

第一节　时代背景下的女性生存现状的再现

作为一位男性作家，福斯特对女性人物的塑造虽然源自他自己的视角，然而他的独特生活经历和时代背景让他能够从女性视角去理解和展现女性。他能看见女性生活中的困境，对女性有着怜悯和同情之心，因而他能塑造出更为生动的女性群像。他的作品不仅为读者提供了一个观察社会转型期女性生活状态的窗口，而且让读者通过观察这些女性人物对待男性权威、阶级制度以及殖民主义等当时英国社会主流价值观的态度，了解作者对“联结”主题的追求和情感倾向。

在第二次工业文明的大背景下，较为严格的阶级制度和厚重的宗教道德束缚与传统习俗偏见形成了英国社会的沉闷氛围。在这种“没有风景的房间”里，男性和女性之间存在着明显的不平等的上下位关系，表现为男性占主导地位，而女性是顺从者。“如果小说家看待自己的方式产生了变化，他看待小说人物的方式势必也会变，结果必然产生一种全新的揭示人性的体系。”[①] 福斯特幼年时代没有男性家长陪伴的成长经历使他清晰地意识到自己并不符合男权社会所期望的那种刚毅、勇敢、强大的要求，更多地被束缚在女性的话语体系中，可以更深入地理解和展现女性。在独特的英国社会所谓“风景”和中产阶级家庭的“风景”中，他既看到了作为统治者的女性，也看到了作为被统治者的女性：既看到了作为“观看”的客体的女性，也看到了作为“观看”的主体的女性。他对女性人物形象的全面刻画为女性形象画册增添了丰富的色彩。

一、被“观看”女性的再现

“女人被视为一个否定性的实体，仅仅由缺陷来确定，其特征本身只能通过一种双重否定得到确认，表现为受到否定或被战胜的罪恶或微小的邪恶。因此，一切社会化作用倾向于对女人实行限制，这些限制全都与被视作神圣的身体有关，应被纳入身体的配置之中。”[②] 在传统社会很长一段时间，女性未曾担任历史的书写者，反而常被书写，被代表，而她们在此过程中常常保持沉默和无言。传统的文学创作多以男性的语言和视角来讲述女性的故事，赞扬那些符合男性期望的女性。福斯特在他的作品中，则从女性视角再现了那些被男性“观看”的女性。

作为被社会“观看”的女性，她们的形象需要符合传统主流社会的价值追求和审美标准。如卡洛琳和夏绿蒂等，在福斯特的作品中被赋予了一种高度理想化的形象。她们的形象特征是被社会主流价值观期待的，是所有女性应当追求的。她们被塑造成了完美的女性原型，成为社会的矛盾和冲突的缓冲器，以满足社会主流的审美和价值追求。她们的性格和特质表达了社会对女性的一种美好理想。她们是温顺、慈爱、勤奋无私、纯洁美丽、端庄优雅的代表。福斯特赋予她们细致入微的描绘，使她们成为具

① 福斯特作．小说面面观 [M]. 杨蔚，译．天津：天津人民出版社，2022：162.

② 布尔迪厄．男性统治 [M]. 刘晖，译．深圳：海天出版社，2002：34.

有鲜明个性特征和社会价值意义的人物。福斯特的描绘并非单纯的物化或者边缘化，而是将她们塑造为深深根植于社会和家庭的核心价值观念中的角色。卡洛琳和夏绿蒂作为女性的象征，她们在日常生活中是忠实于家庭的，是丈夫和儿女的守护者。她们的形象塑造了家庭空间中的“天使”，她们温馨、贤淑、善良，以牺牲和付出来满足家庭的需求。她们忠诚于家庭，是家庭的精神支柱和感情纽带。

尽管福斯特在塑造这些角色时，给予了她们丰富的性格特征和情感深度，但他并没有对她们的外貌和服饰进行过多的描绘，但是这类女性通常在人群中具有极高的辨识度，她们具有明显的特征，是英国街头的一道“风景”，能够让人一眼就认出来。卡洛琳和夏绿蒂作为被“观看”的女性，在英国社会中成为一种常见的“风景”。她们是社会主流价值观的产品，是被社会主流审美和价值追求塑造的。她们是男性幻想中的理想女性，被男性社会理想化、物化和模式化。这些女性形象高度类型化，她们的服饰、动作、语言和行为都符合社会主流的期待。她们的存在是为了满足男性的情感需求，是男性幻想中的理想女性。她们被塑造成温柔、善良、端庄、贞洁的女性，是男性幻想中的美好形象。然而，这种理想化的女性形象，其实是对女性真实性格和经历的消解和抹杀。福斯特的作品中的女性，并非完全是被动的、无意识的、无力的存在。相反，她们也有着自己的主观性、独立性和多元性。她们也有自己的愿望、目标和追求。福斯特通过对这些女性形象的描绘，提醒人们看到女性的真实面目，看到女性的多元性和复杂性。

福斯特的作品中被“观看”的女性，虽然在一定程度上是被社会主流价值观塑造的理想化形象，但她们也不仅仅是被塑造的对象。她们也有自己的主体性和独立性，有自己的愿望和追求。卡洛琳和夏绿蒂等女性，虽然表面上是符合社会期待的理想女性，但她们也有着自己的主观性和独立性。她们有自己的想法，有自己的目标，有自己的追求。她们并不完全被社会主流价值观束缚，她们也有可能超越这种束缚，追求自己的理想和价值。这些女性的存在，挑战了社会对女性的固定化和类型化的期待，提醒我们看到女性的多元性和复杂性。她们的存在，使人们看到了女性的真实性和独立性，看到了女性的主体性和自我决定的可能性。

在男权社会中，女性的身份常常被边缘化、物化和被动化。这是因为在这样的社会环境中，男性拥有更多的权利和优势，他们占据了主导地位，成为社会的中心。而女性，往往被视为男性的附属品，被限定在特定的角色和范畴中，她们的自我意识和主体性被消解，被男性主导的视觉、话语和权力所支配。这种状况在福斯特的作品中表现得淋漓尽致。在《看得见风景的房间》中，露西就是一个典型的例子。塞西尔将露西视为他的保护对象，她被他的目光和道德约束所束缚，被他的权力和优越感所驯服。她被剥夺了自主权，被剥夺了作为一个独立的人的权利。她被塞西尔用美好的风景、传奇的画作和无尽的聚会包围，她被塞西尔的观念、价值观和欲望所塑造。她被物化，被抽象化，被男性的权力和优越感所消解。只有当她在自我意识的引导下，主动断绝与塞西尔的关系，她才重新获得了作为一个人的身份和权利。同样，在《天使不敢涉足的地方》中，莉莉娅也是一个被男性视为物品的女性。她被赫里顿家族视为他们的救赎工具，被他们的话语和权力所压制。在他们的眼中，莉莉娅只有通过他们的“救赎”，通过他们的言传身教，才能成为一个“人”。然而，这种所谓的“救赎”，实际上是对莉莉娅的身份和权利的侵犯。它是对她的自我意识和主体性的否定，是对她的人格的贬低。

而在这种男权社会的视角和话语下，那些被塑造为理想女性的女性，如卡洛琳和夏绿蒂，其实也并不是真正的自我。她们被赋予了所有美好的品质，成为男性幻想中的理想女性。她们的言行被男性用来衡量和评判其他女性，她们的存在被男性用来巩固和强化自己的权力和地位。她们被物化，被抽象化，被男性的视角和话语所操纵。她们的身份和存在，只是男性权力游戏的一部分。这样的状况，反映了女性在男权社会中的困境。她们的身份和存在被男性的权力和视角所支配，她们的自我意识和主体性被消解。她们成为男性权力游戏的牺牲品，成为男性权力和欲望的工具。然而，正如福斯特的作品所显示的，女性并非完全被动和无助。她们也有自己的声音，有自己的选择。她们可以挣扎，可以反抗，可以寻求自我解放。正如露西和莉莉娅所做的，她们可以摆脱男性的束缚，重新获得自我意识和主体性。她们可以反抗男权社会的压迫，追求自我实现和自由。

在这个过程中，她们需要勇气和决心，需要自我觉醒和自我塑造。她们需要看清男权社会的本质，需要抵抗男性的凝视和话语。她们需要从被物化、被动化的身份中挣脱出来，重新成为一个独立的人。她们需要从男权社会的边缘走向中心，从男性的附属品变为自我主体。这是一个艰难的过程，但也是一个有可能的过程。因为，如福斯特的作品所表现的，女性也有自己的力量，也有实现自我的可能。

在福斯特的作品中，女性家长的角色塑造有着极其深远的影响，而这些女性家长往往就是男性意识形态的忠诚执行者和传播者。她们可能表面上是温文尔雅、和蔼可亲的母亲形象，但其实质上是男性社会意识形态的再现者。她们执行并强化了男性主导的社会秩序，并以此为标准去训练和塑造年轻的女性，进而使得年轻的女性无法摆脱被动的、男性定义的女性角色定位。在她们的家庭中，女性被分成两类："家庭天使"和"魔鬼"。"家庭天使"是那些遵从社会规定，接受并服从男性主导的社会意识形态，满足男性对女性理想形象的要求的女性。而"魔鬼"则是那些试图挣脱束缚，追求自由和独立，拒绝接受男性定义的女性角色的女性。这种分类并非源于女性自身的需求和欲望，而是男性对女性的理想化和恶魔化的期望。这就使得女性被置于一个双重的压迫之下：一方面，她们必须服从社会规定，接受男性定义的女性角色；另一方面，她们也必须满足母亲的期望，接受被母亲规定的家庭规则。在这种环境中，女性的自我认知和自我价值感受到了极大的压迫。她们的身份和角色不是由她们自己定义的，而是由男性社会和母亲家庭规定的。她们被迫接受男性社会和母亲家庭的定义，接受自我贬低和自我诋毁的观念。这就使得她们的自我认知和自我价值感受到了极大的挑战和压迫。福斯特的作品也表明，这并非女性的必然命运。虽然她们面临着巨大的压力和挑战，但她们仍然有能力挣脱束缚，追求自由和独立。她们可以拒绝接受男性社会和母亲家庭的定义，拒绝接受自我贬低和自我诋毁的观念。她们可以重新定义自己的身份和角色，重新塑造自己的自我认知和自我价值感。

“被统治者将从统治者视角出发的既定范畴应用于统治关系中，使它们看起来好像是自然而然的。这就会导致一种有系统的自我贬值，乃至自我诋毁。”[①] 尽管在家庭中，母亲们看似具有权威和主导权，但这种权威和主导权并非源于她们自身的力量，而是来源于她们对社会期待的内化和执行。她们不再是独立思考和行动的个体，而是成了社会要求的执行者，是社会要求在家庭中的延伸和再现。她们的价值观、行为模式以及对于自己和他人的评价标准，都是从社会期待中得来的，被社会期待塑造和定义。因此，尽管她们看似在家庭中具有权威和主导权，但实质上，她们是被社会期待主导和驱动的。

福斯特的作品通过对这些女性家长的描绘，暴露出了男权社会对女性的压迫和限制。他展示了在这种社会环境下，女性的身份和角色如何被社会定义，女性如何被迫失去自己的主体性，女性的自我认知和自我价值感如何受到压制和削弱。他揭示了在男权社会中，女性不仅要面临外部的压迫和限制，还要面临内心的挣扎和痛苦。他揭示了女性如何在这种环境下，试图挣脱束缚，追求自由和独立，重建自己的主体性和价值感。福斯特的作品不仅揭示了女性的困境，也展示了女性的力量。他揭示了在男权社会中，女性虽然被压迫和限制，但她们仍然有力量去挣脱束缚，去追求自由和独立，去重建自己的主体性和价值感。他揭示了女性的独立思考的力量，女性的自我认知的力量，女性的抗争和挣扎的力量。福斯特的作品是对男权社会的深刻批判，也是对女性力量的赞美。他的作品揭示了女性

① 布尔迪厄．男性统治 [M]. 刘晖，译．深圳：海天出版社，2002：45.

在男权社会中的困境和挑战，也揭示了女性在面对这些困境和挑战时，不屈不挠地抗争和挣扎的勇气和智慧。他的作品对于我们理解女性的生活现状，理解女性的需求和挑战，理解女性的力量，有着极其深远的意义。

二、“观看”女性的再现

福斯特的创作不仅描绘了被“观看”的女性形象，更进一步展示了那些作为“观看”主体的女性。这些女性渴望被爱，被社会认同，渴望得到合法的权益。然而，由于她们的思想观念、行为模式与中产阶级所期待的审美价值观完全相反，她们的真实自我在文学作品中不能被真实地呈现，她们的声音在喧嚣的世界里淹没，她们大多数人的故事在历史长河中被遗忘，仿佛从未存在过。福斯特替女性发声，将这些违背主流价值观的女性形象展示在全世界面前，让世人听见她们的声音。

作为“观看”主体，这些女性身上的所谓传统美德较少，也没有足够被“观看”的价值。代表传统女性形象的卡洛琳和夏绿蒂默默无私、温文尔雅，而代表新女性形象的莉莉娅、露西以及海伦等人年轻富有、社会地位高，但是她们的性格却叛逆、热诚、坦诚、友好。她们顺应本心的行为与家庭、社会的要求格格不入，甚至与中产阶级的审美追求完全相反。社会主流中的大多数人对女性的默默无言赞誉不绝时，处于被劝诫、禁言状态的露西们却用违背中产阶级常规的行为来发出自己的声音、引起人们的注意。在一个所有人都称赞女性的顺从和得体的社会里，要保持自己的独立和自由是很难的。总是处于被规训之中的她们需要用有悖道德的叛逆行为来反驳社会。她们的性格中有一种出于本能的自我觉知，也有一种要张扬真我个性的自我表现意识，可以视为对男性“观看”的反抗。

这些作为“观看”主体的女性具有强烈的自我成长和实现的需求，她们反对传统道德准则中男女之间的上下位关系，不断吸取新思想、积极构建女性的自我身份，探索全新的男女相处模式。在福斯特的笔下，每个人都应该是独立的个体，即使是在社会和家庭中被统治的女性也能并且应该具备独立、清醒的自我意识，听从自己的内心做出决定，并按照自己的标准做出判断。在婚恋中，她们主动追求自由恋爱而拒绝把婚姻当作中产阶级之间的利益交换，反对盲从家长基于财富地位的选择，她们甚至还试图“观看”男性，尝试颠覆男性间传统的统治与被统治的关系模式。

在《天使不敢涉足的地方》中，莉莉娅这一主角的命运变迁具有深刻的社会意义。她从底层嫁入中产阶级家庭，从无拘无束的生活方式到受制于严谨的中产阶级礼教规范，并没有彻底地融入英国主流社会，始终处于被排斥的边缘游离状态。对于赫里顿家族以及更广泛的中产阶级社会来说，莉莉娅是一个边缘化的存在。在此情境中，福斯特意识到这样一个问题：在社会大众的眼中，有一部分人总是处在被边缘化、被排除在外的状态。福斯特不满足于仅仅揭示这一事实，他赋予了莉莉娅主体能动性，让她做自己的主人去选择自己想要的人生道路，承担起自己的命运。“让其被边缘化的文化身份中心化，让压制和反抗的力量对比挣脱文本再现的束缚，让沉默的边缘化主体走向自我言说。”[①] 莉莉娅去了意大利，并对吉诺一见钟情。她的这种选择，一方面是为了追求婚姻自由，摆脱赫里顿家族的控制，她忽视赫里顿家族对名誉的执着而选择与吉诺结婚。另一方面则是试图通过经济手段控制吉诺，至少她在金钱上是占有压倒性优势的，她想在这个对她百依百顺的年轻男子身上实现自己的统治。她自己在压抑沉闷的英国和冷漠疏离的婚姻中遭受过中产阶级无情的控制，想把那种打压和控制移植到意大利土地之上，并转移到没有独立经济来源的吉诺身上，在吉诺身上施行自己的力量，实现自己的身份认同。

在《看得见风景的房间》中，福斯特以露西和乔治、塞西尔的关系为主线，进一步挖掘了女性主体性的深度。在乔治和塞西尔这两位男性之

① 陶家俊．文化身份的嬗变：福斯特小说和思想研究 [M]．北京：中国社会科学出版社，2003：95.

间，拥有话语权的并不只是他们两个人，露西同样占据了重要的位置。露西心中厌恶塞西尔每时每刻的控制意识和改造企图，经过心理挣扎最终结束了他们之间的关系，而选择了与自己心灵相通的乔治。两位男性一定程度上顺应了露西的选择。福斯特赋予女性主体性，让她们勇敢地从英国的道德规范和社会价值观的浓云愁雾中走出来，变成"观看者"。这种安排打破了男性之间"观看"与"被观看"的传统模式，实际上突破了男性间传统的二元对立的政治理念。在英国传统社会文化中，男性一直被认为是主体，他们"看"，而女性是被看的对象。然而，福斯特的这种设定打破了这种看似不可逾越的边界，他让女性从"被看"变为"看"，从而实现了对传统的挑战。

福斯特的作品不仅仅是对女性主体性的一种描绘和强调，更是在试图引发读者对传统社会性别角色分配的深度反思。他的作品中的女性角色，不再是男性设定的社会规则中的被动接受者，而是自己人生命运的主宰者。她们有着独立的思考能力，能够凭借自己的判断去选择适合自己的生活方式，而不是盲目地接受社会规定的标准。她们不仅仅是社会变迁的被动接受者，而是积极的参与者和推动者。作为"观看"主体的女性们有能力保持清醒的头脑对自我、社会甚至整个人类都有一定程度的清晰认知，因而能从传统的束缚中挣脱出来，有机会做自己。

在福斯特的《印度之行》中，莫尔太太的形象深入人心。她不畏惧强大的国家意识形态，内心充满力量，不惧怕其他英国殖民官员的流言蜚语和亲友的误解，坚定勇敢地拒绝诋毁印度和印度人。她个人主动与印度人友好往来，能看见隐藏在肤色、宗教和种族文化差异之下的人类本质。这一深刻的人文关怀，赋予了莫尔太太人物形象以深厚的社会意义和价值。莫尔太太不仅对自己的原则和信念坚定不移，更重要的是她的行为和态度挑战了强大的国家意识形态，挑战了建立在种族歧视基础上的殖民主义，她用自己的行为表明，无论肤色、宗教和种族文化差异如何，人类的本质是相通的。这种观念在当时的社会环境中无疑是具有前瞻性和颠覆性的。同样，福斯特在《霍华德庄园》中通过玛格丽特和威尔科克斯太太两个角色，继续探讨了文化、价值观以及物质与精神的关系。她们都喜欢以霍华德庄园为象征的农业文明，在资本家阶级内部竭尽全力地实现物质文化与精神追求的和谐统一；她们坚持自己的做人原则和自然人性，而没有仅仅沉迷于物质享乐。当物质没有成为干扰一个人的因素时，或者说物质本来就很丰富时，人们被物质冲昏头脑的可能性就会降低，反而能更加坚定地追求精神与物质生活的和谐统一。这种态度无疑是对当时物质主义盛行的社会现象的一种有力反驳。它揭示了人类在追求物质享受的同时，不能忽视精神世界的滋养，不能放弃对真理、原则的坚持和对人性的尊重。玛格丽特和威尔科克斯太太能超越表象的迷雾，用自己的眼睛重新“观看”个体、社会和国家，甚至世界。这一“观看”的态度，既是对个人、社会、国家和世界的一种深刻的反思，也是对传统观念的一种挑战和颠覆。她们看见了不可改变的国家意识形态和建立在种族歧视基础上的殖民主义，也看见了英国殖民官僚的流言蜚语和亲友的误解，看见了被诋毁的印度和印度人，但是毫不畏惧地选择了主动与印度人友好往来。

福斯特的小说使得人们看到了一个真实的世界。福斯特创造的女性角色已不再是传统文学作品中符合男性幻想的、温柔贞洁的女性，而是真实有生命活力的不同女性形象，她们是处于时代变革中的动态变化的真实个体。福斯特用细腻的笔触和对女性的欣赏写出了她们成长的过程，其中的挣扎、犹豫、恐惧、退缩，更多的是这些心理活动之后逐渐清晰化的思想，对自己的接纳和确信，对选择的判断和坚定。在她们当中，有各种身份和个性的人，既有中产阶级的贵妇和小姐，也有来自底层的劳动女性；既有符合社会期待和传统形象的“家庭天使”，也有被视为判经离道的中产阶级逃离者。通过描写英国社会多个阶层的女性形象，福斯特再现了当时英国社会文化背景下女性的不同生存状况，塑造了丰富的女性人物形象。

第二节　多样化的艺术表达

福斯特的文学创作是19世纪与20世纪之交的社会缩影，这个时代的经济发展和思想潮流使得各种文学理念深入碰撞、交流成为可能。他的创作基于个人生活的实践，同时也在和同辈的交流中获得了多种文学流派的精华，形成了一种兼容并蓄的独特艺术风格。在福斯特的创作中，现实主义和现代主义的元素并存，互为借镜。他吸收了现实主义的丰富内容和深度，提炼出生活的真实情感和社会的矛盾冲突。同时，他也在现代主义文学的思想中寻找养分，尤其是在对人性、时间和空间的探索上，展现了现代主义的特色。另一方面，福斯特又深受古希腊灿烂瑰丽的文明影响。他的作品中充满了对古希腊神话、哲学和艺术的借鉴和颂扬，让人感受到古希腊文明的魅力和深度。同时，他也在普鲁斯特、伏尔泰、莎士比亚等伟大作家的创作中寻找灵感，他的作品与这些文学大师的作品相互对话，共同探讨人性、生活和艺术的问题。

在语言艺术方面，福斯特的作品没有华丽的辞藻和花哨的技巧，语言既朴实又犀利，有时言辞激烈、滑稽玩味，表现了他的智慧和对社会的批评，作品深处充满着一种意味深长的思考。他的用词简洁而富有内涵，既包含了深邃的思想，又展现了细腻的情感。他巧妙地运用意象、重复和开放式结尾等技巧，建构了特定的故事环境，营造了符合人物心境的特殊氛围，成为情感表达的重要方法。福斯特的作品中构建了象征性很强的故事空间、音乐化的故事节奏和各类型的女性形象。他的故事空间往往富有象征意义，通过对空间的描绘来体现人物的内心世界和社会本质。他的故事节奏如同音乐一般，既有快速激进的高潮，又有缓慢宁静的平缓，展现了生活的多样性。他对女性关系的描绘充满了家庭的温暖和深情，体现了他对女性的尊重和理解。

一、象征化的故事空间

黑格尔说“象征一般是直接呈现于感性观照的一种现成的外在事物，对这种外在事物并不直接就它本身来看，而是就它所暗示的一种较广泛、较普遍的意义来看。”[①] 象征手法实质上是将抽象的思考与具体的事物统一起来。古希腊文明中的神话故事经常运用象征意象来解决现实问题，福斯特对古希腊文明的痴迷也使得他的作品中充满了象征主义的手法。甚至这些书名《天使不敢涉足的地方》《看得见风景的房间》《霍华德庄园》《印度之行》中都有自己的象征意义。

在文学作品中有两种并行的空间：一种是故事情节发展的故事空间，另一种是作者叙述故事发展的叙事空间。杰拉德·普林斯对叙事空间给出的定义为：“描绘情境与实践（场景和故事空间）和发生叙述实例的某一个地方或数个地方。”[②] 叙事作品中的空间实际上蕴含着各种不同的意义。“故事空间”是作者对故事情节发展的场景设置，即时间、地点和周围环境，包括具体的自然环境和大的社会背景，都是为了充分展示人的意志和意识形态，是作者巧妙的构思所在。福斯特的作品中的景色描绘也并不只是传递地理或物理的概念，而是以景色叙事，作为具有象征意义的载体，呈现中产阶级的价值观和女性的精神追求。作者把思想情感投射到对地理环境的描绘里，尤其是带有人类活动印记的特殊环境，更能传达作品的主旨。

福斯特从小就生活在英国乡村，他认为那里是最可爱、最有魅力的地方，对比来看，伦敦则从外在和灵魂上都是“无序和混乱”的城市。虽然乡村只有一片和谐的生存环境，不能提供先进的科技便利、发达的交通和舒适的商业生活，但是在和谐的家庭和自然环境的滋养下，人们得以保

① 黑格尔 . 美学：第 2 卷 [M]. 朱光潜，译 . 北京：商务印书馆，2011：10.

② 普林斯 . 叙述学词典 [M]. 乔国强，李孝弟，译，上海：上海译文出版社，2016：105.

持真我和初心，沐浴在对农业和自然的热爱里。因此，福斯特笔下的乡村生活充满了平和、宁静的闲适和与世无争的美好景象，他的女性角色也大都生活在宁静的自然环境里，并深爱着它。《霍华德庄园》里的威尔科克斯太太和玛格丽特都把霍华德庄园视作自己的精神家园，它是自然、纯朴的农业文明，是自然与人性的和谐结合，那里岁月静好。这座古老的庄园虽然荒凉，但是充满了诗意，每一个角落都在书写着人性的诗篇、歌唱生命的颂歌：

这里曾经住过一个更古老的族群，我们回顾它会感到不安。我们周末游历的乡村，是它真正的家园，生命各种更严肃的方面，死亡，别离，爱的渴望，都在田野的深处展现出最深层的表达。并非一切都很悲凉。太阳在外面照耀。画眉在雪球花上引吭高歌。一些孩子在金色麦秆堆里大呼小叫地玩耍。恰恰是悲凉的呈现让玛格丽特感到吃惊，最终又让她感到完满。如果还有什么地方可以让你看见生命有条不紊，看见生命的整体，把生命的无常和它的永恒青春组合在一个视野里，联系起来一毫无恶意地联系起来，直到所有的人成为兄弟，那就是这些英格兰农场。[①]

威尔科克斯太太与自然紧密相连，她与霍华德庄园和那棵山榆树是一体的，她的形象与霍华德庄园紧密相连，生命的轨迹也与霍华德庄园的兴衰紧密相连。她在世时，那里草木蓊郁、生机勃勃；去世后，那里草木凋零，一片死寂。

在福斯特的笔下，环境描绘并非仅仅是为了营造故事的背景和氛围，而是成为揭示人物内心世界和价值取向的重要工具。他利用环境的对比，特别是通过描绘英国和意大利的不同环境，塑造了两个文化上的他者。在英国，可以看到的是闭合的窗帘、昏暗的房间、沉闷的生活气息以及对家具的过度保护。而在意大利，我们看到的则是阳光明媚、山峦连绵、流水潺潺的自然氛围，以及热情开放、兼容并包的文化氛围。这两个国家在福

① 福斯特．霍华德庄园 [M]. 苏福忠，译．上海：上海译文出版社，2016：336.

斯特的描绘中，已经超越了领土、人民和政府这些构成国家的基本元素，成为具有鲜明个性和内涵的文化现象和文化类型。在这两种截然不同的文化环境中，女性人物的选择实际上是对自我价值追求的选择。她们的选择不仅揭示了对自由文化的向往，更深层次的是对独立自我追求的体现。“采用人物视角来描述故事空间时，故事空间在很大程度上成了人物内心的外化，外部世界成为人物内心活动的‘客观对应物’。”[①] 在福斯特笔下的莉莉娅、露西等女性角色，她们的内心世界充满了对开放和自由的渴望。她们向往的不仅仅是打开窗户、打开门后那宏大、生机勃勃的自然景观，而是这些表象背后所蕴含的广阔世界和无尽可能性。与之形成鲜明对比的是英国的世界，那里充斥着死气沉沉、一成不变的生活。这种对比揭示了莉莉娅和露西对自由文化的热望，同时也展现了她们对独立自我的坚定追求。她们的内心向往自由，反映了对闭塞、保守英国社会的反抗，以及对更开放的意大利文化的向往。对她们来说，打开窗户、打开门，意味着打破束缚，追寻自由，追求个性的自我实现。这不仅是对生活的一种态度，更是对人生价值的一种追求。莉莉娅和露西渴望能够紧紧拥抱那些富有生机与活力的风景，她们期盼的是一种直接接触自然、直接接触生活的可能。她们反对那种隔着窗户，只能看到单一画面的生活方式。因为这种方式只能看到世界的一小部分，而她们想看到的，是世界的全貌，是更广阔的世界，是更多元的生活。同时，这两位女性角色的渴望，也是对自我实现的追求。她们希望通过打开窗户、打开门，走出对自己的限制，打破那些束缚自我，限制自我发展的枷锁。她们渴望能够更好地认识自我，实现自我。

在《看得见风景的房间》中的霍尼彻奇太太则代表另一类女性。她满足于闭合窗帘的家庭生活，对女儿露西的出走感到不满。她的满足和不满，实际上是对中产阶级道德束缚和传统习俗的坚守，同时也揭示了她对

① 申丹，王亚丽．西方叙事学：经典与后经典 [M]. 北京：北京大学出版社，2010：137.

男性权威统治的接受。而在《印度之行》中，福斯特通过打造截然不同的文化环境，揭示了英国与印度的地位差别。印度被描绘为肮脏混乱、破败不祥的地方：

与其说恒河从城边流过，还不如说它沿着河岸延伸了几英里远，你都很难将这个小城跟它肆意丢弃的垃圾区分开来。河沿上没有供人洗浴用的台阶，因为恒河碰巧在这儿不算是圣河；实际上这里根本就没有河沿，当地人的街市把宽阔而且经常泛滥的河流全景给遮挡得严严实实。街道狭窄鄙陋，寺庙香火冷清，虽说确实也有几幢精雅的住宅，不过不是潜迹于园林环抱中就是隐藏在巷弄深处，除非是应邀前来的客人，否则那遍地的污物会让所有的人望而却步。昌德拉布尔自古以来就从未成为过通都大邑或是灵秀之地，不过两百年前它却是北部印度—当时还是莫卧儿帝国—通往海上的必经之路，那几幢精雅的住宅便是那时候的劫后残余。当地人对于精雅美观的热情早在十八世纪就已经烟消云散，也从来没有成为民众普遍的风尚。当地人的街市当中根本就没有绘画的影子，也极少能看到任何雕刻。房子内外的木料看起来活像是烂泥糊成的，当地的居民也像是烂泥在挪动。触目所及，所有的一切都是那么猥劣而又单调，当恒河水奔流而下时你简直希望它把这些沉渣浮沫全都荡平，尘归尘，土归土。恒河泛滥时房屋也确实会被冲垮，人被淹死以后就任其腐烂，可城镇的轮廓大致还在，只不过这儿伸出去一点，那儿缩回来一块，就像某种低等却又不可摧毁的生命形态在苟延残喘。①

这些与英国的舒适公寓、繁华街市、便利交通和摩登大厦形成了鲜明的对比。莫尔太太对这样的印度无偏见的爱，实际上升华了她的形象，也暗示了她对不同文化的包容和理解。

福斯特对工业化的批判也体现在他的作品中。机器的普及代表了对传统英国农业文化的破坏，大量劳动力从温暖的土地上被抛入冰冷的工

① 福斯特．印度之行 [M]. 杨自俭，译．南京：译林出版社，2013：3.

厂。这种生活方式的改变，使得人们的身体虽在机械地运动，但灵魂却无处安放。通过女性人物的选择，福斯特表达了对英国农业时代的眷恋、对美好自然界的赞美，以及对纯真人性的呼唤。福斯特的作品以精细的环境描绘，构建了丰富的社会和文化背景，揭示了人物的内心世界和价值追求。同时，他也通过环境的对比，呈现了不同文化的特征和差异，进而展示了人物的情感动向和价值选择。这种独特的叙事技巧，使得福斯特的作品具有了深远的社会和文化意义。

二、音乐化的故事节奏

在音乐领域，“节奏”是一个基础且核心的概念，它描述了物体在运动过程中展现出的规律性。而在文学创作中，尤其是小说创作中，节奏也起到了至关重要的作用。福斯特在其《小说面面观》中，对小说中的节奏进行了深层次的探讨：

弄得不好，节奏是最令人厌烦的，它僵化为一种符号，不但不引领我们，反而绊倒我们。我们会怒不可遏地发现，高尔斯华绥的长耳狗约翰中或者什么东西，又躺到我们脚边来了；甚至是梅瑞狄斯的樱桃树和小船，虽则优雅，也只是开向诗歌的窗户而已。我很怀疑那些事先把作品规划好的作家笔下会有节奏，因为必须依靠一种不常见的本能冲动才有可能产生适当的间隔。不过，节奏的效果可说是很精妙的，它可以获得效果而不损害人物，还可以减少我们对小说外部形式的要求。关于小说中的简单节奏，这么说肯定足够了：它也许可以定义为重复加变化，而且可以举例说明。接下来是个比较难的问题。当管弦乐队演奏完《第五交响曲》时，我们听到了某种实际上并没有演奏出来的东西，这是《第五交响曲》整体上的效果；那么，小说中有没有可与之相比拟的效果呢？第一乐章、行板，和构成第三部分的三重奏—谐谑曲—三重奏—终曲—三重奏—终曲，一下子全都进入我们心中，而且相互延伸而形成一个共同体。这个共同体，这个新东西，就是这部交响曲的整体，它的形成主要（虽不是全部）

是靠管弦乐队奏出的三个乐章之间的联系。我把这称为“有节奏的”联系。如果准确的音乐术语不是这么说的，那也没关系；因为我们现在要问自己的是小说中有没有类似的联系。①

福斯特将小说中的节奏划分为两种主要类型。第一种类型的节奏主要围绕词句、意象或象征展开，展现出重复加变化的基本模式。这是一种相对简单的节奏，它的特点是通过使用反复出现但稍有变化的词句、意象或象征来构建一种基本的节奏感。这种节奏感能够让读者产生一种亲近感，进而更加投入地阅读小说，同时也为小说增加了深度和丰富性。第二种类型的节奏更为复杂，主要针对小说各部分之间的内在逻辑秩序和开放式结尾所产生的空间效果进行探析。福斯特认为，小说的每一部分，无论是章节、段落还是句子，都应该以某种方式相互关联，形成一种内在的秩序。这种秩序通过各部分之间的相互关联和整体的连贯性，为小说创造出一种深层次的、复杂的节奏感。同时，开放式的结尾也能产生一种扩展效果，使小说的节奏感得到进一步的拓宽和深化。

福斯特的两种小说节奏理论，无论是简单节奏还是复杂节奏，都反映出他对小说创作的深入理解和精妙掌握。这两种节奏并非孤立存在，而是相互融合，共同构成了福斯特小说的独特节奏基调。这种混合使用的节奏，使得他的作品既有规律性，又富有变化，让读者在阅读过程中，能够感受到既有熟悉感，又有新鲜的体验。福斯特这种运用节奏的独特技巧，使他的小说富有韵律感和音乐性，给人以深刻的艺术享受。

（一）简单节奏中重复变化的意象

福斯特的小说散发出独特的节奏感，部分源于他巧妙而灵动的运用意象，以及这些意象在文本中的反复出现和微妙变化。在福斯特的笔下，意象不仅仅是具有意味的形象，更是作者情感体验的载体，是他寄托

① 福斯特．小说面面观 [M]. 刘文荣，译．上海：上海文汇出版社，2022：176-177.

人物思想、情感以及刻画环境氛围的独特手法。他充分利用带有象征色彩的意象，塑造人物形象，暗示其内心世界，为读者揭示出角色的心灵深处。

在《印度之行》中，福斯特创造了“小黄蜂”这一象征性的意象，其在小说中多次出现，与主要角色们的命运紧密相连。莫尔太太是第一个与“小黄蜂”相遇的角色。

她去挂斗篷的时候，发现挂钩上趴着一只小黄蜂。白天的时候她已经见识过这种黄蜂或是它的近亲；它们并非英国的黄蜂，而是长着长长的黄腿，飞的时候拖在身后。也许它错把挂钩当成了树枝——印度的动物全都没有任何室内室外的概念。蝙蝠、老鼠、飞鸟、昆虫，栖息的时候根本就不分室内还是室外；对它们而言，房屋也是永恒的丛林生长出的一个正常的部分，它交替地长出房屋、树木，树木、房屋。它蜷缩在挂钩上，酣睡着，平原上则传来胡狼充满渴望的狂吠和人们咚咚的击鼓声，两种声音和谐地交织在一起。①

莫尔太太以开放、接纳和善意的心态对待这个陌生生物，反映出她的独特个性和宽广的胸怀。后来“小黄蜂”又出现在与莫尔太太建立了友谊的戈德博尔教授的脑海中。“小黄蜂”最后一次是以“蜜蜂”的变体形象再次出现，象征性地蜇了她的儿子拉尔夫，这似乎预示着拉尔夫将承继其母亲的精神，努力寻找英印两国之间的共通之处和理解融合。“小黄蜂”成了这三位超越种族观念、积极寻求“联结”的人之间的符号，象征了他们的共同精神追求。

在《霍华德庄园》中，“山榆树”的意象也有着类似的作用。这棵山榆树上插着猪牙，有一个寓言般的传说，只要咀嚼它的树皮，就能治疗牙痛。这个传说对威尔科克斯太太产生了深深的吸引力，她喜爱这棵树以及它所象征的农业文明。玛格丽特从威尔科克斯太太那里听到了这个传说，

① 福斯特．印度之行 [M]. 杨自俭，译．南京：译林出版社，2013：28.

她和威尔科克斯太太同样喜欢山榆树，喜欢农业文明的灿烂。但对于威尔科克斯先生来说，他既不了解也不相信这个传说，这暗示了他与农业文明的脱节，以及他与威尔科克斯太太和玛格丽特之间的价值观差异。这也象征了威尔科克斯太太与玛格丽特在精神上的“联结”，尽管她们处在不同的世界，但她们的内心都深深地被这棵山榆树所吸引。

紫罗兰被誉为“爱情花”，在文中以一种全新的形式出现，象征着真挚而美好的爱情。福斯特用紫罗兰的形象暗示了爱情的力量，它的形象在《天使不敢涉足的地方》一文中多次出现。其中最为明显的一次是在菲利普试图阻止莉莉娅结婚时，他看见了道路两旁长满紫罗兰。而《看得见风景的房间》中乔治也是在紫罗兰盛开的地方，向露西表达了他的爱意。而对于女性陷入精神困境的描述，他则多采用“灰尘”“浓雾”“烟”等意象。这种对比鲜明的意象运用，充分展示了福斯特在描绘人性、揭示人心和构建文学世界方面的独特才华。福斯特在《天使不敢涉足的地方》中的莉莉娅形象，充分体现了他在创作中独特的意象运用技巧。在这部小说中，当马车跑远，莉莉娅失去了返回英国的唯一机会，她昏了过去。当她醒来时，“发现自己躺在路边，灰尘迷了眼睛，灰尘灌进嘴里，灰尘跑到耳朵。夜里的灰尘是非常可怕的。”① 在这里，“灰尘”不仅是被马车扬起的路尘，它更是暗示着对男性权威的力量崇拜和恐惧再次笼罩着莉莉娅的身心，映射出她内心的脆弱，缺乏力量冲破这迷雾。

福斯特还善于运用与水相关的意象表达人物的心理状态变化。在基督教的洗礼仪式中，水是能够洗净所有罪孽的圣物。在《天使不敢涉足的地方》中，在意大利当卡罗琳看到吉诺给孩子洗澡时所流露出来的那副神圣的样子，她经历了精神上的震动，觉得这个婴儿浑身上下充满了生命。这是卡罗琳的一次重大转变，此次改变直接让卡罗琳抛弃了夺回婴儿的念头。不仅如此，她还爱上了吉诺，并愿意为他“献出肉体和灵魂”。吉诺

① 福斯特．天使不敢涉足的地方 [M]. 苏福忠，译．上海：上海译文出版社，2016：57.

在照顾孩子时那副充满爱怜与温柔的样子，让她对自己内心有了觉知，似乎经历了一次灵魂的洗涤。她觉得这个孩子“再也不代表任何信条了，他是一个血肉之躯，浑身上下充满了生命”。她不禁为之动容，她默默地帮吉诺给孩子洗澡。可以说她不仅仅是在洗涤孩子身上的污垢，也是在洗去自己灵魂中的偏见和势利。最后卡罗林爱上了吉诺，她想要与毫无生机的、死气沉沉、束缚人性的索斯顿文化决裂，与赫里顿太太所代表的那种价值观念决裂，决心开始新的生活。在《看得见风景的房间》中，福斯特同样采用了与水有关的意象。目睹了喷泉旁的杀人事件后，为了防止露西受到惊吓，乔治将染血的照片扔进了桥下的湍急水流中。湍急的水流声敲响了露西的内心鼓点，乔治温柔体贴的行为打开了她爱情的心门，她开始向乔治靠近。在返回途中，意大利天气突变，黑夜中电闪雷鸣、风雨交加。和露西澎湃的内心一样，乔治的亲吻对露西的思想产生了巨大冲击，灵魂深处发生了强烈的震动。但这一切会向哪里发展、未来会怎样，她都不知道，就像暴风雨中的黑暗，让人看不清方向。

福斯特的作品选择了一系列与主题相关的意象，构建了一个视觉化很强的象征空间，非常易于改编成电影，因此他的 5 部长篇小说都被改编成了电影，在世界各地赢得了广泛赞誉。在《天使不敢涉足的地方》中，莉莉娅最后一次违背吉诺的监禁命令，偷偷走出家门，她看到以前觉得风情万种的高塔、土墙和土块，在那一刻全都变成了黑色的柱子、悬崖峭壁和坚硬的岩石。整个世界仿佛死一般地寂静，带给人强烈的窒息感。在幽暗寂静的夜晚、空旷无际的大地和鬼影幢幢的树林中，莉莉娅的恐惧和孤独被完美地展现出来。福斯特使用了黑夜、月光、树影等神秘、诡异和萧瑟的意象来描绘这种可怕、荒凉的环境，营造出一种毛骨悚然的凄凉气氛，暗示人物处在极其危险的境地。

福斯特通过这些彼此关联的意象，呈现了一个充满物质欲望的资本主义世界。工业化让英国拥有了丰富的物质资源，但同时也让社会充斥着冷漠、抑郁的气氛。灰暗的天空、喧闹的商店和忙碌的行人构成了它“像是一种精神层面的愈发暗淡，它自我提高，不断往内心里寻找一种更加浓重的黑暗”[①]。相比之下，远离工业生产侵染的霍华德庄园还保持着乡村风情，鸟语花香的景象充满了生机。此两者象征着两种不同性质的文化类型，形成了绝望与希望、腐败与生机的对比。作者对希望、生命和自然的选择呈现在作品中人物的命运上，显然，福斯特希望在物质丰富的基础上还能保留着自然的美。

福斯特的小说中，有一些多次出现的相似的情境，也被赋予了象征意义。比如《看得见风景的房间》中反复出现的紫罗兰花丛，美丽又壮观，象征着露西和乔治的爱情之美。在几部作品中都反复出现的水的意象，洗涤着人的心灵。通过对这些感性形象的反复使用，作者强调了他想要传达给读者的思想。福斯特成功地通过富有象征性的意象和复杂的环境描绘，深刻揭示了人物内心深处的复杂情感和思想。他运用阴暗、诡异、萧瑟的意象描绘出了人物所处的凄凉环境，突出了他们的内心恐惧和孤独；他通过构建充满欲望的资本主义世界，揭示了现代社会中人们的冷漠和抑郁；他借助乡村、农业等自然意象，表达了对希望、生命和自然的向往。这种丰富多元的意象和情境组合，使得福斯特的小说具有了深厚的象征和思考的空间，也使得他的人物形象更加立体和丰满。

（二）复杂节奏中交响曲式的结构

文学创作中的节奏感，无论是简单节奏还是复杂节奏，都在不同程度上影响着作品的风格和主题表达。简单节奏，比如单一的故事线索和一致的叙事调度，它倾向于在每一次的落笔中寻找稳定，让读者能够顺着作者的引导，一步步探索故事的深度。而复杂节奏，则像是一首交响曲，多线条交织，多角度展开，各个部分相互影响，相互嵌套，从而构成了一幅整体的画面，使得读者在理解每一个局部的同时，又能够把握整体的走

① 福斯特．霍华德庄园 [M]．苏福忠，译．上海：上海译文出版社，2016：103.

向。福斯特在小说面面观中谈道：

音乐虽然不表现普通人，虽然受制于复杂的规则，但它最终会给人一种美感，这种美感或许小说也能以自己的方式获得。扩张！这是小说家必须抓住不放的一个想法。不是固守！不是团团转，而是破门而出。既然听完交响曲后我们会觉得组成交响乐曲的音符和曲调都已经获释，已经各自在整首交响乐曲的节奏中得到自由，那么，小说就不能这样吗？《战争与和平》不是有点像这样吗？——是的，我们一开始就提到过这部小说，现在就用它来结束。一部多么庞杂的小说啊。但是，当我们读它的时候，不是有洪亮的音乐声在我们身后响起吗？当我们读完它之后，其中的每一种事物——甚至战略图——不是全都超越当时的可能性而得到了一个更大的存在空间吗？

福斯特的《印度之行》就是一部富有复杂节奏的作品，其讲究的不仅仅是具体创作过程中的细节，而是对于整体效果的精心设计和打造。每一个部分都与其余部分紧密相连，形成了一个有机的整体，从而实现了各个部分之间的相互影响和相互作用。这就像一首交响曲，各个乐章都有自己独特的主题，但是在整个乐章之间又有着紧密的联系，共同构成了一部完整的音乐作品。

《印度之行》由“清真寺”“石窟”和“神庙”三部分组成，直接在结构划分上就已经呈现出与交响曲一样的结构特点。每个部分都有自己单独的主题内容：“清真寺”部分描写了莫尔太太刚刚抵达印度，与穆斯林阿齐兹的纯洁交往过程，她的谦和有礼，尊重赢得了对方的好感，为彼此搭建起了沟通的桥梁；而在“石窟”的旅游部分，马拉巴尔石窟里的回响引发了误会，导致了双方友谊的联结断裂，也象征着英国与印度的融合失败，莫尔太太的去世，也让阿齐兹与菲尔丁的友谊破裂；在“神庙”部分，也就是克利须那神的诞生仪式上，戈德博尔教授的脑海中再次浮现出莫尔太太的音容笑貌，阿齐兹也与菲尔丁冰释前嫌，沟通的桥梁再度被联结。

这三个看似独立的部分，通过莫尔太太这个关键人物被紧密地联结在一起，形成了浑然一体的效果。整本小说就像一座桥梁，先是搭起，然后倒塌，再次搭建，呈现出一个完整的循环，深化了“联结”的主题。在“清真寺”部分，在莫尔太太初次踏上印度的土地时，她通过与穆斯林阿齐兹的交往为英国与印度之间建立起一座沟通的桥梁。这座桥梁，是两个不同文化，两个不同信仰的人们之间的联系，是理解和接纳的象征。然而，就像是一首交响曲的第一乐章，描绘了美好的开端，为后续的发展埋下了伏线。到了“石窟”部分，因为马拉巴尔石窟里的回响引起的误会，使得这座原本坚固的桥梁轰然倒塌，代表着英印双方的关系陷入紧张。莫尔太太因此离世，阿齐兹与菲尔丁的友谊也决裂。这一部分的节奏显然要紧凑得多，它犹如交响曲的快板部分，通过紧张的冲突和激烈的矛盾，把故事推向了高潮。然后是“神庙”部分，这是全书的尾声，也是冲突的解决。在克利须那神的诞生仪式上，莫尔太太的音容笑貌浮现在戈德博尔教授脑海中，阿齐兹与菲尔丁冰释前嫌，那座象征着理解和接纳的桥梁再度架起。这一部分犹如交响曲的慢板和终曲，它揭示了冲突的解决，并在回顾和反思中，为全书画上了句号。

《看得见风景的房间》中的乔治和塞西尔，《天使》中的吉诺和菲利普，《印度之行》中的莫尔太太和阿齐兹等，分别代表各自世界中的普通人及其不同个性和命运。出身高贵、家庭富裕、受过高等教育的贵族公子、新兴小资产阶级家庭的男子、出身市井普通人家的贫穷男子，被放在同一个情境里产生交集，展现出不同的人物性格特征和文化烙痕。一个个故事跌宕起伏又各具特色，恰如一曲节奏铿锵的交响乐。

福斯特通过这样复杂而精细的结构设计，使得其作品像一首交响曲，旋律复杂而深邃，给人以深刻的思考和感悟。他展示了如何通过复杂节奏的运用，揭示主题、展现人物、推动情节，从而创作出一部有深度、有内涵的文学作品。在研究和欣赏《印度之行》时，不能忽视这个复杂节奏在其中的作用。正是因为有了这个复杂节奏，才使得全书像一首交响曲，既有高潮、低谷，又有平缓、转折，形成了一幅宏大的画卷，深刻揭示了人类在面对文化差异和社会矛盾时的困惑与探索。

这种交响曲式的复杂节奏并非只存在于《印度之行》一书中，它同样在福斯特的其他作品中流转，例如《看得见风景的房间》《天使不敢涉足的地方》。然而，不同于《印度之行》明显的章节划分，这两部作品的交响曲节奏主要是通过女性人物的行动轨迹以及对应的思想情感的变化表现出来，体现在人物外在行为与内在心灵的“联结”上。

以《看得见风景的房间》为例，故事的开始是在意大利的小旅馆，然后回到英国，最终再度回到意大利的这间小旅馆，重新回味那间可以看得见风景的房间。在这个空间安排上，故事呈现出一个意大利－英国－意大利的结构。而这个结构，也同样反映出了女主角露西的自我意识觉醒的过程是曲折反复。在意大利的文化环境中，露西的自我意识会被唤醒，但她一旦回到英国，她那仍在成长期的自我意识就会被影响，越变越小，很容易走上母亲一辈的女性作为下位者道路。经历了痛苦的挣扎和朋友的帮助，她终于能再次点燃自我意识的火焰，重返意大利。这一系列的变化，让露西的意大利之旅具有了重大的象征性：她不再是一个受制于社会规则和男性权威的女性，而是一个有自我意识，有独立精神的女性。再看《天使不敢涉足的地方》，整个故事在空间上主要展示出一个意大利－英国－意大利－英国的轨迹。这一轨迹，也与主角卡洛琳的思想状态变化相呼应。初次抵达意大利时，卡洛琳坚定地相信中产阶级价值观念的权威合理，并在此基础上监视并规范莉莉娅的行为。然而，回到英国后，她开始怀疑中产阶级道德标准的合理性，开始反思自我。再次返回意大利，她接受了心灵的洗礼，彻底醒悟。最后回到英国时，她已经是一个思想清晰、成熟的独立女性。

在《霍华德庄园》中，可以看到福斯特把整个故事构建在一所古老的庄园中，这所庄园也是小说的标题，显示出它在作品中占有的重要地位。这所庄园成为一个核心的象征，贯穿了整个故事，反映出人物心理状态和思想观念的变化。小说从海伦在霍华德庄园寄给她姐姐玛格丽特的信开始，这是她对庄园生活的初次体验。然后，她回到了威克姆老巷的家里，之后又去了德国定居，最后又以主人的身份回到霍华德庄园。人物的活动轨迹可以看作是一个闭合的循环：霍华德庄园－威克姆老巷－德国－霍华德庄园。这个循环不仅体现了海伦的物理移动，也象征了她思想观念和情感体验的变化。在霍华德庄园，海伦初次感受到了生命的活力和美丽，也与威尔科克斯家族相处融洽。然而，随着她与保罗的爱情破灭，她开始认清资本主义的冷酷无情，产生了不和谐的情绪。当她回到威克姆老巷后，面对工业化英国对人类灵魂的侵蚀，她对威尔科克斯家族的反感扩大为对整个资本主义社会和工业化英国的抵制。同时，姐姐玛格丽特决定嫁给威尔科克斯先生，海伦感到失去了精神上的盟友，感到自己与这个世界渐行渐远。然而，最后，又在霍华德庄园的精神感召下，她找回了平和的心态，重新与世界融合。福斯特的这种创作方式是独特的，他打破了传统的故事结构，把作品塑造成一种音乐般的节奏感。他不再遵循故事情节有头有尾的线性时间结构，也不再遵循故事情节的逻辑关系，而是把故事素材以特定的方式组合起来，形成一种交响曲式的节奏。他通过这种独特的创作方式，成功地描绘出女性心智的变化过程，为后世文学创作开辟了新的可能。

以上几部作品中，都以地理空间的转移作为反映人物思想变化的独特方式，同时，这种空间转移也构成了一种复杂的节奏，为整个作品赋予了交响曲般的丰富与深邃。福斯特借助于这种节奏，揭示了个体在面对社会规则、文化环境、道德价值等各种压力时，自我意识的觉醒与成长，以及对自由、独立、平等的追求。这种复杂的节奏和深沉的主题，让读者在阅读福斯特的作品时，感受到一种深深的震撼。他的作品，如同一首交响曲，让人们在欣赏故事的同时，也深深地思考人生、思考社会、思考自我。

（三）家庭化的女性关系

在福斯特的小说中，力量博弈成了揭示人物内心思想和情感的关键环节。他把小说视为一种表现思想观念的工具，是基于现实生活的经验而创作出来的。然而，真实生活中的矛盾和冲突往往是杂乱无章、复杂多变的，需要作家从中提炼出精髓，以便更好地在作品中表达他的思想和观念。因此，福斯特在小说中刻画的冲突和矛盾，实际上是他对现实生活中各种矛盾冲突的重新整理和安排。

福斯特在《霍华德庄园》中对家庭化的女性关系的深入探讨，提供了一种新的视角去思考家庭、社会和人性的关系。他通过对家庭生活中的矛盾和冲突的精细刻画，让人们看到了女性在社会和家庭生活中所扮演的复杂而重要的角色。这种对女性角色的深入描绘，不仅展现了他对女性问题的深入理解和独特见解，也反映了他对家庭生活的深度思考和理解。福斯特的小说《霍华德庄园》的主题是“联结”，这是一个多方向的概念，其中之一是家庭生活中的联结。他通过刻画家庭中的女性角色，展现了不同的家庭地位和相关价值追求之间的复杂关系。这些女性角色的认知受到血缘或伦理关系的影响，并且她们之间也存在着微妙的权力关系。福斯特有意识地从母亲、女性亲属、女儿和女性长辈出发，建立了一个突出女性气质的家庭结构。这一家庭结构不仅对应着统治者、服从者、反抗者和超验者四个角色，而且还模拟了英国社会的权力结构。这一创作技巧展现了福斯特的形式特色，也让读者能够通过具体的人物关系，理解社会中的权力动态。

福斯特对女性角色的刻画，无疑是对社会权力结构的深刻批判。他用细致入微的笔触，描绘了家庭中各个角色之间的矛盾和冲突。他通过对不同女性角色的塑造，让我们看到了家庭中的权力关系和社会性别关系。在这个过程中，家庭并不仅仅是一个温馨和谐的场所，而是充满了权力争斗和冲突的场所。这种家庭内部的权力争斗，无疑是对现实生活中社会权力关系的反映。这一点，福斯特是通过描绘不同类型的女性角色来表现的。首先，他描绘了母亲和女性亲属这两类角色。他们被描绘成了麻木而冷漠的统治者，他们用自己的权力，捍卫了中产阶级的文化观念。他们在家庭中的地位非常高，他们的声音能够被其他家庭成员听见，这就像社会权力体系中的最高统治者一样。露西的母亲和表姐巴特莱特所代表的社会主流女性，也曾对自由拥有过种种憧憬，但社会礼教渐渐地、毫无声息地把她们变成了男权的捍卫者。她们向年轻女性灌输传统礼教，教育她们严格遵从社会习俗和传统礼教，这无疑使得英国社会裹足不前。其次，福斯特描绘了女儿这类角色，她们是反抗型的角色，可以最直接、最频繁地接触到母亲，她们对母亲的压迫有着深刻的感受，对逃离母亲的统治有着迫切的愿望。

福斯特在《霍华德庄园》中所描绘的家庭关系，也是社会生活中最常见、最普遍的个人生存的关系网络。这个网络中充满了各种各样的力量博弈。那些受制于母亲控制的女性，想要冲破母亲设置的束缚，争取自己的权力，而母亲则试图把一切都收归于自己的统治之下。这种家庭内部的权力博弈，就像是社会生活中的一个缩影。福斯特将日常生活中松散、琐碎的矛盾冲突，集中到家庭内部关系的博弈之中。他这样做，既展现了他独特的创作技巧，也增加了矛盾冲突的感染力和影响力。他通过对比不同角色的价值选择，实现了人物形象的升华，让读者能够更深入地理解和感受到家庭、社会和人性的复杂关系。

福斯特的作品中"平等"思想突出，他重点表现了社会生活中存在的男女不平等、阶级不平等问题；试图让人们意识到女性是可以被看见的，女性的成长是国家变化的重要一环。他的每一部作品都有很大篇幅的女性成长内容。福斯特则从他自己特有的角度，展示了自己对女性的同情和支持，赋予其发展和进步的能力。

他的作品给人印象最深的是对平凡人物的关注。其人物角色思想不同、气质各异，面目清晰，呈现出真实、有张力的冲突。体现了他的小说创作理论：圆形和扁平人物。每一部作品都有清晰的对比脉络，男性与女性的对比、不同社会环境对人物造成的影响对比、同一人物在不同时期的对比、不同年龄段人物的对比、国家文化差异的对比等。福斯特的文学作品具有超越时代的前瞻性，站在较高的角度看英国阶级社会的缺陷，在看似轻松的描写下呈现了各种人物的内心冲突和文化矛盾，及其必然发生的变化趋势。

参考文献

[1] 徐翔，梁海晶，石姝慧 . 福斯特文学作品创作思想及写作技巧研究 [M]. 北京：九州出版社，2021.

[2] 焦玲玲 .E.M. 福斯特的边缘写作研究 [M]. 哈尔滨：黑龙江大学出版社，2017.

[3] 苑辉 .E.M. 福斯特联结思想研究 [M]. 南京：南京大学出版社，2022.

[4] 张福勇 . 爱·摩·福斯特的小说节奏研究 [M]. 北京：中国社会科学出版社，2017.

[5] 岳峰 .E. M. 福斯特小说中的“联结”研究 [M]. 南京：南京大学出版社，2015.

[6] 陶家俊 . 文化身份的嬗变 E.M. 福斯特小说和思想研究 [M]. 北京：中国社会科学出版社，2003.

[7] 周梅 . 和谐与分裂的永恒悖论福斯特小说中的“联接观”演变过程研究 [M]. 徐州：中国矿业大学出版社，2008.

[8] 张立新 .E.M. 福斯特《印度之行》中的法庭审判 [J]. 北方工业大学学报，2021，33（3）：106-111.

[9] 焦玲玲 .E.M. 福斯特边缘写作的成因研究 [J]. 牡丹江师范学院学报（哲学社会科学版），2016，191（2）：69-73.

[10] 骆文琳 . 走进 E.M. 福斯特《霍华兹庄园》的金融资本主义 [J]. 重庆师范大学学报（社会科学版），2020（6）：67-74.

[11] 苑辉 . 民族文化身份的自我重构：E.M. 福斯特的东方文化认同 [J]. 世界

文化，2022（12）：30−34.

[12] 殷娟 . 论福斯特小说的音乐美——解析 E.M. 福斯特的《看得见风景的房间》[J]. 新纪实，2021（11）：55−57.

[13] 陈日红 . 解读 E · M · 福斯特小说的关键词 [J]. 暨南学报（哲学社会科学版），2013，35（8）：144−153.

[14] 刘苏力 .E.M. 福斯特文学思想观之嬗变 [J]. 黑龙江社会科学，2013，（4）：122−124.

[15] 刘琪 .E.M. 福斯特《印度之行》的原型研究 [J]. 鸡西大学学报，2016，16（8）：128−130.

[16] 程洪 .E. M. 福斯特的一生及著作简介 [J]. 作文通讯（个性阅读版），2010（4）：14−16.

[17] 刘蔚 . 从《印度之行》的多主题呈现看 E.M. 福斯特的现代性 [J]. 文教资料，2019（3）：10−11，15.

[18] 郭长娣 .E · M · 福斯特和“奇想”小说 [J]. 文学教育（中），2011（5）：17−18.

[19] 王丽亚 .E.M. 福斯特小说理论再认识 [J]. 外国文学，2004（4）：34−39.

[20] 高莉 . 论 E.M. 福斯特小说的叙事策略 [J]. 山花：下半月，2011（6）：131−133.

[21] 李燕霞 . 生态女性主义视角下的“女性悲剧”解读 ——以 E · M · 福斯特《天使不敢涉足的地方》为例 [J]. 兰州教育学院学报，2019，35（2）：39−41.

[22] 陈小菊 . 通往心灵之路——试析 E · M · 福斯特的《印度之行》[J]. 外国文学研究，1998（4）：18−21.

[23] 汪涛 . 社会认同的冲突——评 E · M · 福斯特的《印度之行》[J]. 湖北大学学报（哲学社会科学版），2006（4）：467−471.

[24] 岳峰 . 文化身份的嬗变——E.M. 福斯特小说的“联结”的最终尴尬 [J]. 湖南科技学院学报，2005，26（4）：138−141.

[25] 苑辉 . 从《最漫长的旅程》中的死亡看 E · M · 福斯特的死亡哲学 [J]. 作

家，2012（20）：75–76.

[26] 忻鼎一 . 旅行对 E. M. 福斯特的小说创作和个人生活的影响 [J]. 产业与科技论坛，2014（21）：128–129.

[27] 郭云飞 .E.M. 福斯特小说《霍华德庄园》中象征主义手法解析 [J]. 才智，2016（20）：219.

[28] 张福勇，王晓妮 . 论 E.M. 福斯特小说的“交响曲式”复杂节奏 [J]. 东岳论丛，2014，35（8）：187–192.

[29] 宿桂艳 . 论 E.M. 福斯特小说中的母性情结——以《印度之行》为例 [J]. 昌吉学院学报，2013（1）：7–10.

[30] 孙肖杰 .“含蓄的讽刺”——对 E.M 福斯特的《看得见风景的房间》的人物解析 [J]. 吉林广播电视大学学报，2016（10）：155–156.

[31] 张福勇 . 解读 E.M. 福斯特的文学艺术观 [J]. 天津外国语学院学报，2007（3）：57–61.

[32] 赵晓坤 . 幻想在遨游之中——谈 E.M. 福斯特的幻想小说 [J]. 世界文化，2012（8）：29–32.

[33] 苑辉 . 论 E.M. 福斯特的小说理论 [J]. 辽宁税务高等专科学校学报，2004，16（1）：44–46.

[34] 张福勇 .E·M· 福斯特的小说节奏理论新解 [J]. 英美文学研究论丛，2009（2）：389–400.

[35] 赵辉辉 . 联结与隔阂——E.M. 福斯特作品《印度之行》赏析 [J]. 理论月刊，2002（2）：76–77.

[36] 姚丹丹 .《印度之行》中的印度人形象：E.M. 福斯特眼中的不一样的印度和印度人 [J]. 艺术科技，2012（5）：162.

[37] 岳峰 . 旅行写作与身份认同：E.M. 福斯特小说中“联结”的最终尴尬 [J]. 外国语文，2009，25（1）：66–70.

[38] 蒋洪新，邹海英 .E.M. 福斯特：现化心灵沟通的探寻者：[附作品][J]. 湖南文学，1998（11）：74–77.

[39] 沈忠良 . 福斯特与《印度之行》的“自治”书写 [J]. 南京师范大学文学

院学报，2021（3）：105-115.

[40] 赵静繁 . 福斯特小说的电影化特征 [J]. 北方文学，2017（27）：242，244.

[41] 张楠 . 重建世界主义的精神根基：福斯特的《霍华兹庄园》[J]. 外国文学评论，2017（1）：207-220.

[42] 宿桂艳 . 论福斯特小说的人文关怀意识 [J]. 广西科技师范学院学报，s2014，29（3）：25-28.

[43] 宋艳芳 . 新时期的联结困境——《关于美》对福斯特“唯有联结”思想的回应 [J]. 外国语文，2017，33（2）：1-7.

[44] 宋铖铖 . 福斯特“扁平人物”观的功能性价值 [J]. 青年文学家，2013（30）：69.

[45] 苑辉 . 心灵的拯救：福斯特《天使不敢涉足的地方》的人文主义思想主题透视 [J]. 作家，2012（16）：83-84.

[46] 黄曦 . 从《天使不敢涉足的地方》试析福斯特的创作理念 [J]. 长春教育学院学报，2013（12）：79，82.

[47] 段晓聪 . 从《印度之行》看“福斯特式”联结观 [J]. 剑南文学（经典教苑），2011（8）：27.

[48] 薛琳璐 . 福斯特的小说创作理论与实践——以《天使不敢涉足的地方》为例 [J]. 湖北科技学院学报，2014（9）：70-71.

[49] 王大鹏 . 唯有联结——福斯特《小说面面观》之小说形式悖论美学探究 [J]. 周口师范学院学报，2021，38（4）：34-37，80.

[50] 朱云姗 . 空间批评视角下的福斯特意大利小说人物评析 [J]. 哈尔滨师范大学社会科学学报，2018，9（4）：146-149.

[51] 张竝 . 福斯特的中庸 [J]. 书城杂志，2008（10）：110-111.

[52] 苑辉 .《霍华德庄园》中的文化与国民性重塑 [J]. 中国图书评论，2022（8）：86-97.

[53] 文蓉 . 从《天使不敢涉足的地方》看福斯特的双重文化身份 [J]. 嘉应学院学报，2017，35（4）：58-61.

[54] 鲁晓霞 . 简析爱・摩・福斯特作品中的和谐思想意识 [J]. 唐都学刊，

2014（3）：88–93.

[55] 张福勇，王晓妮 . 爱 · 摩 · 福斯特的人性观及其借鉴意义 [J]. 外语研究，2013（3）：97–100.

[56] 李建波 . 福斯特小说的框架叙述及其文学动力机制 [J]. 外语研究，2009（2）：94–98，103.

[57] 姜莉，刘萌萌 . 文学地理学视角下的《印度之行》[J]. 长春工程学院学报（社会科学版），2022，23（2）：56–59.

[58] 张娟 . 福斯特小说中人物形象的边缘性 [J]. 文教资料，2011（17）：13–14.

[59] 陈洁 . 论福斯特小说的电影化 [J]. 安康师专学报，2005（5）：27–29.

[60] 田歌华 . 福斯特小说《霍华兹庄园》中的联结观 [J]. 郑州航空工业管理学院学报：社会科学版，2011（2）：89–91.

[61] 何双 . 女性形象"面面观"：福斯特小说中女性形象解读 [J]，老区建设 .2014（14）：35–37.

[62] 鲁晓霞 . 从福斯特的《印度之行》看隔阂与分离 [J]. 唐都学刊，2004，20（6）：140–143.

[63] 张娜 . 探析爱 . 摩 . 福斯特自由观与博爱观 [J]. 青年文学家，2012（11）：196.

[64] 王云 . 福斯特的人物理论 [J]. 郑州航空工业管理学院学报（社会科学版），2011（4）：31–33.

[65] 宿桂艳 . 福斯特小说标题的内在意蕴探析：以《印度之行》为例 [J]. 教育探索，2013（6）：12–13.

[66] 张蓉燕 . 福斯特小说《印度之行》的哲学观 [J]. 外语学刊，1991（2）：52–57，19.

[67] 张福勇 . 论爱 · 摩 · 福斯特的自由—人文主义思想及其体现 [J]. 鲁东大学学报：哲学社会科学版，2010（5）：73–78.

[68] 罗玲娟 . 福斯特小说的文化解读 [J]. 辽宁行政学院学报，2006，8（9）：185–186.

[69] 马丽荣 . 福斯特《印度之行》解读 [J]. 西安外国语学院学报，2001（4）：85−87.

[70] 金烁锋 . 论福斯特小说中的人文关怀——《印度之行》主题研究 [J]. 辽宁教育行政学院学报，2008（1）：151−153.

[71] 纪康丽 . 主题与人物、情节的距离：评福斯特《霍华兹庄园》[J]. 外国文学研究，1996（1）：69−73.

[72] 姚建彬 . 从多层级文本序列看福斯特在中国的形象变迁 [J]. 中国文学研究，2013（1）：107−115，121.

[73] 吴冬月 . 从福斯特的小说理论看《霍华德庄园》情节的现代手法 [J]. 北方文学，2016（23）：55.

[74] 刘伟 .《看得见风景的房间》文字叙事与电影叙事比较 [J]. 时代文学・下半月，2010（8）：236.

[75] 张德明 .《印度之行》：跨文化交往的出路与困境 [J]. 宁波大学学报（人文科学版），2012（4）：63−69.

[76] 刘苏力 . 福斯特《印度之行》中的反殖民主义与殖民主义意识 [J]. 广西师范大学学报（哲学社会科学版），2011（5）：58−61.

[77] 岳峰 . 论“发育不良的心”主题在福斯特小说中的演变 [J]. 南昌大学学报・人文社会科学版，2005（6）：147−151.

[78] 赵谦，刘知国 .《印度之行》中对文化帝国主义的否定 [J]. 吉林省教育学院学报（上旬），2013（5）：106−107.

[79] 王菲菲 . 论《霍华德庄园》对自由人文主义的反思 [J]. 成都师范学院学报，2015，31（4）：81−84.

[80] 岳峰 . 双重文化身份的嬗变——《印度之行》的“联结”主题解读 [J]. 湖南科技学院学报，2005，26（2）：173−176.

[81] 何双 . 导向隔膜与努力联结：福斯特小说中女性在文化冲突中的不同选择 [J]. 作家，2013（22）：78−79.

[82] 秦怡 . 论福斯特小说中的女性人物形象 [D]. 重庆：西南大学，2018：35−46.

[83] 高敬，石云龙．担当联结者的新女性——解析《霍华德庄园》中的玛格丽特 [J]. 江苏第二师范学院学报，2014（10）：79–82

[84] 王佩．福斯特笔下的女性群体形象解读 [J]. 长江大学学报，2012（9）：14–16.

[85] 蒋曼贞．浅谈《看得见风景的房间》中象征技巧的运用 [J]. 高教论坛，2013（8）：115–117

[86] 王林琳．爱·摩·福斯特音乐性节奏理论及应用初探 [D]. 青岛，青岛大学，2013.

[87] 何双．福斯特小说中女性形象解读 [D]. 南昌：南昌大学，2006.

[88] 赵晓坤．论 E.M. 福斯特幻想小说的主题 [D]. 天津：天津师范大学，2012.

[89] 赵晓坤．幻想在遨游之中——谈 E.M. 福斯特的幻想小说 [J]. 世界文化，2012（8）：29–32.

[90] 刘知国．论爱德华·摩根·福斯特小说中的生态思想 [J]. 安徽商贸职业技术学院学报，2022（3）：53–57.

[91] 骞雨佳．自由主义想象 [D]. 南京：南京师范大学，2020.

[92] 陈晨．论爱·摩·福斯特小说的象征手法 [D]. 上海：上海师范大学，2014.

[93] 福斯特．印度之行 [M]. 杨自俭，邵翠英，译．南京：译林出版社，2013.